2021年山西省委宣传部现实题材
中长篇小说创作工程扶持作品

# 寻找消失的英雄

林小静 \ 著

山西出版传媒集团　山西经济出版社

## 图书在版编目（CIP）数据

寻找消失的英雄 / 林小静著 . — 太原：山西经济出版社，2022.9

ISBN 978-7-5577-1028-6

Ⅰ.①寻… Ⅱ.①林… Ⅲ.①中篇小说 – 中国 – 当代 Ⅳ.① I247.5

中国版本图书馆 CIP 数据核字（2022）第 153497 号

### 寻找消失的英雄
XUNZHAO XIAOSHI DE YINGXIONG

| | |
|---|---|
| 著　　者： | 林小静 |
| 出 版 人： | 张宝东 |
| 责任编辑： | 解荣慧 |
| 助理责编： | 赵　娜 |
| 封面设计： | 阎宏睿 |
| 出 版 者： | 山西出版传媒集团·山西经济出版社 |
| 地　　址： | 太原市建设南路 21 号 |
| 邮　　编： | 030012 |
| 电　　话： | 0351-4922133（市场部） |
| | 0351-4922085（总编室） |
| E‑mail： | scb@sxjjcb.com（市场部） |
| | zbs@sxjjcb.com（总编室） |
| 经 销 者： | 山西出版传媒集团·山西经济出版社 |
| 承 印 者： | 山西出版传媒集团·山西人民印刷有限责任公司 |
| 开　　本： | 787mm×1092mm　1/16 |
| 印　　张： | 16 |
| 字　　数： | 194 千字 |
| 版　　次： | 2022 年 9 月　第 1 版 |
| 印　　次： | 2022 年 9 月　第 1 次印刷 |
| 书　　号： | ISBN 978-7-5577-1028-6 |
| 定　　价： | 58.00 元 |

# 用文学，为那些普通的英雄讴歌
## （自序）

二〇一七年冬，我历时三年走访和创作的长篇纪实文学《火车来了》正式出版。这本书，讲述了太原解放之日，三名火车司机驾驶着第一列"人民的列车"跟随解放大军一起攻进太原城的经过。也是在走访、挖掘这段鲜为人知的历史事件中，我得知抗日战争和解放战争时期，在太原南站潜伏着我党的一个地下组织。这个党支部的成员，由几名铁路工人组成，他们利用自己的特殊身份，为我党建立起一条秘密红色交通线。其中，火车司机赵俊宝（赵大宝）的妻子霍桂花在太原解放前夕，冒着生命危险，逃出太原城，将太原南站地下党支部绘制出的一份绝密情报——太原城防图，送到榆次解放军前线指挥部。

这份血染的城防图，为太原解放起到了重要作用。而霍桂花，也因此失去了做母亲的机会。

这个故事深深打动了我。

但那时，我一心要寻找的，是太原解放之日驾驶着第一列火车进太原城的火车司机。所以，太原南站地下党支部以及城防图背后的故事，我没有作为重点去了解。直到有一天，我找到了当年开着第一列火车进太原城的三名火车司机之一、唯一健在的赵学万老人，才知道：和他一起在太原解放之日跟着解放大军一起攻城的多名火车司机，都是由太原南站地下党支部从太原秘密输送到榆次解放区的。

那一刻，我萌发了写他们的念头。于是，《火车来了》创作完成后，我根据太原南站地下党支部的故事，写了一部中篇小说《蓝手帕》，刊登在《中国铁路文艺》杂志上。

《火车来了》出版后，许多朋友和老师都提出，关于太原南站地下党支部和赵俊宝、霍桂花等地下党员在战争年代做出的牺牲，乃至他们在和平年代为了祖国建设，深藏功名，主动奔赴大草原、戈壁滩所做的一切，可以再次进行挖掘和创作。而且，他们还告诉我，这个故事远不是一个中篇作品能表达清楚的。

我有些犹豫了。

因为这意味着我必须再去内蒙古。而在此之前，为了找到开着第一列火车进太原城的火车司机，我曾在一个隆冬之日，踏雪北上，到内蒙古的呼和浩特、集宁拜访一些多年前从山西铁路过去的老同志。

在新中国成立之初，这些老同志为了响应国家支援边疆建设的号召，主动要求到内蒙古支援草原铁路建设，并长期留在了那里。这其中，就有赵俊宝和霍桂花。只是，我去寻找的时候，赵俊宝和霍桂花已经去世。

内蒙古的冬天比山西要冷许多，且路途迢迢，我从没想过还要去第二次、第三次。

时间，转眼到了二〇一八年，清明节前的一天，因需要拍摄一部纪录片，我和几位同事来到太原解放纪念馆。在馆里的一面墙上，我再次看到赵俊宝和霍桂花的名字，上面记录着他们七次穿越敌人封锁线，把情报送出太原城的事迹。

那天，许多少先队员、青年团员和社会人士站在那面墙前，认真聆听讲解人员的讲解。其间，有声音传来"他们是英雄"。接着，又有声音跟随："是的，他们是英雄。"

那一刻，我决定，要为他们写一部作品。

接下来的日子，我辗转打听到太原市总工会原主席韩廷珍的住址。他在解放战争时期与太原南站地下党支部有过联络，被喻为"红色特工"。我在他住的地方见到了他的女儿韩小菲。面对我的来访，韩小菲大姐拿出她父亲生前的回忆录，详细地给我讲述了太原南站地下党支部成员做出的巨大牺牲，以及赵俊宝和霍桂花与那张城防图的故事。之后，我又动身前往内蒙古，找到赵俊宝与霍桂花的养子一家，以及当年与赵俊宝、霍桂花一起奔赴内蒙古支援建设的老同志。从他们那里，详细地了解到赵俊宝和霍桂花生前的情况，以及他们当年如何支援边疆建设，如何守护草原铁路，如何帮助牧民出行，如何与牧民成为一家人的故事。其间，当我听到霍桂花因战争年代身体受损，长期服药，赵俊宝一家生活很是拮据，但仍不肯向组织讲明身份，不给组织添麻烦时，崇敬之情油然而生；当我听到他们在有着"草原一枝花"之称的集二铁路上工作生活，并与沿途牧民结下深厚情谊时，我为他们在祖国最需要的时候，义无反顾地选择到最艰苦的地方去扎根感到由衷的敬佩；当我听到山西有关部门自二十世纪八九十年代起，一直在根据城防图的线索寻找赵俊宝和霍桂花，并最终在内蒙古找到疾病缠身的霍桂花（赵俊宝已去世），将她接回山西省荣军医院，终生由国家抚养时，我为霍桂花的晚年生活感到欣慰，更为我们国家从未忘记他们这些普通英雄而深深感动。

二〇一九年初，在距离太原南站地下党支部完成上级党组织交给的最后一项任务"那份血染的城防图被送出太原城"整整过去七十周年之际，在距离赵俊宝和霍桂花等人从山西出发奔赴内蒙古、在草原深处默默支援祖国建设六十五周年到来之际，我开始动笔创作。

我想用文学的形式，把这个故事讲述出来。并告诉更多的人：英雄，就在我们身边。

林小静<br>二〇二二年初春写于太原

# 目 录

一　　赵大宝借来了通行证　/ 001

二　　联络员留下半块蓝手帕　/ 012

三　　小树林发现可疑者　/ 018

四　　孤儿小六子要参加行动　/ 022

五　　布天佑要做保尔·柯察金式的战士　/ 035

六　　孟庆余到底是敌是友　/ 044

七　　又有两名同志牺牲了　/ 054

八　　霍桂花出了太原城　/ 064

九　　黑衣人挡住了子弹　/ 075

十　　两名解放军跑了过来　/ 080

十一　血染的城防图　/ 085

十二　列车在炮火中行驶　/ 091

十三　一位老人接走了儿子　/ 096

十四　报名支援边疆建设　/ 103

十五　来到集宁　/ 112

十六　一个叫锡林呼都嘎的地方　/ 120

十七　巴特尔赶着勒勒车来了　/ 128

十八　火车开进了大草原　/ 136

十九　暴风雪夺走了拖拉机手的生命　/ 147

| 二十 | 草原盛会"那达慕" / 156 |
| 二十一 | 收养上海孤儿 / 165 |
| 二十二 | 赵清川回到山西 / 178 |
| 二十三 | 上海来客 / 194 |
| 二十四 | 中断十年的寻找 / 203 |
| 二十五 | 帮助牧民转场 / 206 |
| 二十六 | 一场追悼会 / 209 |
| 二十七 | 寻找有了新线索 / 216 |
| 二十八 | 一块珍藏多年的蓝手帕 / 221 |
| 二十九 | 内蒙古来信 / 227 |
| 三十 | 鲜艳的红梅花 / 237 |
| 三十一 | 英雄归来 / 243 |

这是一九八二年冬日的一天，塞外白雪覆盖的大草原上，一辆深绿色的吉普车正由北向南，急速而行。吉普车的目的地，是山西太原。

坐在车后排的中年妇女，名叫霍桂花。三十多年了，她没想到，还会有人凭借着半块蓝手帕，找到他们。此刻，霍桂花望着窗外向后一闪而去的茫茫大地，又低头朝怀里丈夫赵大宝的相片看去，不禁陷入了长久的回忆……

## 一　赵大宝借来了通行证

一九四八年的秋天，位于华北地区的山西太原，正笼罩在一片紧张的空气中。城外，数万解放大军已兵临这座城下。而城内，守军们还在做顽固不化的最后抵抗。

由于战事将起，城内大部分的商店都已关门，包括大大小小的饭店、酒馆，也几乎关门谢客了。唯有首义门下的一个小酒馆，还开着。这倒不是首义门附近便是火车站，总有食客来来往往的原因，而是这家酒店的掌柜，与城内特务组织的老大是哥们。

这天晌午，两个看上去就不是"一伙"的年轻男子，客套着、推让着，走进了小酒馆。他俩中间，身材瘦高的那位看上去也就三十来岁，身着黑衣黑裤黑鞋，敞开的上衣里，露着白色的汗衫，腰间，还别了一把"王八盒子"。这打扮，任谁一看，都不用猜，就知道他准是个地地道道的特务。另一个男子中等身材，二十来岁，穿着灰衣灰裤，也不用猜，一看便知道是附近火车站的铁路工人。

只见那灰衣的铁路工人此刻弯着腰，伸着手，嘴巴甜得像抹了蜜一样，哥长哥短地把那个穿黑衣的特务让进了酒馆。一旁过往的行人看了，都不由得冲那灰衣男子嗤起了鼻子："哼，真是一只哈巴狗。"

此时，小酒馆里一位食客也没有，要不是挂在柜台左边的鸟笼子里不时传出几声八哥的叫音，这酒馆还真显得有些过于冷清。

一黑一灰两人刚一迈进酒馆门槛，那名灰衣男子就冲着后堂喊道:"掌柜的,来贵客了,还不快迎一迎。"

"来喽——"正在后堂忙活的店掌柜听到声音,一边应和着,一边颠颠地小跑着,手搭汗巾,挑开门帘,走了出来。接着定睛一看,嚄,来的这两人,自己都认识,一位是新近特务科的大红人孟庆余,一位是在火车站当差的火车司机赵大宝。于是又一边满脸堆笑地招呼着,一边利落地拿着白色汗巾子,把酒馆正中间那张本就擦得油光锃亮的八仙桌又象征性地掸了掸,然后把孟庆余让到了桌子的正位上。

按照老规矩,牛肉、花生米几碟下酒的小菜和一壶当地自酿的白酒很快便端上了桌。

这时,那位叫赵大宝的铁路工人站起来,给那个叫孟庆余的特务斟满酒。孟庆余也不客气,就着两颗花生米,将杯中酒一饮而尽,如此往复,连喝三杯。

三杯酒下肚,孟庆余的脸微微泛起了红。他本不胜酒力,但自从到了特务科,酒量也跟着慢慢豪爽起来。

赵大宝知道孟庆余的酒量,因为他们之前都在火车上工作,赵大宝是司机,孟庆余是车警,而且他们还曾是好哥们,只是后来孟庆余离开铁路,去了特务部门,两人才渐渐疏远,少了联系。赵大宝此时看孟庆余酒上了头,忙端起酒壶再次站起来,一边给对方斟酒,一边劝道:"哥,你慢慢喝,慢慢喝。"

孟庆余看了赵大宝一眼,顺手夹起一块儿牛肉放进嘴里,边吃边问赵大宝:"大宝,好端端的,今天怎么想起叫我喝酒了?"

赵大宝端起酒杯,举到孟庆余面前,又敬了一下孟庆余,然后故意装作埋怨的样子说:"怎么,我没事就不能请孟哥喝顿酒。"

孟庆余接过话道:"那倒也不是,我是说这不年不节的,喝得哪门子酒。"

赵大宝夹起一块儿牛肉，放到孟庆余桌前的蓝色小碟子中："那还不兴我想孟哥您了，请您出来叙叙旧。"

孟庆余听了，似有所悟，他端起酒杯，对赵大宝说："这倒是，这倒是，以前我在车上当车警的时候，咱俩还常吃一盒子饭呢。"

赵大宝听了，忙附和道："孟哥您这大贵人还记得那些小事。"

孟庆余用手抹了一下油亮的嘴角，很受用地说道："哈哈哈，啥贵人不贵人的，在大宝兄你的面前，我永远是你孟哥，今后有什么难处，尽管来找我。"

赵大宝听后，放下刚要端起的酒杯，轻轻叹了一口气，然后做出一副欲言又止的样子，似乎真有什么为难的事。这一幕，恰好被孟庆余看在眼里。他停下夹菜的筷子，问赵大宝："大宝，你这是怎么了？"

赵大宝有些不好意思地说道："哦，孟哥，没什么，没什么，来，咱们喝酒。"

孟庆余一看，这赵大宝哪里像是没事的样子，脸上神色明眼人谁都能看出一二，于是他抬起手，一把摁住赵大宝手中的酒杯："说，究竟什么事？"

"真没什么事。"赵大宝解释道。

"你这是不准备把我当兄弟了？"孟庆余盯着赵大宝问。

赵大宝听孟庆余这么一说，收回酒杯，放到桌上，接着又轻叹了一口气，对孟庆余说道："孟哥，实不相瞒，前些日子，我和车上的几个兄弟趁着麦收，在太谷搞了一批麦子，没承想，这战事一起，连城门都出不去了，您说，这花钱收的麦子不是打水漂了吗？"

孟庆余听了，心中微微一惊：太谷，那可是不久前刚刚被解放军占领的地方，离太原也就百十公里地。想到这里，他有些疑虑地朝赵大宝看了一眼。此刻，酒杯在他的手中，不放，也不饮，一直保持着一个固定的姿势。在这个固定的姿势中，孟庆余那双细眯眯眼，似乎在注视着什么，但又好像没有固定的目标。他，在慢慢地思索着。

赵大宝也时不时用眼睛的余光悄悄撇一下孟庆余，观察着孟庆余脸上表情的变化。他不知道，这个昔日的兄弟，会不会在他最需要的时候"帮"他一把。

赵大宝给孟庆余提到的太谷收麦子一事，是假的，但他现在急需出城，却是真的。因为他的身份不仅仅是一名火车司机，还有着另外一重身份，那就是太原火车南站地下党支部的负责人。长期以来，他带着党支部的地下党员和地下工作者，为解放区运送了大量的情报和药品。半个月前，上级再次通知他们，要求他们尽快向城外的榆次解放区送去一名可靠的火车司机，总攻太原时，前线指挥部有重要安排。同时，赵大宝他们近日还侦查到城内敌人一个组织的成员名单和活动情况，为此，他也准备出一趟城，把这一情况向上级汇报。两件任务，赵大宝都已做好了准备，可就在他打算利用驾驶火车出城，把人和情报送出去时，城内守军突然封城，不但不许任何百姓出去，就连以前他们火车司机的那一点点"特权"——开着火车出城运送旅客，也被取消了。在这样的情况下，赵大宝像过筛子一样，把能想到的社会关系全都细细地捋了一遍，最后，他想到了这位昔日的工友兼兄弟、今日的特务孟庆余。

孟庆余是怎么去的特务组织，赵大宝也不十分清楚，道听途说最多的版本是，孟庆余一年前攀上了一个姓梁的特务头子，所以一下子从一个小车警，调到了特务部门。是真是假，谁也不知，但根据孟庆余的发迹速度，赵大宝分析此传言多半是可信的。

时间，一分一秒地过去了，两个人就这么坐在小酒馆，再不打破僵局，计划就有可能无疾而终，化为泡影。想到这里，赵大宝先开了口："孟哥，您看我这人，两杯酒下肚，就不知道东西南北了，不说那麦子的事了，咱继续喝酒。"

孟庆余的思绪，被赵大宝的话音拉了回来。他像是回过神了一样，两眼直勾勾地盯着赵大宝，仿佛是要把赵大宝肚子里的五脏六腑都看得清清楚楚一样。片刻，他沉着脸问道："说实话，真的只是一批麦子？"。

赵大宝一惊，心想：莫非，这孟庆余看出了什么？不，不会。于是他很快镇定下来，对孟庆余说道："好我的孟哥，我还敢骗您不成。"

"没有别的？"孟庆余放下手中的酒杯，继续盯着赵大宝问。

"别的？什么别的？难不成您还怀疑我通'那边'了？"赵大宝装作大大咧咧地回答。

赵大宝知道孟庆余能听懂自己的话。"那边"，在太原城中，泛指共产党。

孟庆余打量着赵大宝，他想从赵大宝的脸上找出一丝丝破绽，可却什么都没找出来。眼前的赵大宝，还如同自己以前认识的那个兄弟一样，满脸的坦率。于是，他收回视线，夹起一粒花生米，看也不看赵大宝，问："你想怎么办？"

赵大宝听了，心中一阵暗喜，但脸上却没表现出来，他装作不抱任何希望地对孟庆余说："我当然想带两个弟兄出趟城，到太谷把麦子运回来，可眼下这形势，没有通行证，我们谁也出不了城，想也白想。"

孟庆余听到这里，已经完全明白了赵大宝今天为何请他喝酒的原因。他心中暗想：这要是放在往常，别说一个通行证，就是一辆拉货的卡车，我也能帮你赵大宝安排。可是，如今的太谷，太敏感了。"

帮，还是不帮？孟庆余的内心纠结了起来。

一旁的赵大宝，也在暗暗地观察着、等待着，他知道孟庆余的身上，有特务机关的通行证，如果自己能拿到这个通行证，那就可以马上把榆次解放区需要的火车司机送出太原城，并且见到联络员老石同志，向他汇报自己侦查到的敌人特务组织的情况了。

就像电影里一正一反两个角色一样，小酒馆里的赵大宝和孟庆余，此时也各怀心思，互相揣测着对方。

良久，孟庆余把右手伸进上衣左侧的口袋里，像是要掏一样什么东西，可他迟疑了一下，将刚刚插进口袋中的那只手顺势收了回来。

孟庆余站起身，在八仙桌前踱来踱去，赵大宝的视线，也一直紧张地看着他。几分钟后，孟庆余再次抬起手，从口袋中慢慢掏出了一个巴掌大的长方形证件，交到赵大宝的手中，并严肃地叮嘱赵大宝："只此一次，下不为例，记住，快去快回。"说完，不等赵大宝向他言谢，孟庆余便转身离开了小酒馆。

赵大宝低头一看那长方形的证件，正是特务机关的特别通行证，心中不由得一阵惊喜。当他抬头朝孟庆余的背影看去，只见孟庆余那极具标志的黑色身影，正穿梭在往来的行人中。冥冥之中，赵大宝觉得孟庆余和其他的特务，有些不太一样。但究竟是哪里不一样，赵大宝此时也说不清楚，而且，他也没时间来仔细考虑这个问题。

赵大宝将通行证放进口袋里，付了账，匆匆离开小酒馆，急急地朝车站而去。此刻，他一手带出来的徒弟布天佑已经在车站一间不起眼的屋子前等候他多时了。看到他回来，布天佑忙迎上去："师父，怎么样？"

"拿到了，我现在就送你出城。"赵大宝环视了一下四周，小声对布天佑说。

"那你呢？"布天佑同样压低嗓子问。

"我也尽量争取出城，但只有一张通行证，恐怕不行，走，咱们到城门口看看情况再说，实在不行，你就一个人出城。"赵大宝对布天佑说道。

"师父，那我走了，你们怎么办？"布天佑又担心地问。

"不要问那么多，记住，你出了城，任务也不轻，不要让我们失望，还有，如果我出不去，你一定要把敌人特务组织的名单和活动情况向联络员汇报，记住了吗？"赵大宝用信任的目光看着布天佑说道。

布天佑点点头说："记住了师父，可我还是想留下来和你们在一起。"

"不，我们师徒一场，终究是要分别的，现在，你要去做一件更有意义的事。"

布天佑看着师父，又点了点头。然后接着小声地问道："师父，'那一天'是不是很快就要到了？"

这一次，点头的人，换成了赵大宝，他郑重地对布天佑点了点头，然后一字一顿地对徒弟说道："是的天佑，很快就要到来了。"说完，他爱惜地拍了拍布天佑的肩膀，带着布天佑出了车站，一前一后直奔城门口。

如今城内的形势一天比一天严峻，赵大宝知道，能早一天把布天佑安全送出去，对太原解放来说，就多了一分力量。一路上，赵大宝不时叮嘱布天佑几句。其实，他对这个徒弟的能力、思想是完全信任的。这不仅仅因为布天佑在驾驶机车时完全能够独当一面，更重要的是，布天佑的父亲，曾是一名武术高手，早在抗日战争时期，便在老家太谷一带公开授拳，号召乡亲共同抗击日军，支持众弟子加入当地游击队，是太谷有名的爱国人士。解放战争开始后，他又带着弟子们为共产党做了大量的地下工作，这些，对布天佑的思想影响都很大。

赵大宝和布天佑来到城门口，此时城门紧闭，两个干巴瘦的守卫正靠在一棵桐树下打瞌睡。见他们过来，两个守卫打着哈欠，懒洋洋地站起来，其中一个嘴角长着颗痦子，痦子上又长着一撮毛的守卫端起枪，腆着干瘪的肚子，扯着尖嗓子，耀武扬威地呵道："站住！"

赵大宝和布天佑装作很恭敬的样子，在两名守卫的面前，止住了脚步。

"干什么的？没看到告示吗，长官有令，不允许出城。"那个"一撮毛"走近他们，一边说着，一边用枪托戳了戳布天佑的腰板。

这时，赵大宝忙从口袋中掏出早已准备好的香烟，上前给两个守卫各点了一根烟，然后掏出孟庆余交给自己的通行证。两名守卫一看是特务机关的通行证，态度立刻有转变。他们收起枪，吸了口烟，然后背过赵大宝，交头接耳地商量着什么。

赵大宝和布天佑看到这种情况，心里不由得捏了一把汗。

过了一会儿，"一撮毛"过来对赵大宝说："不是不放你们出去，你这通行证，只能一个人出去。"

赵大宝听了，忙从口袋中掏出四枚银圆，塞给了"一撮毛"，希望他们能通融通融，放自己和布天佑两人出城，并答应一撮毛，自己会快去快回，不给他们添麻烦。

"一撮毛"和同伴贪婪地看了一下那四枚白花花的银圆，但最终还是没敢答应赵大宝的要求。这让赵大宝越发感觉到城内形势的严峻。本来，他打算把布天佑送到榆次解放区后，自己去和联络员老石见一面，除了汇报城内情况外，准备领取新的任务，因为太原即将解放，上级党组织对太原南站地下党支部一定还有更多的指示。可如今看来，真的像自己之前预料的那样，只能让布天佑一个人出城了。好在，出发前，他把一切都给自己的这位徒弟做了详细的交代。

想到这里，赵大宝把布天佑拉到一旁，假装说道："天佑，那麦子的事就全都交给你了，师父等你的好消息。"布天佑听了，立即明白师父的意思，他对赵大宝回答道："放心吧师父，我一定把这事办妥。"

"一撮毛"伸长脖子，在一旁侧耳偷听着他们的谈话，当听到他俩说的都是些鸡毛蒜皮的事，便毫无兴趣，催促道："别婆婆妈妈的了，要出就快点出，不出就离这儿远点。"

布天佑这才与赵大宝告别，朝城门走去。

布天佑出城了。他知道，为了让自己出城，师父赵大宝用尽了心思。因此，出城后的他，一刻也没敢耽搁，按照师父的交代，直奔榆次而去。此刻，他的心中涌出一阵阵激动，脚步也不由得加快了许多。他多么期望，师父所说的"那一天"，能早一点到来。

布天佑沿着两根钢轨，往南而行，这条铁路线，之前他跟着师父驾驶火车，曾走过无数次，可现在，却被城内的守军破坏得不成样子，目的是为了阻拦解放大军利用火车运输攻城的物资。想到这里，布天佑不由得回头朝太原城望去，虽然那高大的城墙挡住了他的视线，但他相信自己很快就会再回来并和师父团聚。于是，他的心情无法平静，他既恨敌人把太原城折腾得乌烟瘴气，不得人心，又担心起师父赵大宝和太原南站其他几名地下党员的安危。

　　布天佑的这种担心，不是多余的，因为最近这半年多来，城内的守军正在推行"自白转生"的暴政。"自白转生"有些荒唐，它要求城内百姓与共产党有关系的，交代关系；没关系的，想方设法也要找出关系；实在找不到关系的，那就意味着有关系。在这种匪夷所思的推理下，一夜之间，太原城内本就如"满天星"一样多的特务组织，越发多了起来。这些大大小小的特务，在头头脑脑的指挥下，整日像猎犬一样，挨家挨户盘查，四处抓捕百姓，并给被抓捕的人强行按上一个"通匪""伪装"的莫须有罪名，拉到位于城东的赛马场进行处决。处决方式惨不忍睹，有的是就地活埋，有的是刺刀穿心，有的是铡刀铡死，有的是乱棍打死，有的是乱石砸死。有时几十人一起被埋，有时上百人一起处决，城内许多无辜百姓在这种"自白转生"中，痛失家人。

　　城内守军的种种行为，无疑增加了太原城的恐怖气氛，在这种处处散发着血腥气味的白色恐怖下，百姓们人心惶惶。这，与城内守军所要达到的目的，大相径庭，甚至背道而驰。而就在前不久，城内的守军又听闻共产党领导的解放军已经有一小股部队深入到了城外的汾河桥，离太原城近在咫尺，更是惶惶不可终日，整日犹如惊弓之鸟。所以，此时的他们，看谁都像革命人士、都像共产党员，抓捕行动，也更加密集。

　　因此，这也成了布天佑担心师父赵大宝和太原南站其他几名地下党员的一个主要原因。

　　布天佑沿着钢轨一直往前走，天黑的时候，他来到了北营火车站。北营火车站这时已经被解放军某部队占领，驻扎着许多解放军，准备随时攻打太原。这是布天佑第一次见到解放军队伍，看着他们群情振奋、士气高昂，布天佑的眼眶一下子有些湿润了，他在心里一遍遍地默念道："师父，我见到解放军队伍了，你们再等等，太原真的很快就能解放了。"

布天佑向驻扎在北营火车站的解放军讨了口水和干粮，顾不上歇息，继续朝榆次方向而去，因为他想尽快到达榆次，到达解放军部队设在榆次的指挥部，去接受新的任务。

夜，深了，就连树上的鸟儿，也倦了，飞回巢内睡着了。点点星光下，两条伸向远方的钢轨，泛着微微的亮光，布天佑沿着这道亮光，朝前走着、走着。他的双脚，永远那么有劲，似乎，永远不知道疲倦。

一阵风吹来，夹带着泥土的清香。布天佑使劲吸了一口这久违的空气，它是那么的沁人心脾。

天快亮的时候，布天佑隐隐约约看到了榆次县城。他一阵欣喜，朝前面奔去。

## 二　联络员留下半块蓝手帕

就在赵大宝送走布天佑的那个晚上,他听到从城外东山上传来了断断续续的枪炮声。他知道,解放军已经开始攻占城外的各个要塞了,这意味着,不久的将来,太原城将迎来解放的那一天。

赵大宝没有猜错,东山上的枪声,正是从太原城四大要塞之一的牛驼寨传来的。

驻扎在东山牛驼寨一带的,是解放军部队的某旅五团,团长叫赵清川。一个多月来,他们团与盘踞在碉堡中的敌人反复争夺着这座山头的制高点。

这一天,战斗又打响了,敌人从碉堡中继续猛烈地向赵清川他们扫射着,炮火中,指导员一边躲避敌人的射击,一边顺着战壕朝赵清川跑过来:"赵团长,敌人火力太猛,咱们许多战士受伤,照这么硬攻,不是办法!"

正在这时,敌人的一梭子弹射来,赵清川一把将指导员推倒在地。子弹在战壕上射出密密麻麻的弹孔,击破了几处用沙袋垒砌起来的防御工事。

敌人的一轮射击过后,赵清川顾不上拍掉头上的沙土,他回头看了一下指导员,大着嗓门道:"指导员,咱拿不下敌人的碉堡,后面的队伍就没法攻城,不硬攻,敌人的碉堡还能自己飞了,要我说,现在就一个字,打!"

指导员想再说什么,但话到嘴边,又咽了回去,因为他觉得赵清川的话，也不是没有道理，敌人为了阻拦解放军攻城，在城内城外修建了大大小小上千个碉堡，如果不硬攻，这些碉堡迟早都会阻碍大军前进。可是，如果硬攻，战士伤亡又太大。想到这里，他狠狠地朝地上砸了一拳。

这时，赵清川正用望远镜观察着敌人的碉堡和火力，当他确定敌人的火力有些减弱时，抓起身旁的一挺机枪，冲出战壕，对战士们喊道："弟兄们，给我打，我就不信端不了它！"

战士们听到赵清川的命令，跟着他一起跃出战壕，冲向敌人的碉堡。此时，敌人碉堡内的火焰又开始猛烈地喷射出来，一颗子弹射在了赵清川的左肩膀处，鲜血顺着他的衣服很快渗了出来，他用右手捂着伤口，望着远处敌人密集的碉堡和厚厚的城墙，眼中充满了愤恨。

"赵团长，你受伤了！"硝烟中，警卫员奔过来，将极不情愿撤下来的赵清川架回了战壕。

秋天还没过完，冬天似乎早早地就来到了。这个冬天，对于太原城内的人们来说，似乎比以往任何一个冬天都要漫长。凛冽的寒风中，矗立在这座城市东南方向的两座古塔，也在注视着这座城市，注视着一切。

城内城外的交火，时有时无，时断时续。有时枪炮声响起，一些胆大的市民就跑到屋外，或防空洞外，侧耳细听那远远近近的枪炮声，然后返回，再连比带画、绘声绘色地讲给其他人。大家听完后，往往会凑在一起，小声分析这次的交火孰高孰低，孰胜孰败。接着，便是窃窃私语，互相打听城外那支传说帽子上有颗红五星的队伍，什么时候才能攻进来，把自己也给解放了。因为，他们受够了城内的种种迫害。

人们，都在盼望着、等待着那一天的到来。

赵大宝也在等待着。而他，不仅仅只在等待解放的那一天，同时，他还在等待着别的什么。他知道，在这座城市解放之前，上级一定还会有许多任务要交给他们。他清楚地记得，联络员老石上次与他接头时，曾经向他们转达上级的要求：继续潜伏，等待接受新的任务。

赵大宝的心事，没能瞒住和他一起开火车的史志贵、马喜子、刘福安三个人。因为，他们都是太原南站地下党支部的地下党员，长期以来，他们在赵大宝的带领下，利用铁路工人这个特殊的身份，潜伏在太原城内，掩护革命同志往来、为解放区运送药品、传递情报。如今，赵大宝所等待的，也正是他们等待的。

又一个深夜来到了，寒风呼啸着，怒吼着，从太原城上空刮过，让这座已经被围困数月的城市，显得更加孤单和清冷。

城东黑土巷宿舍一间不起眼的平房里，炉子上的水壶正"滋滋滋"地冒着热气。这是赵大宝的家，也是上级联络员与太原南站地下党支部的联络地点。

距离布天佑离开太原已经一个月了，城外还没有任何消息传进来，这不免让赵大宝有些担心起来。其实，自从布天佑走后，这种担心无时无刻不萦绕在他的心头。他不知道布天佑出城的路上是否顺利，又是否见到与他们一直保持联络的老石同志。此时，他微皱着眉头，思索着什么。妻子霍桂花正坐在桌前，给腹中的孩子，缝着小衣服。

赵大宝的妻子霍桂花是一名小学教员，这名刚二十岁的女子，一年前嫁给赵大宝，此时已有三个多月的身孕，如果不出意外，来年的夏天，他们的孩子就要出生了。想到这里，即将做母亲的霍桂花心头涌起一种幸福，她放下手中的针线，扭头向坐在一旁的丈夫看去，轻声地问道："大宝，你说咱们孩子出生的时候，我们这座城市会不会已经解放了?"

赵大宝看着妻子的眼睛,灯光下,妻子的目光是那么的柔和、那么的清澈,一头乌黑的齐耳短发,像有钱人家的绸缎一样,微微地泛着亮光。

他拉起妻子正在缝衣服的手,低着声音,但又极其肯定地说道:"会的,一定会的!"

霍桂花听了,眼睛更加有神起来,她无限憧憬地对丈夫说道:"那到时候,我们的孩子就叫解放,好不好!"

"解放——,解放——"赵大宝轻声地念着这两个字,这是多么美好、温暖而又亲切的一个词语呀。此时,在赵大宝的心中,这两个字已超过了世间所有动人的词语。赵大宝恨不得就这么一直念下去,直念到这两个字成为现实,念到它真真正正出现在自己面前的那一天。

就在这时,屋外传来了一个轻微的声音。

"砰——砰——砰——",仿佛是一阵风吹动门搭的声音。可是,又不完全像。

"砰——砰——砰——"又是一阵轻微的声音。赵大宝这次听得清清楚楚,这绝不是什么风吹门搭的声音,而是有人在叩门。而且,是很小心翼翼地叩门。

这么晚了,会是谁呢?赵大宝不由得警惕起来,他给霍桂花使了个眼色,示意妻子不要紧张,不要出声,然后自己朝门口走去。

"谁?"赵大宝隔着屋门,向外问去。

"我,大表哥。"屋外传来了一个男人压低嗓门的声音。

赵大宝听到"大表哥"三个字,心中顿时一阵激动,他立刻从屋内取掉门闩,将门打开。

"吱呀——"屋门打开,赵大宝仔细一看,站在他面前的,正是许久未见的联络员老石。只见老石穿着一身黑色的棉衣，头上戴着一顶黑色的棉帽，帽檐上，零零星星还粘着一些树叶的碎片和土屑。

赵大宝一把将老石拉进屋内，然后朝外望了望，确定没有人跟踪后，迅速把门关上。

"老石！"赵大宝像见到了久别的亲人一样，一把握住了老石的手，低声喊道。

"大宝！"老石也同样握紧了赵大宝的手。

老石是上级党组织与太原南站地下党支部之间保持联系的一名联络员，几年来，赵大宝他们进行的各项地下活动，都是由老石来传达的。按照组织的规定，老石只与赵大宝一人单线联系，之前，他们的大多数联系都是在赵大宝值乘的列车上悄悄进行的，偶尔遇有紧急情况，老石才会潜入太原城内，来到赵大宝家中进行联系。

"你怎么进城的？路上没有遇到危险吧？"赵大宝边问，边上上下下、前前后后打量着眼前的老石同志。

"我从东山上进来的，那儿有我们的部队，他们把敌人引开，掩护我进来的。"老石是运城人，说话带有明显的晋南口音，他说完，拍了拍胳膊，又抬了抬双腿给赵大宝看。

看到老石安然无恙，赵大宝刚才还提着的一颗心，这才放了下来："来，老石，快坐。"赵大宝说着，将老石让进了屋内的桌子前，并给他倒了杯热腾腾的白开水。

老石接过水杯，对赵大宝说："你们送出去的布天佑，条件很不错，组织对他已有安排。"

赵大宝听到这里，忙问道："你见到布天佑了？他好吗？"

老石说："见到了，他很好，他把城里敌人特务组织的名单和活动情况都告诉了我，我已向组织汇报了。"

得知布天佑安全的消息，赵大宝心中多日来的担忧，一扫而去。

但他又猛地想到老石此次冒险而来，必定是有极其重要的任务，于是又急切地问道："那这次是不是有任务要交给我们。"老石用信任的目光看了赵大宝一眼，然后对他点了点头。

"什么任务？"

"想办法搞到城防图。"

"城防图？"

"太原城内修筑的工事较多，久攻不破，攻城部队的战士伤亡较多，上级要求你们，把城内东、西、南、北四个方向的城防工事尽快侦查清楚，然后想办法把情报送出去。"

……………

两个人压着嗓门，悄悄地说着，不时，在桌子上比画一下。

已经是午夜了，风的声音也似乎比前半夜要小一些。老石安排完任务，起身与赵大宝告辞。临走时，他像是想起了什么，从怀里掏出一块绣着两朵红梅花的蓝色手帕，然后拿起桌上针线筐里的剪刀，将手帕一剪为二，并将其中半块交到赵大宝的手中。

赵大宝不解起来："老石，这——"

老石神情顿时有些严肃，他对赵大宝说："大宝，现在城内形势越来越严峻，许多革命同志已经被捕，甚至牺牲，此次交给你们的任务比较艰巨，如果在完成的过程中，你们党支部成员遇到危险或牺牲，请一定另派其他可靠群众，务必将城防图送出去，到时候，我们以此手帕为接头信物。"

赵大宝听后，顿时明白，他郑重地从老石手中接过蓝手帕，说道："放心吧，请转告组织，我们太原南站地下党支部一定完成任务。"

然后，他打开屋门，朝外望了望，确定屋外没有可疑之处，才把老石送出门，直到目送老石的身影消失在茫茫的夜色中，才返回屋中。

只是，赵大宝没想到，这竟成了他和老石的永别。

## 三　小树林发现可疑者

已经数日没有与敌人交战了，驻扎在东山一带某旅五团的战士们这一天清晨起来，又开始修整战壕。半个多月前，上级要求暂时停止交火，围而不打，所以五团正在原地待命，随时等待新的战斗。

团长赵清川一夜都没合眼，因为午夜时分，他隐隐约约听到从城内的方向，传来了几声枪响，似乎很密集，又似乎很稀疏。于是他起身披上棉大衣，登上一座小山头，朝不远处的太原城望去，此刻，笼罩在一片黑暗中的太原城，看上去，并没有什么异样。

可是，刚才的枪声，是从哪里传来的呢？赵清川这么想着，回头问身边的警卫员："小鬼，刚才你听到什么声音了吗？"

被唤作小鬼的警卫员十六七岁的模样，听到团长问话，急忙立正挺身回答道："报告团长，似乎西边有零零星星的枪声，不过很快就结束了。"

警卫员的回答，更确定了赵清川的判断，看来，城内刚才确实发生过什么事情。而且，距离东山很近。

可是，会是什么事情呢？赵清川此刻睡意全无，他抬起手腕，看了看手表，时针，已快指向四点。

清晨，天刚蒙蒙亮，赵清川正在阅读上级送来的一份文件，这时，一名负责巡逻的战士跑来向他报告："报告团长，南边山脚下的树林里发现一名可疑人员。"

一听说有可疑人员，赵清川立即联想到了凌晨的枪声，他"呼哧"一下从凳子上站起来，问道："什么可疑人员？"

巡逻战士挺了挺胸脯，回答道："此人伤势严重，身份不明，要求见团长一面。"

赵清川听后，立刻放下手中的文件，健步如飞，上了战马，跟随这名战士急忙朝南边的树林而去。此刻，直觉告诉赵清川，树林里的这名可疑人员必定与昨夜城内的枪声有关。但是，这个人，是敌，还是友呢？赵清川在马背上反复思考着这个问题。

东山属土石混杂的山，围着太原城绵延十几二十里。由于是土石混杂的山，所以山上山下树木较多，这些树木无拘无束，自由生长，时间长了，便形成了一片一片的树林。虽然此时正值冬季，树叶俱落，但成片的树林，还是能够起到一定的屏障作用，有的树林，莫说一个人，就是一个班、两个班的战士隐蔽进去，外人一时半会儿也很难发现。

赵清川凌晨从山头上回到团部后，一直惦记着那几声枪响，所以让警卫员通知巡逻班的战士，密切注意每一个地方，包括与兄弟团交界的山头、洼地、树林，一旦发现可疑情况，立即汇报。

巡逻战士发现可疑人员的树林，位于赵清川他们五团驻地的南边，过了这片树林，便是另一个团的驻地，这片树林位于两个团的交界处。

五团的驻地，距离南边的小树林不远，也不近，大约五公里的路程，如果放在平时的正常行军，需要半个多小时，而今天，由于有可疑人员出现，再加之昨晚的枪声，赵清川策马而来，不到十分钟便和巡逻战士赶到了树林里。

此时，可疑人员浑身是血，被两名解放军战士扶着半躺在地上。

赵清川翻身下马，几步上前，来到他们的面前。只见伤者是一名四十岁模样的中年男人，右腿和腹部均中弹数发，鲜血把棉衣多处都染成了红色。赵清川俯下身子，伸手从一名战士的手中，轻轻接过伤者，搂住伤者的双肩。因为他明白，没有十分坚强的意志，一般人是挺不到现在的。这一刻，他似乎已经猜到了眼前这名伤者的身份，他应该不是敌人，而是战友。想到这里，赵清川又轻又急地对伤者喊道："同志，醒醒！同志，醒醒！"

伤者从昏迷中渐渐清醒过来，他的目光，就像一根即将燃尽的蜡烛，微弱地飘到赵清川的脸上。

"你……是……团长？"伤者说话的声音很低、很弱，似乎是拼尽了最后的一点点气力。

赵清川望着浑身是血的伤者，使劲儿点了点头："同志，我是赵清川，五团的团长，你有什么话，就告诉我。"

伤者有些吃力地从贴身的口袋里掏出了已经被鲜血染红的半块蓝手帕，递给赵清川，然后一字一顿地说道："地下党……城防图。"

说完这些，伤者便咽下了最后一口气，任凭赵清川怎么呼唤，再没睁开双眼。

清晨的第一缕阳光，透过树林，斑驳地洒向赵清川和躺在他怀里的那位已经牺牲的革命者身上。赵清川的目光，从眼前这位牺牲同志的脸上，慢慢移到了那块蓝色的手帕上。又一位革命同志牺牲了，虽然素不相识，但赵清川内心还是涌起一阵阵悲痛，手中的蓝手帕，在这种悲痛中，也被他越攥越紧。

赵清川没敢耽搁，把那位牺牲的革命同志交给战士们后，便十万火急地将这一情况向上级汇报。很快，他终于弄清楚牺牲的同志姓石，是党的一名地下联络员，此次负责潜入太原城内，通知隐蔽在城内的一支地下党组织尽快侦查清楚敌人的城防工事，为总攻太原城做准备。没想到，这位联络员在半夜出城的时候，被敌人发现，遭到追捕，身中数枪。而联络员临牺牲前交给赵清川的那半块蓝手帕，则是其和城内地下党组织成员接头的信物。

清楚了牺牲者的身份后，赵清川向上级提出申请，希望将那半块蓝手帕交由自己保管。因为他们五团所在的位置，是距离太原城较近的阵地之一，如果城内的同志携带城防图出城，很有可能会经过自己的驻地，届时，他可凭蓝手帕与对方相认，从而尽快将城防图送到前线指挥部。

总攻战役，迫在眉睫，为避免更多的流血牺牲，赵清川的申请得到批准。他带着蓝手帕，返回驻地，在东山上找了一块空地，将联络员老石朝运城家乡的方向埋葬，并做好标记，以便太原解放后寻找，然后，随时等待着那位送城防图的同志出现。

## 四　孤儿小六子要参加行动

自从"自白转生"运动以来，太原城内的大街小巷，就很少有人走动。尤其是在这个漫长的冬季，人们更是极少出门。首义门附近平时熙熙攘攘、人来人往的火车站，也因为城内城外交通中断，火车不再出城，所以没有了乘客。没有了乘客，自然也就冷清了下来，除了还需要上班的铁路工人偶尔从这里经过外，连麻雀似乎也很少见了。

需要上班的铁路工人，主要集中在火车司机这个群体，虽然城内的守军已经向他们下达命令，火车不许开出城池半步，但并没有说他们就此可以回家休息，因为在城内，还有一条铁路，此时正需要他们"效劳"。这条铁路，便是环城铁路。

环城铁路沿太原城的城墙根修建，通过火车绕行，可以把太原城的东西南北四个区域连成一个整体，而且各种物资也能快速运到各个城门。所以说，这条铁路是城内守军对抗解放军总攻的一个"法宝"，就如同那些林立在城内大小不一、高低不同的上百座碉堡一样，都是为了对抗需要。不然，守军怎敢放言，自己的这座城池固若金汤呢。

不过，再固若金汤的城池，一旦失去了民心，便离土崩瓦解不远了。要不，那句"水可载舟，亦可覆舟"又怎么会流传几千年呢。

火车司机被逼着到环城铁路上运物资，大伙儿心里的不满可想而知。这种不满，有两种原因，一种是因为他们好几个月都没领到薪水了，一种是因为家中有亲人死于城内的守军之手，还有的，早就想投奔解放区了。总之，各种不满都有，于是，他们私下里经过商量，达成了一致意见：出工不出力。具体表现起来，五花八门，什么情形都有：有的是火车还没出站，就坏到了原地；有的是好不容易开出了车站，却坏在了半道上，不但自己前行不了，还把后面的火车也堵成一片；还有的是成心让装着军事物资的车厢在中途脱轨，枪支弹药洒得满地都是。气得城内的守军对这些火车司机恨得牙根痒痒，却一点办法也没有。因为这些人虽然说不上是什么特别稀缺的人才，但要是离了他们，火车还真就动不了。火车动不了，那成箱成箱的弹药谁去运呢？所以，尽管明知这群火车司机在故意磨洋工，但城内的守军对他们也无计可施。

这一天，赵大宝像往常一样穿过首义门，来到了火车站。在外人看来，他与往日没有任何不同。可只有赵大宝清楚，自己的心，此时比以往任何时候都要热。这种热，从昨晚老石给他传达了任务后，便一直没有降下来。因为，他分明感到，盼望中的"那一天"，就快到来了。

他来到车站，找了个机会，朝史志贵、刘福安和马喜子分别递了个眼色。三个人立刻明白，他们有的拿着擦车的棉丝，有的拎上修车的工具，有的背起装煤的铁锹，朝停在钢轨上的一台机车走去。

这是一台日本投降时留下来的机车，车顶和车门处，还保留着日文铭牌。此刻，这台黑乎乎的庞然大物，正停在那里。赵大宝他们上前擦擦那里，敲敲这里，时而互相配合着干，时而散开分头去干，就在这一散一合间，赵大宝通知他们收工后到家里来一趟。

赵大宝的家，不但是上级党组织与太原南站地下党支部的联络地点，也是车站几名地下党员的秘密开会场所。中午收工后，史志贵和刘福安、马喜子先后来到赵大宝家。他们，都迫切想知道上级又给自己布置了什么新的任务。

就在他们准备开会时，却意外发现一个名叫小六子的车站童工，也跟着他们，前后脚来到赵大宝的家。

小六子刚十三岁，六年前，也就是一九四二年的八月十五日，太原城遭遇大雨，东西两山山洪暴发，东边冲毁了同蒲铁路，西边汾河水上涨，许多人家在这场山洪中被冲得家破人亡，其中就包括小六子的家，他的爹娘在那场洪水中，全都被卷走了，只剩一个哥哥和他相依为命。可就在一年前，在城内特务进行的一次抓捕行动中，他的哥哥惨死在特务的枪口下，从此，小六子便成了孤儿，到处流浪。有一天，衣衫褴褛的小六子蜷缩在火车站外，被赵大宝他们看见。于是他们将小六子带回车站，并给他找了份打扫卫生的差事，算是有了个糊口的营生。

小六子一看就是受苦人家出身的孩子，打扫起卫生一点儿也不偷懒，候车室的座椅常被他擦得干干净净。有时候，碰上有人带的行李太多，他就勤快地跑上去帮人家一把，久而久之，大家都喜欢上了这个孤苦伶仃的孩子。偶尔，有的阔太太，或者少爷、小姐们上下火车，看他可怜，也会大发慈悲，给他个万儿八千的金圆券作为赏赐。虽然这些金圆券在市面上已经不值几个钱了，当时一斤面粉都需要三四十万元的金圆券，一斤玉茭面也需要十万元，就连普通的山药蛋也要二十万元，但小六子把这些阔太太、阔少爷、阔小姐们给他的金圆券攒起来，有时候也能勉强凑够一斤玉茭面的钱。

小六子年龄虽不大，但聪明机灵，很有眼色。赵大宝他们有几次在火车站掩护革命同志上下车、进出站时，险些被特务察觉。而每当这时，正在扫地的小六子都能恰到好处地抡起大扫帚，干扰特务的行动，使革命同志顺利脱身。这是纯粹的巧合，还是小六子有意而为之，赵大宝不愿往深里去想，也不想就这个问题去问小六子。

因为，自己的地下身份太危险了，他不想让这个还没成年的孩子和自己走得太近，以免将来给这个孩子引来杀身之祸。还有，赵大宝忘不了，原本他们这个党支部有十二名成员，可这几年，其他七名地下党员已经陆续牺牲在敌人的枪口下。所以，他更不愿把这个孤儿带进他们这个组织中。他觉得，小六子应该有更好的未来，比如，新中国成立后的新生活。那样，小六子可以上学堂，可以进工厂，还可以成为解放军部队的一名小战士。赵大宝甚至可以想象到小六子穿上解放军军装、戴上红五星帽子时英姿飒爽的模样。

可是，今天小六子偏偏在他们要开会布置任务的时候，凑巧上门来了。赵大宝看着小六子那张因为营养不良而寡白的脸，怜爱地问："你不在车站打扫卫生，来家里干什么？"

小六子迈进门槛，从脖子上摘下那条破了好几个洞的棉围巾，走上前笑着对赵大宝说："大宝哥，你忘了车站没客人了，不用天天打扫卫生了，我正好来看看你和桂花嫂子。"

"今天我们有事，你改天再来，好不好。"赵大宝把手放在小六子单薄的后背上，轻拍了两下，劝他离开。

小六子站在那里，双脚未挪动半步，那神情似乎是在告诉在场的每一个人，自己不想离开。

这时，霍桂花走了过来，拉起小六子的手说："走吧小六子，跟嫂子到外面去。"

小六子很听霍桂花的话，他有些不情愿，却还是跟着霍桂花，顺从地朝门外走去。

霍桂花带着小六子走到门口，然后转身从外面将屋门关上，当她看到小六子出门时，扭头伸着脖子朝屋内看去的时候，善意地把小六子拉到了一边。

霍桂花知道丈夫和史志贵、刘福安、马喜子他们在忙正事，不能有人打扰，所以，她不但要把小六子领出来，还要在门外为他们站好岗、放好哨。这也是自打她嫁给赵大宝后，每次赵大宝他们开会时，霍桂花都会主动做的一件事情。她知道自己的丈夫在忙什么，一直以来，她都很想用一个比较贴切的词来形容丈夫所做的这件事情，可她虽然是一名小学教员，读过一些书，却也实在想不出太伟大，或者太高尚、太纯洁的词，只能用"有意义"三个字来形容丈夫所做的事情。而且，她也愿意为这件有意义的事情，尽一分微薄之力。

霍桂花带着小六子，来到门前一块空荡荡的菜地里，然后蹲下身，用铲子慢慢地铲着。

菜地的面积，有十平方米，这也是城内长官对每个百姓的要求，因为饥荒已经越来越成为守军必须面对的一个问题。虽说太原城有坚固的城墙，有数百上千座碉堡，并号称"战斗城"，但那根本顶不了粮食，填不饱肚子，就连守军也常常吃不饱饭。所以，城内长官要求家家开地，户户种菜。

眼下，正是冬天，菜地里自然什么都没有，但霍桂花还是很"勤恳"地翻弄着，并不时用眼睛观察着四周的动静。

"桂花嫂，你说大宝哥他们有什么事？"小六子边帮霍桂花铲地，边问道。

"他们——"霍桂花停顿了一下，接着说："你大宝哥他们在商量工作的事。"

"什么工作的事？"小六子又问。

"这个我也不知道，大概是开火车一类的吧。"霍桂花答道。

"那我也想进去听听。"小六子说着，又朝屋子的方向看去。

"你一个小孩子，听他们说那些干什么？"霍桂花扯了一下他的衣袖，劝道。

"因为我想和大宝哥他们一样。"小六子目光依旧有些热切地看着屋子的方向。

"哦，和他们一样，你也想开火车吗？"霍桂花停下手中的铲子，满眼怜爱地注视着小六子问道。

"嗯，是，也不全是。"小六子看着霍桂花，认真地回答道。

小六子的回答，让霍桂花心里不由得产生了一个小小的波动，她仔细端详眼前的小六子，心想，这个孩子，什么时候竟然已经长大了。

小六子也看着霍桂花，他的眼睛，黑白分明，一点儿杂质也没有，是那么干净。

"什么是，又不全是，你是在考嫂子吗？"霍桂花假装责怪道。

小六子听了，不再说话，他不好意思地挠了挠后脑勺，嘿嘿嘿地笑了起来。

屋内，史志贵和刘福安、马喜子围着桌子刚一坐下来，三个人便像是预感到了什么，把目光一齐投向赵大宝，等待赵大宝开口。这时，性子有些着急的马喜子压低嗓门迫不及待地问："师父，是不是城外来人了！"

马喜子长着高个头，圆脸，大眼睛，两道眉毛又黑又浓，像卧在眼睛上的两条黑蚕。他和布天佑一样，都是赵大宝的徒弟，除了晚上回家休息，白天上班几乎寸步不离赵大宝。同时，他也是在赵大宝的发展下，成为太原南站的一名地下党员，所以，他与赵大宝的关系，既是师徒，又胜似兄弟，有时说话难免不管不顾抢个先。

与马喜子相比，史志贵和刘福安两人就显得稳重多了，他们是北岳二地委在太原南站最早发展起来的两名地下党员，战斗经验丰富，遇事沉着冷静。

赵大宝对马喜子"嘘"了一声，示意他先别着急，待大家都安静下来后，才把昨晚老石来传达的任务告诉了大家。

"城防工事？"几个人听完后，几乎是异口同声地向他问道。

"是，城防工事，上级要求我们必须在最短的时间内完成。"

赵大宝说完，舀来一碗水，并用手指蘸了蘸碗中的水，在方桌上简单地画出了太原城的地形图。然后和大家商量城内东、西、南、北四个区域的城防工事侦查任务。

"大宝，我家在南边，对那一带比较熟悉，城南的城防工事就由我来完成吧。"史志贵听完赵大宝的介绍，第一个站起来说道。

赵大宝明白史志贵为何要挑选城南这个区域，这个区域根本不像史志贵说得那么轻巧。于是，他把史志贵摁回座位上，无不担心地提醒道："老史，城南是重中之重，咱们的部队很可能从那边打进来，所以敌人防守严密，工事众多，你一定要小心。"

"放心吧大宝，我会注意的，我想我一定能亲眼看到咱们这座城市解放的那一天。"史志贵说这番话的时候，赵大宝向他投去敬佩的目光，这位久经考验的老党员，一直是赵大宝心中的榜样。

听史志贵选择了城南，马喜子坐不住了，他急忙站起来对赵大宝说："师父，那俺去城东吧？"马喜子老家是山东的，早些年跟随父母一起逃荒到山西太原，说话总是带着浓浓的乡音。

赵大宝一听城东两个字，心里咯噔一下，他没有答应马喜子的要求，而是告诉马喜子："你对城北比较熟悉，就负责城北的工事侦查吧。"

"可是师父，俺想去城东。"马喜子又努力争取道。

"喜子，我明白你的想法，但你一定要听从安排。"赵大宝走到马喜子面前，拍了拍他的肩膀，让他坐下，然后语重心长地接着说："喜子，城北的任务也不轻，你一定要注意保护好自己。"

"可是师父……"马喜子说着，想再次从凳子上站起来，但在赵大宝那毋庸置疑的目光中，他又坐了回去，嘴里极不情愿地嘟囔道："好吧，俺服从安排。"

轮到刘福安，他刚要起身说话，赵大宝便一把制止住他，他知道刘福安会说什么，他一定会挑选那个全城最危险的地方，所以，他对刘福安说："老刘，你就负责城西的工事侦查。"

"不，大宝，我要求去城东。"刘福安很坚决地回答。

"城东有我，你负责城西。"赵大宝的语气，没有一丝商量的余地。他知道，如果自己不用这样的语气说话，刘福安是不会接受城西的任务的。

"大宝，城东太危险了，别忘了，你是咱们支部的负责人，一旦出了事，咱们支部的损失太大了。再说，桂花又怀着孩子，你万一牺牲了，他们娘儿俩将来可怎么办？"刘福安继续为自己争取着，此刻，他多么希望赵大宝能同意自己的请求。

"不，老刘，别忘了，我们的解放大军，有一部分已经到了城西的汾河桥下，敌人已经加紧对城西增加军事部署和工事修筑，所以，你的任务也不轻。"赵大宝对刘福安说。

"可是，我还是希望派我去城东。"刘福安再次争取道。

这时，史志贵、马喜子也一起站起来，他们无不担心地对赵大宝说："大宝，要不我们去城东吧。""就是，让俺们去吧。"

赵大宝劝住他们："不，你们都别担心，我会多加小心的。"

"可是——"史志贵他们还要再说什么，这时，屋门突然被推开了。

大家随着"吱呀"的开门声，扭头朝屋门口望去，只见小六子站在那里，在他的身后，是紧追上来的霍桂花。

"小六子，你怎么连嫂子的话也不听了，快出来。"霍桂花边说边上前拉住了小六子的胳膊。

小六子此时不知从哪里来的一股勇气，他挣开霍桂花的手，朝屋内走来。霍桂花一时不知该怎么办才好，刚才，小六子在菜地里和她聊着聊着，突然起身便朝屋子跑来。这要是别人，霍桂花肯定会死活拦住的，或者及时通知赵大宝他们，但小六子不一样，他不是守军，不是警察，不是特务，不是鬼鬼祟祟的坏人，他只是一个无家可归的孤儿。

小六子来到赵大宝他们四个人的面前，看着大家。赵大宝也看着瘦小的小六子，心想，看来小六子今天是有备而来的。于是，他示意霍桂花别紧张。霍桂花这才转身出门，又一次把屋门在外面关上。

屋内，几个人的目光都齐刷刷地投向这个平日里并不起眼的孤儿。小六子见大家盯着自己，对赵大宝说："大宝哥，我知道你们是干什么的。"

几个人的脸上，掠过一丝不易被人觉察的神情。

"小六子，你在说什么？"赵大宝装作听不懂他的话，来到小六子面前，问道。

"大宝哥，我知道你们是干什么的。"小六子又说了一遍，而且，他一字一顿，说得清清楚楚。

屋内，出现了片刻的安静，静得仿佛连彼此的呼吸声，都能听得到。

"那你说我们是干什么的。"赵大宝把手轻轻搭在小六子的肩膀上，问道。

"你们和我哥哥一样，都是为共产党做事的。"小六子的这句话，像是一声闷雷，惊得几个人都瞪大了眼睛。难道，小六子的哥哥，也是地下党员？

"你在胡说什么？"赵大宝尽量控制住自己那微微有些颤抖的声音。

"我没胡说，我知道你们都是地下党员。"小六子像是要把积攒在自己心中多年的话都说尽一样，对赵大宝他们说道。

赵大宝听了，又是一惊，脸上也随之流露出一抹诧异的表情，他快速地与史志贵、刘福安、马喜子交换了一下眼神，试探地问小六子："那这么说，你哥哥是一名地下党员了？"

"不，严格地说，我哥哥他还不能算是一名正式党员。"小六子的这一回答，又让大家感到特别意外。

"为什么你会这么说？"赵大宝问道。

"因为我哥哥还没正式在党旗下宣誓，就牺牲了。"小六子说着，眼圈有些红了。

几个人听了，一下子都明白是怎么回事了，他们拉起这个孤儿的手，让他坐下，向他了解他哥哥的具体情况。原来，小六子的哥哥牺牲前在距离太原城不远的武宿火车站工作，由于平时经常带着车站工友悄悄从事地下革命工作，所以被批准加入中国共产党。但就在他回到太原，准备到所在的党支部去参加入党宣誓的时候，由于叛徒告密，被特务从家中抓走，第二天便在赛马场枪决。

听完小六子的讲述，赵大宝他们几个人都陷入了沉思，在太原城内，像他们这样的地下党支部究竟有多少个，他们并不清楚，因为每个党支部都是独立作战，相互之间没有联系。小六子的哥哥，应该属于另外一个党支部。

"那你怎么就敢断定我们是地下党？"赵大宝将小六子拉到自己的跟前，心疼地看着眼前这个孩子，问道。

"因为有一次，我看到你们在掩护一个人，那个人去过我家，我能认得出来。"小六子回答。

"哦，去过你家？"赵大宝吃惊地问。

"是的，我哥哥牺牲没多久，有一天很晚的时候，那个人去我家，给我送去半袋子高粱米，还给我讲了我哥哥的事情，说等太原解放了，他还会来找我。"小六子说。

"原来是这样。"赵大宝这时不由得想起小六子平日的种种行为，看来，在他们掩护革命同志往来时，小六子确实是故意干扰和阻拦跟踪他们的特务的。而小六子的革命信仰，则来自他的哥哥，或者来自那个给他送去半袋子高粱米的革命同志。

"大宝哥，让我参加你们的行动吧。"小六子打断了赵大宝的沉思。

"什么行动？"赵大宝装作糊涂地问小六子。

"我不知道你们的具体行动是什么，但我知道你们肯定要行动了。"小六子说。

几个人又相互看了一眼，不知该怎么回答这个孩子。

"我们的行动很危险，随时可能会掉脑袋，难道你不怕吗？"赵大宝迟疑了一下，对小六子说。

"不怕。"小六子回答。

"为什么？"赵大宝问。

"因为我哥哥和你们都不怕，所以，我也不怕。我哥哥告诉过我，只有太原解放了，共产党来了，大家才能过上好日子。"小六子口齿伶俐地说道。

赵大宝他们看着小六子，此时，从每个人的眼神中，可以得出一个结论，那就是他们这次侦查城防工事的行动，必须得带上这个孤儿了。

可是，让他跟谁一组呢？

赵大宝稍微沉思了片刻，对史志贵和刘福安说道："老史、老刘，就让小六子跟喜子去城北吧，你们看怎么样？"

史志贵和刘福安思索了一下，对赵大宝说："行，大宝，就按你说的，让这孩子跟喜子去吧，我们没意见。"

赵大宝把头又扭向马喜子："喜子，你的意见呢？"

马喜子还没回答，却已经一把将小六子拉到了自己的怀里，并对赵大宝说："俺没意见，完全服从安排。"

"那你一定要保护好小六子的安全，危险的地方，不要让他靠近。"赵大宝对马喜子叮嘱道。

"放心吧师父，俺都记住了。"马喜子答道。

赵大宝看大家都没意见，于是又对小六子说："我们这次确实有项任务，需要把城里的城防工事侦查清楚，然后把情报送出去。刚才我们已经做了分工，你呢，就跟着你喜子哥负责城北的侦查任务，怎么样？"

赵大宝满以为小六子会一口答应，谁知，小六子并没有像他想象的那样，而是从马喜子的身旁走到他面前，问道："大宝哥，你负责哪个城区的任务？"

赵大宝经小六子这么一问，不由得对这个外表柔弱的孩子刮目相看，他分明感觉到，在这个孩子的胸膛里，有一颗强大的内心。

"我负责城东。"赵大宝不想隐瞒小六子，便如实相告。

"那我跟你去城东。"小六子脱口说道。

他的这句话，一下子让赵大宝和史志贵他们四个人的心提到了嗓子眼儿。谁都知道，城东，那是一个虎穴，这孩子，从哪儿来的这么大的胆量。

赵大宝没想到小六子会提出这样的要求，他一时不知道该怎拒绝这个孩子。这时,马喜子来到了两人中间,假装冲小六子发起了火:"小六子,你说你怎么这么犟呢,跟俺去城北不也一样吗?"这时,史志贵和刘福安也上来劝起了小六子:"跟你喜子哥去城北吧,那里的任务不比城东轻。"

"不,我要跟大宝哥去城东。"小六子说道,此时,他的表情,不完全是倔强,更多的,是一种勇敢。

看小六子一副人小志气大的样子,赵大宝觉得,再这么僵持下去,也不会有什么结果。这孩子,主意正得很。于是,他对大家说道:"好吧,那就让他跟我去城东吧。"

见赵大宝同意了自己的要求,小六子高兴地咧开了嘴。赵大宝看着小六子那消瘦的脸庞,一阵疼惜,在心里暗自告诫自己:一定要保护好这个孩子。

## 五　布天佑要做保尔·柯察金式的战士

布天佑到了榆次后,被编入培训班进行学习,像他这样的年轻人,组织上一般都会做两手准备:一是对他们的革命思想进行再提高,在太原解放时委以重要任务;二是让他们提前了解太原解放后的一些接管工作,以便在太原城攻破之后,立即投入新的工作。

布天佑被安排在铁路接管组学习,对于老师讲的任何新知识,他都总是能够很快掌握。这一点,与他从小受过良好的教育有很大的关系。当年,他的父亲在孔祥熙创办的太谷铭贤学校担任国术教师,所以,他刚满六岁便跟着父亲住进了学校,开始了读书识字的学习生涯。因此,长大后,布天佑在许多方面,都表现得比其他同龄人要出众一些。这也是赵大宝把他送到解放区的重要原因之一。

一天,培训班上的一位老师把布天佑叫到办公室,像拉家常一样和这位刚十八岁的年轻人聊了一会儿,接着又问了他的家庭情况,鼓励他好好学习。

过了几日,又有另外几名干部模样的解放军把布天佑叫去谈了一番话。在这次谈话的最后,几名解放军干部给布天佑布置了一项秘密任务,那就是在太原总攻战役打响的时候,开着一列火车与解放大军一起攻城。

尽管出城时,师父赵大宝已经告诉过布天佑,此次出城后,他可能会被安排一项重要任务,但任务究竟有多重要,布天佑始终没有猜出来。他想,不要说自己,就是师父,也一定猜不出来。因为,在之前所有的城市解放战役中，还没有哪一场战役，需要火车跟着解放军一起攻城的。

现在，布天佑终于明白了自己肩负的任务。他没有胆怯，更没有害怕，反而觉得浑身有一股热血往上涌，眼中，也闪烁着激动的亮光。当几名解放军干部问他愿不愿意接受这项任务时，他郑重地、严肃地、使劲地点了点头，就像当初站在党旗下宣誓的那一刻一样。

"那就给你几天时间，回去和家人告别一下吧。"其中一位解放军干部拍了拍他的肩膀，用信任的目光看着布天佑，语重心长地说道。

布天佑知道这句话的分量以及它背后的含义。

第二天早上，布天佑简单收拾了一下自己的东西，便离开培训班，沿着同蒲铁路，朝太谷而去。

自从上次离家，已快一年了，布天佑也有些想念家了，他想，家中年迈的老父亲，也一定十分惦记自己。只是，这一次回去，不是为了重逢，而是为了……

布天佑想着想着，独自凝噎起来。

毕竟，这是一位刚十八岁的年轻人，虽然他也有着满腔的热血，也有着为党的事业牺牲一切的勇气。但今天，让他以这样的方式去与家人告别，他确实没做好准备。

他深深地呼吸了一下，然后抬头朝天空望去。这是布天佑的一个习惯，每当心中遇到事情的时候，他都会朝头顶的蓝天望去，因为那无边无际的苍穹，总能给他一种莫名其妙的力量。此刻，蓝蓝的天空中，几朵白云正缓慢地飘荡着。

布天佑就这么抬起头，看着，看着，脑子里不由得想起了《钢铁是怎样炼成的》中主人公保尔·柯察金说过的一句话："人最宝贵的是生命。生命每个人只有一次。人的一生应当这样度过：当回忆往事的时候，他不会因为虚度年华而悔恨，也不会因为碌碌无为而羞愧；在临死的时候，他能够说：'我的整个生命和全部精力，都已经献给了世界上最壮丽的事业——为人类的解放而斗争。'"

这句话，是两个月前师父和他在一个深夜谈起身边那些牺牲的同志时，说给他的。当时，俄国作家奥斯特洛夫斯基创作的《钢铁是怎么样炼成的》中文版还没有在书店出售，梅益翻译的这部作品，也只局限于一小部分人能读到，大多数的中国青年，还不知道这本著作。所以，当布天佑第一次听到这段话的时候，他以为这是师父自己的肺腑之言，他觉得师父真是太伟大了，竟能说出所有革命者的内心独白。

但师父告诉他，这句话，不是自己说的，而是俄国一位作家在《钢铁是怎样炼成的》书中说的。

在这之前，布天佑读过鲁迅翻译的《毁灭》一书，书中那群对革命无限忠心的杜鲍夫、冈恰连柯、莱奋生等游击队员，都曾给予过他无限的鼓励。他也读过曹靖华翻译的《铁流》一书，对书中古班的红军达曼军带领古班群众在白色恐怖下一边转移，一边进行血的战斗的事迹无限感动。

但那天，当他从师父赵大宝那里听到《钢铁是怎样炼成的》一书中这更加让人内心震撼的语句时，他的内心久久不能平静。那天晚上，布天佑重复着这句话，彻底失眠了。天亮后，他急不可待地找到师父，问师父在哪里能够买到这本《钢铁是怎样炼成的》。师父看他为了一本书，简直都快要丢了魂，于是把他带回黑土巷的家，让他去问师母霍桂花。布天佑这时才知道，原来，在师母的学校，有一位懂俄语的老夫子，珍藏着一本俄文版的《钢铁是怎样炼成的》，平时极少示人。但没事的时候，这位老夫子又总爱在其他教员面前吟诵书里面的经典语句，讲述书里面的动人情节，久而久之,学校的教员,都知道了这本书。

布天佑问师母,能不能把这本《钢铁是怎样炼成的》从老夫子那里借出来,让自己也读一读,霍桂花听了,微笑地看着眼前这个比自己小不了几岁的热血青年,对他说:"天佑,那书中全是俄文,即便老夫子舍得借给我们,我们也读不懂呀。"

布天佑听了,气泄了一半,霍桂花看到他的那副样子,把他拉到桌前,说:"不过,如果你愿意,师母可以给你讲一讲这本书中的故事,也许,你会从保尔·柯察金的身上,感悟到什么。"

"保尔·柯察金?他是谁?"布天佑有些不解地问师母。

"他是《钢铁是怎样炼成的》书中的主人公,听说,他就是作者奥斯特洛夫斯基自己的化身。"

"哦,那这位保尔·柯察金是炼钢铁的吗?"布天佑又接着问。霍桂花听了,忍不住"扑哧"一声笑了出来,正要回答布天佑的这个问题。这时,赵大宝走了过来,对布天佑说:"不,这不是一本关于炼钢铁的书,这是一本关于钢铁般战士成长的书。"

那天中午,布天佑在师父赵大宝和师母霍桂花的讲述下,渐渐对出生于贫困铁路家庭、勇敢走上革命道路、成长为一名意志坚强的战士,并在全身瘫痪、双目失明的情况下,再次开始了英雄的事业——创作文学作品的保尔·柯察金有了深深的认识。他分明从这位异国他乡的战士身上,看到了勇敢与坚强,看到了执着与奋斗。布天佑那结实的胸脯因这种勇敢、这种坚强而激动得一鼓一鼓,他那圆圆的面庞因这种执着、这种奋斗而激动得有些通红发光,他一把抓住赵大宝的手说:"师父,这位俄国战士,真是太伟大、太令人敬佩了!"

赵大宝也握住布天佑的手,尽量用平静又略显激动的声音说:"天佑,让我们一起做一名保尔·柯察金式的中国战士吧!让我们为了新中国的成立而奋斗吧！"

"对，师父，让我们为了新中国的成立，献出自己的一切吧！"布天佑没有掩饰自己的激动，此刻，他的眼前全是那位俄国战士的高大形象。

"还有我。"就在布天佑和师父赵大宝的手紧握在一起的时候，有一双纤细的手也伸了过来，握在了他们的手上。布天佑一看，是师母霍桂花，他不由得微微有些吃惊，于是把目光投向师父，可他发现，师父赵大宝并不惊讶，而是认真地向师母点了点头。

此时，布天佑望着头顶的苍穹，不由得想起了这句话，尤其是当他在心中默念道"我的整个生命和全部精力，都已献给世界上最壮丽的事业——为人类的解放而斗争"时，他的眼角，流下了两行豆大的、滚烫的热泪。

傍晚的时候，布天佑在路边搭上了一辆去往太谷的马车，这让他回家的速度变得快了起来。

天擦黑时，布天佑回到了太谷，这是一座小县城，虽然不大，但历朝历代，这里都是商贾云集，尤其是到了清代末期，这儿的繁华曾一度达到鼎盛，位于县城的鼓楼西街，当时更有着"中国华尔街"之称。

布天佑的家，就在鼓楼西街的一座四合院里。青石板铺成的街道，布天佑从小到大不知走了多少遍，可今天，他却徘徊不前。

街道两边，做买卖的商家还在招呼着最后一批客人，来来往往的行人，大多脚步从容，互相打着招呼。布天佑这才想起，自己的家乡，已是解放区，难怪，与太原街道上的黑灯瞎火、鬼影幢幢完全不一样呢。

这时，一个精神矍铄的老者从他的身旁经过，忽然停了下来：

"佑儿，什么时候回来的？"

这个声音把布天佑吓了一跳。这是父亲的声音，一个熟悉得再不能熟悉的声音。布天佑也不明白，自己今天为何会被父亲的声音吓一跳。

"爹——"布天佑迎着父亲，快步走了过去。

"什么时候回来的？"父亲有些高兴又有些纳闷地看着他。

"刚回来，这才进巷子里。"布天佑回着父亲的话。

"回来就好，走，回家。"父亲亲热地拉着布天佑的手，朝家的方向走去。

布天佑回来，让小小的四合院热闹起来。吃罢晚饭，叔叔婶婶、哥哥姐姐都过来了，他们围着布天佑，问他一切可好，然后又向他打听太原的情形。当听说太原城内形势糟糕，守军在大搞什么所谓的"自白转生"时，大家都直说荒唐。尤其是布天佑的父亲，听完儿子的讲述后，气得摘下挂在墙上的一把宝剑，来到院子里舞了起来。剑起剑落，寒光寒影，老人的剑，让人看得眼花缭乱。

人们常说，项庄舞剑，意在沛公。而此时布天佑父亲的剑，是为太原城内那些受苦受难的百姓心怀不平而舞。也唯有这样，这位六十多岁的老人才能宣泄心中的气愤。

已经是冬天了，在院外停留时间久了，会被寒意侵入。布天佑待父亲舞完剑，将他请回屋内，伺候父亲洗漱。此时，亲戚们也全都散去，陆陆续续各回各屋。烛光下，只剩下他们父子二人。

布天佑看着父亲，尽管父亲一生习武，可毕竟年龄放在那儿，周围与他一样的老人，早已享受儿孙绕膝的晚年生活了。可父亲，似乎还惦记着什么。

是什么呢？布天佑说不清楚。这时，他又想起了那位解放军干部对自己说的话——回去和家人告一下别吧，心情不由得一下子沉重起来。

　　布天佑的父亲并没有看出儿子的异样，刚才，他通过一阵舞剑，让自己的内心平静了许多，此刻，他细细地打量着眼前的儿子，一年不见，身高七尺的儿子看上去比以前更健壮了，也更稳重了。尤其是此番回来，一下子像个大人一样，言语少了许多。这一点，老人很是欣慰，他甚至想，不如趁儿子此次回来，把儿子的婚事给办了。

　　"佑儿，明天跟爹去趟春芳家，把你们的婚事定一下，咱们择日不如撞日，就在最近这几天里选个好日子，把春芳迎进门吧，你不能只顾着革命，耽搁了终身大事。"父亲满眼慈爱地看着布天佑。

　　父亲的话，让布天佑的心头猛地一紧，他心想：呀，春芳，这次回来，自己怎么把春芳都忘了呢。此时，他的眼前，浮现出了未过门的妻子吴春芳的身影，那是一个多么端庄的姑娘啊。她那鹅蛋形的脸庞，永远像皎洁的月光一样；她那弯弯的眉毛，永远像春天的柳叶一样；她那似湖水一样的眼睛，仿佛永远会说话一样。还有她的家世、人品，在这方圆百里，更是有口皆碑的。尤其，吴家与他们布家，还是世家，两家交好的渊源，可以往前推一百多年。而他和吴春芳的婚事，也早在娃娃时期便定下了，要不是自己长大后投身革命，早就该和这位百里挑一的好姑娘成亲了。可是，他又想到自己此次回来的目的，想到自己这次走后，恐怕就无归期了，于是心中不由得轻轻一颤，他吞吞吐吐地对父亲说："这……这……"

　　"怎么了？"父亲问。

　　"没什么，就是，就是……"

　　"就是什么？"父亲又问。

　　"没什么，没什么……"布天佑有些语无伦次。

　　"怎么，你在外面有人了？"父亲的脸上，出现了一抹愠色。

　　"不，不，不。"布天佑忙紧张地从椅子上站了起来，回答父亲的话。

"那是为什么，春芳这么好的姑娘，你不想娶进门？"父亲端起茶杯，抿了一口，朝布天佑看去。

"这……这……"布天佑低下头，他的目光开始飘忽不定起来，他不敢直视父亲那慈爱又严厉的目光，更不敢与父亲的眼神有任何交流，因为他担心父亲看出自己的心事。

知子莫若父。

布天佑的心事，终究还是没躲过父亲的眼睛。

那个晚上，布天佑父亲的屋子，蜡烛亮了一夜。人们不知道他们父子都谈论了些什么，只知道第二天一早，父亲便送布天佑出了门，上了路。

父子俩走在鼓楼西街的青石板上，谁也不说话，就这么安静地走着。此时的街道上，行人还不太多，似乎是专门给他们父子留下一个分别的空间。

来到鼓楼下，父亲止住了脚步。布天佑看着眼前的父亲，父亲身穿黑色长袍，双手后背，身板挺直，也看着他。

"走吧，佑儿。"父亲对布天佑说。老人的脸上，几乎看不出任何表情，不悲伤，不牵挂，不挽留。

"爹——"布天佑看着父亲，鼻子陡然一酸，泪水在眼眶中打起了转。

"走吧。"父亲又说了一遍，还是刚才的那个表情。

"爹——"布天佑一时没有忍住，竟哭出了声。只是，这声音，显得极其克制。

"走吧，你和春芳的事，我会给你吴伯父说清楚的，我相信，他们能够理解你的选择。"父亲依旧背着手，看着儿子眼角流淌下来的泪水，却没有替儿子擦掉。

"爹，就让我留下来陪您两天吧。"布天佑恳求道。

"走吧，你应该和你大宝师父他们一样，去做你该做的事情！"父亲的语气中，已经有了几分严厉。

父亲的这句话，让布天佑猛地怔了一下，他用手抹掉脸上的泪水，并深深地向父亲鞠了一躬，然后一转身，头也不回地走了。

## 六　孟庆余到底是敌是友

半个多月过去了，赵大宝他们侦查城防工事的任务，一直都在秘密地进行着。上班的时候，他们把从车站运往各城门的弹药和武器数量，都一一默记在脑子里。下班后，他们又佯装回家路过的样子，分别到这座城市的东西南北四个方向去侦查。其间，赵大宝规定，每个人都不要在口袋里带纸和笔，更不要在身上做任何容易引起守军怀疑的记录，所有的城防工事，都要记在脑子里，晚上回来后，再一一画到纸上。

由于他们身着铁路制服，又背着铁路信号灯、信号旗，城内各处的守军对他们这些来来回回经过的火车司机有时会放松戒备。但这并不意味着，他们的侦查任务进行得就非常顺利。相反，却是困难重重。首先是侦查开始刚一个礼拜，史志贵就在城南被守军放出的狼狗咬伤了腿，鲜血把棉裤都染红了。又过了一个多礼拜，刘福安在城西侦查时，几根肋骨差点被守军打断。究其原因，都是由于他们在侦查中，过于靠近军事重地，引起了守军的注意，所以遭到了守军的驱赶和殴打。负责城北的马喜子相对好一点儿，但他也没躲过守军的盘问和打骂，当守军们发现马喜子在路边探着脑袋不时朝碉堡这边张望时，他们把马喜子抓进了大营，连打带骂，让他老实交代，跑到这里干什么。马喜子装傻充愣，一口咬定自己就是路过这里。最后，守军打累了，骂够了，觉得为这么个傻乎乎的家伙浪费精力，实在是不值得，而且各城区的武器弹药，也还需要这些火车司机运送，于是骂骂咧咧地把马喜子放了。不过他们临把马喜子推出大门的时候，还不忘从后面使劲儿踹马喜子一脚，并警告马喜子不准再耍花招，否则下次就枪崩了他。

马喜子从守军大营里出来的时候，一步一个趔趄，他边走边回忆刚才在大营里看到的一切军事部署，心里暗自为这次挨打感到值得。

城南、城西、城北的侦查任务接连遭遇困难，城东的侦查也同样危险重重。因为除了碉堡、城墙、壕沟这些工事外，在这座城市的东面，有守军建起的一座飞机场，那是一个极为重要的地方，守军们的粮草弹药，大部分都是靠这座机场从外面运进来的。虽然之前，上级组织已经根据赵大宝他们提供的情报，把这座飞机场炸得不成样子，让敌人的飞机无法起飞。但此时，敌人并没有放弃这座飞机场，而是把这里改建成了一座弹药库，堆集了大量的炮弹、炸药，并修筑起了几座坚不可摧、火力较猛的碉堡，这既可以阻拦从东面牛驼寨方向打进来的解放军部队，又可以保证城内其他几个地方的弹药用量。

驻守在小东门机场一带的守军，高枕无忧地打着他们的如意算盘。却不知，赵大宝和小六子已经在秘密地注视着这里了。

为了侦查清楚小东门机场一带的工事，赵大宝和小六子从正面观察了好几次，但都由于守军把守严密，无法获取到有价值的信息。于是，他们又几次悄悄绕到机场的后面，终于找到一处地势稍高、可以把机场尽收眼底的有利地形，于是爬在一片高高的枯草中，仔细侦查起机场的一切。

一天，就在他俩又来到这片枯草处，准备再次开始侦查时，不料，被机场内的几名守军发现。守军们乌拉乌拉地喊着跑过来，将赵大宝和小六子团团围住，并远远地把枪口对准了他们。

赵大宝看到守军就快要到跟前了，低声嘱咐小六子："不要怕，听我的。"

小六子看了赵大宝一眼，点了点头。

"说，干什么的？"一名领头的守军走到离他们三五步远的地方，怒喝道。

"长官，我们是开火车的。"赵大宝边说，边快速地在脑子里思考着脱身之计。

"开火车的？你他奶奶的开火车的不好好在火车站，跑这里干什么？"那名领头的守军继续呵斥道。

"长官，这不快过年了么，我和弟弟来这儿想给家里去世的亲人烧个纸钱。"说着，赵大宝从身上的背包中，掏出一把纸钱，递到那名领头的守军面前。

"真他奶奶的晦气，快拿走，快拿走。"那领头的守军一看赵大宝手中的纸钱，唯恐避之不及，不耐烦地挥了一下手。

这时，几名守军也在半信半疑中放下了端在手中的枪。

"你他奶奶的到哪儿烧纸钱不好，非要钻到这马上就要开仗的地方，不知道这是军事重地吗！"领头的守军又继续骂骂咧咧。

"是，长官您说的对，我们这就离开。"赵大宝说着，给小六子递了个眼色，拉起小六子的手就要走。

"站住！"那名领头的守军又从后面喊住了他们，并接着对其他的守军挥手说道："弟兄们，搜搜他们的身，可别是个共党分子。"

听他这么一吩咐，其他几名守军立刻一拥而上，将赵大宝和小六子，上上下下、里里外外搜了个遍，似乎想从他们身上搜到点儿什么，但最终却一无所获。这时，一名歪脖子的守军气急败坏地骂道："妈的，真是个穷鬼，连块银圆的影儿也没有。"说着，他恶狠狠地举起枪上的刺刀，要朝赵大宝的腿上去刺。说时迟那时快，就在刺刀即将刺入赵大宝腿部的那一刻，小六子猛地扑了上去，一把抓住那个"歪脖子"的右手腕，狠狠地咬了一口。

"啊——"歪脖子一声惨叫，手中的枪掉在了地上。

"他奶奶的，你这个小王八蛋活腻歪了，敢咬你大爷。"领头的守军看到同伴"歪脖子"手腕上的血印子，气哼哼地上前一把揪住了小六子的衣领，似乎要把这个孩子碎尸万段。这一突发情况，是赵大宝没有料到的，他既为小六子的勇气感到可嘉，又为小六子可能遭受的灭顶之灾感到焦急，就在那名领头守军揪住小六子不放的时候，赵大宝立刻冲过去，把小六子护在了怀里。

"长官，我弟弟他不懂事，请你们放过他吧。"赵大宝对那个领头的守军说道。

"放过？想得轻巧！"那名领头守军说着，举起右手，"啪"的一声打在了赵大宝的脸上，并接着吼道："不要说他，就是你，今天也别想活着离开。"说完，他举起刺刀，眼睛连眨都不眨一下，就刺向了赵大宝的右腿。

一股鲜血，顺着赵大宝的腿，流了下来。

看到这一切，小六子像疯了一样，他挣脱开赵大宝的保护，拼命抓住那名领头守军的手，使出吃奶的劲儿，咬了下去。

"哎哟——，你这个小王八蛋、小疯子，看我不一枪毙了你！"领头的守军没想到小六子敢咬自己，他捂着手腕，扯起嗓子对其他守军喊道："弟兄们，还不快……快把这个小共产党给我毙了。"

其他守军听到后，立刻端起了枪，瞄准了小六子。

子弹上膛的声音，传了过来。赵大宝一看不好，急忙把小六子挡到身后。此时，他不知道还有什么办法，能让他和小六子脱险。他想，如果他们两人中必须有一个人去死，那么，就让自己先死吧。

正在这时，一阵摩托车的声音，由远及近，所有的人，都不由得把目光投向摩托车声传来的方向。只见百十米处，两辆摩托车正一前一后朝这边开来。

那名领头的守军这时顾不上手腕上的伤口,龇着牙,咧着嘴,伸长脖子也朝摩托车驶来的方向看去。摩托车此时已开到了他们跟前,领头的守军一看,来人是特务大队的副队长孟庆余,于是急忙小跑了几步,满脸谄媚,点头哈腰地迎了过去:"孟副队长,这是哪股风把您给吹来了。"

孟庆余嘴上叼着一根香烟,手里拿着一根皮鞭,大衣敞着,露出腰上挂着的盒子枪。他不屑地看了一眼这名领头的守军,问道:"你们乱糟糟地在这里干什么?"

"报告孟副队长,我们发现了两名共党。"领头的守军说着,眼睛朝赵大宝他们斜了过去。

"哦,共党,在哪里?"孟庆余仿佛一下子来了兴致,问这个领头的守军。

"你看,孟副队长,那两个人就是共党。"说完,他用手指向正被守军围着的赵大宝和小六子。

孟庆余顺着他手指的方向一看,脸上掠过一丝不易被人觉察的表情,接着对那个领头的守军夸赞道:"不错,你们的警惕性很高。"说完,他把手中的皮鞭扬了扬,来到赵大宝的面前,一脸怒气地说道:"哼,姓赵的,今天可算让我逮着你了,这次可别怪老子对你不客气。"

"怎么,孟副队长认识这个共党?"那个领头的守军忙邀功似的凑上前问。

"认识,而且认识好多年了,就是把他化成灰我也能认出来,不过,这个人可不是什么共党。"孟庆余使劲儿吸了一口烟,然后吐了一个烟圈,阴沉着脸说道。

"哦,那他是……"那个领头的守军不解地问。

"他比共党还要坏一百倍。"说完,孟庆余扬起皮鞭,抽在赵大宝的棉衣上。只见鞭子落过的地方，露出了一缕发黄的旧棉絮。

孟庆余仿佛仍旧不解气，他停顿了一下，揉了揉手腕，再次扬起了鞭子，抽在赵大宝身上，而且边抽边骂道："你这个王八蛋，上次说的咱们一起做麦子生意，卖了麦子给我一半的钱，可最后，你却独吞了，现在，你把我的那份钱给我吐出来。"

赵大宝早就看到孟庆余了，刚才那个领头的守军点头哈腰恭迎孟庆余的时候，他便看到了，只是他不知道孟庆余怎么会出现在这里，此时葫芦里又卖的什么药。上次布天佑走后没两天，他便把借来的通行证还给了孟庆余。他清清楚楚地记得，当时在特务大队院门口，孟庆余问他麦子收回来了吗？他说没有。孟庆余问他为何没收回来？他说怕路上遇到共党，就没敢出城。孟庆余听后，还骂了他一句"窝囊废"。可今天，孟庆余怎么又好端端地提起了麦子的事。难道他是——，哦，不，不可能，赵大宝想着，把头扭向一脸痞子气的孟庆余，盯着他看。

"看什么看，吃独食，信不信我抽死你。"孟庆余说着，又是一鞭子抽了过来。

赵大宝没有说话，也没躲闪，他心想，这鞭子，总比那子弹要好许多，不至于要人命。所以，任由孟庆余的鞭子落在自己的身上。这一幕，让几名守军一时云里雾里，他们搞不清楚孟副队长和这个来上坟烧纸钱的穷光蛋之间有什么生意往来。

几鞭子过后，孟庆余对赵大宝呵斥道："还不带上你弟弟快点滚，回去把钱凑齐了，给我送到特务大队，记住，一个子儿也不能少，不然，我见你一次打一次，直到打死为止。"

赵大宝听孟庆余这么一说，像一个绝地逢生的人一样，心中又惊又喜，他来不及思考孟庆余为何会这么做，急忙拉起小六子的手，一瘸一拐地朝坡下面跑去。背后，他隐隐约约听到那名领头守军哭丧着的声音:"孟副队长,难道我就白白被那个小王八蛋咬了吗,你可得替我报仇呀……"

"没问题,今晚我请弟兄们喝酒压惊。"赵大宝听得真切,这是孟庆余的声音。

一个月过去了,尽管赵大宝他们几个或多或少都受了伤,但侦查城防工事的任务,却一直在紧张地进行中。城内东西南北四个区域的碉堡大小、工事分布、火力部署以及城墙的高度、厚度,壕沟与壕沟、壕沟与城墙的距离等都被他们侦查得一清二楚。接着,赵大宝又利用了几个晚上的时间,在一个个深夜分区域绘制出了东、西、南、北四张城防图。此后几日,又经过大家不断补充和完善,四张更为详细的太原城防图终于绘制完成了。

城防图绘制出来了,接下来的任务,就是如何把这份情报送出太原城,送到联络员老石的手中。

此时,已是一九四九年的三月了,太原城内,已经出现了严重的粮食不足,为了减少粮食消耗,守军放弃了之前准备成立老年组、妇女组和儿童组共同守城的打算,开始允许城内老弱病残者出城。

又一个夜晚来临了,史志贵、刘福安、马喜子和小六子如约来到了赵大宝的家,赵大宝展开四张城防图,让大家分别再过一下目,看与实际有什么出入。

待大家看完,没有不同意见后,他们开始商量如何把这四张城防图送出去。

"同志们,虽然现在已经允许老弱病残出城,但对于像我们这样的青壮年男子,是一个也不能出去,大家说说,这份情报怎么才能送出去?"赵大宝看着大家征求道。

"要俺说,就只有一个办法,那就是硬闯城门。"马喜子火药桶子一样先发表了自己的观点。

"那不是以卵碰石吗?"赵大宝对马喜子说道。

"可除了城门,俺们还能怎么出去?"马喜子有些不服气地说道。

"所以召集大家商量一下这个事。"赵大宝说。

这时,史志贵问道:"大宝,这次还有没有可能借孟庆余的通行证出城?"他的话音刚落,马喜子和刘福安也都点起了头:"对,咱们可以再借孟庆余的通行证用一下。"

赵大宝看着他们,思索了片刻,说道:"这个办法我不是没想过,可存在两方面的危险,一是上次送天佑出城,已经借过他的通行证,他当时就警告我,下不为例,我怕这次再去借他的通行证,引起他的怀疑。这第二点……"赵大宝说到这里,有些犹豫地停了下来。史志贵和刘福安、马喜子看到后,忙问他:"这第二点是什么?"赵大宝看了看大家,接着说:"这第二点就是孟庆余到底是敌是友,我现在越来越看不清楚了,如果他是敌人,那我们这次去找他,让他提供方便,无疑是自投罗网,咱们全都得被捕。"

赵大宝刚说到这里,马喜子就迫不及待地站起来问:"那如果他是俺们的同志呢?是不是俺们就可以找他借通行证了?"赵大宝按了一下马喜子的肩膀,示意他不要着急,然后接着说:"如果他是我们的同志,那这个时候,我们更不能去找他了,因为他打进特务组织,应该有更重要的任务,我们不能让他的身份受到敌人的怀疑,更不能暴露。"大家听了,都默默地点了点头。

一阵短暂的沉默过后,传来小六子脆脆的声音:"大宝哥,让我去吧,我可以装作难民,把情报送出去。"

几个人一听,都把目光齐刷刷地投向小六子。

"不,小六子,你还太小,没有地下工作经验,不适合完成这样危险的任务。"赵大宝驳回了小六子的请求。

又一阵沉默,这次的沉默,比刚才的时间要稍长一些,大概有两三分钟。

"大宝，把情报交给我吧，我可以带出去。"这个声音，是从坐在赵大宝对面的史志贵口中传出来的，大家听了，目光又都朝史志贵看去。

"老史，你说说你的计划。"赵大宝的眼中，露出一丝惊喜、一丝急切。

"对，老史，快说说你的计划。"马喜子和刘福安也忙把身子凑过来，说道。

"我计划从东山出去。"

他的话音一落，几个人都惊讶地瞪大了眼睛："东山？"

"对，东山。"

"可是东山上敌人的封锁线很难突破，而且地形复杂，你不熟悉地形，很难出去。"

"但那是出城最近的方向，而且翻过山，就有咱们的解放军部队了，兴许，我会遇到他们。"

"可这样太危险了。"

"再危险，我们也要试着去做。"

…………

灯光下，几个人你一言我一语地小声争论着，就在快要僵持不下的时候，刘福安站了起来："大宝，老史说的意见我赞同，东山确实险峻，但也正是险峻，所以才有逃出去的希望，这次，就由我和老史一起执行这项任务吧。"

"你——"赵大宝吃惊地望着刘福安。

"对，就让我和老刘一起去吧，遇到危险我们两人相互有个照应。"史志贵这时也站了起来。

"这……"赵大宝的目光从刘福安的脸上，移到史志贵的脸上，又从史志贵的脸上，移到了刘福安的脸上。他一时无法做出决定，因为，于公，他特别希望这份情报能够尽快送出城去；但于私，他太担心老史和老刘提出的这个建议了。东山不比寻常，防守极其严密，如果遇到敌人追捕，那他俩谁也逃不出去。

这时，马喜子也站了起来，对赵大宝说道："师父，让俺和他们一起去吧。"

小六子一看，也挤到桌前恳求起来："大宝哥，让我也去吧。"

"这……你们……"赵大宝没想到，在危险面前，他们每个人都争着抢着要去。他动情地说道："如果这样，那我和你们一起去，我们一起从东山上逃出去，多一个人，就多一分希望。"

看到这种情况，史志贵和刘福安马上制止住他们："大宝、喜子、小六子，你们留下来，太原就要解放了，我们要保存实力，尽量减少不必要的牺牲。"然后，他俩又把目光投向了赵大宝："大宝，不要犹豫了，也不要再争执了，论资格、论经验，你们都不如我们，为了我们这座城市的解放，为了千千万万老百姓的明天，大宝，请把任务交给我们吧。"史志贵和刘福安态度坚决地说道。

赵大宝看得出来，为了城防图，史志贵和刘福安两个人铁了心要赴一趟东山。想到这里，他的心中不由得涌起一阵巨大的波澜，这波澜，如同排山倒海一样，冲向自己的心头，他的眼眶渐渐湿润起来，双手也不由得与史志贵和刘福安两人的手紧紧地握在了一起："老史，老刘，那你们……"说到这里，他稍微停顿了一下，嗓子像是使劲儿吞咽了一下什么东西一样，接着问道："那你们对组织有什么要求吗？"

史志贵和刘福安听了，用同样的目光看着赵大宝："大宝，我们对组织没有任何要求。"

赵大宝把他们的双手，握得更紧了。

## 七　又有两名同志牺牲了

第二天，夜幕降临的时候，史志贵和刘福安按照约定，又来到了赵大宝的家，此时，马喜子和小六子也在赵大宝的家中等候他们。昨天，在赵大宝决定由史志贵和刘福安通过东山，把城防图送出去后，赵大宝就让他俩回去做一下准备，同时，自己连夜又重新绘制了一份太原城的东西南北城防图，作为备用。这样，一旦老史和老刘在出城途中遭遇不测，自己能马上带上这份城防图再另想办法出城。

四张画在宣纸上的城防图，被搓成四个小条，分别塞入史志贵和刘福安棉衣的衣角隐蔽之处，宣纸与棉衣中的棉絮贴在一起，从外面摸上去，二者几乎没有什么区别。一旦遇到敌人搜身，不容易被发现。

天，完全黑下来了，太原城，又被笼罩在夜幕中，在寂静的夜色中，像是一座失去了生命的城市。

"大宝，我们走了。"看到外面已是夜深人静，史志贵和刘福安与赵大宝他们告别。

"老史、老刘，你们路上一定要多加小心。"赵大宝又重复了一遍这句不知说了多少遍的话。

"嗯，放心吧，我们会小心的。"

"让我们相见在解放的那一天。"

"一定，相见在解放的那一天。"

说完，史志贵和刘福安便出了赵大宝的家，他们借着茫茫夜色，朝东山方向而去。

赵大宝和马喜子、小六子看着他俩远去的身影，每个人的脸上，都流露出了一丝担忧。

夜，越来越深了，史志贵和刘福安沿着周围的掩体，猫着腰，敏捷地向前走着。路上，他们一个负责观察前方，一个负责观察后方，其间，他们两次遇到巡夜的守军，差点被发现，但由于躲闪及时，有惊无险。

两个多小时后，他们到了一个叫山庄头的小村庄，过了这个村子，再往东，是一座山头，那里有敌人修筑的大量碉堡，因此，那儿也是东山上最危险的地方。不过，翻过这座山头，便可以很快到达解放军占领的地盘。这也是史志贵和刘福安选择走这条路线的一个重要原因。

史志贵和刘福安穿过沉睡的山庄头村，朝前面的山中而去。此时，正值冬末春初，四周起起伏伏的山峦上，没有植被的遮挡，光秃秃的。月光下，更显得有几分凄凉。

史志贵和刘福安知道，这样的月夜，必须加以注意，否则，极易暴露在敌军的视线之中。于是，他们专拣那些月光照不到的地方行走。

夜，更深了。大山似幕，冷风如刀，史志贵和刘福安一前一后悄悄地向前走着。尽管两人处处小心，但他们的身影，还是被东山上的守军发现了。

大批的守军迅速出动，他们对手无寸铁的史志贵和刘福安围追堵截。枪声、哨声响成一片。史志贵和刘福安此时借着月色，使劲儿向山头奔跑着，光秃秃的大山，一览无遗，守军的子弹，密集地射向他们。

一颗子弹射中了史志贵的左腿，他"哎哟"一声跌倒在地，刘福安听到后，忙跑过来搀起他，跌跌撞撞地往前跑着。

"老刘，不要管我，快，你快走。"史志贵说完，撕开自己的棉衣，把藏在自己身上的那两张城防图取出来，塞到刘福安手中。

"不，老史，我们一起走。"刘福安说着，不由分说继续搀着史志贵往前走。这时，又是一阵子弹射来，其中一颗子弹不偏不倚地射进了刘福安的腹部，疼痛袭来，刘福安本能地用一只手去捂自己的肚子，鲜血，汩汩流了出来。史志贵看到后，小声喊道："老刘，你受伤了。""我不要紧，咱们快走。"刘福安一边说，又一边搀起史志贵，正当两人趔趔趄趄、踉踉跄跄往前走着时，又是一阵枪响，守军的子弹，几乎是同时射进了他们的胸膛。史志贵倒下了，刘福安也倒下了，在倒下的那一刻，他们都深知自己无法完成此次任务，为了不给敌人留下任何的线索，按照之前的约定，把棉衣里的城防图取出来，撕碎并吞入自己的口中，然后，互相搀扶着，挪到悬崖边，在守军快追过来的时候，跳了下去。

此时，山，在呜咽；风，也在呜咽。就连月亮，也隐入了云层中，它们似乎都在为这两个英勇的好儿郎而难过、而哭泣。

天，渐渐亮了。一夜未睡的赵大宝眼中布满了红血丝，他看着这座城市的东边，满眼都是牵挂。自从昨天晚上史志贵和刘福安离开后，他就一直心神不宁，甚至后悔派他们两人去冒这个险。但如今的太原城，要想出去，也唯有这个办法。整整一个晚上，他坐在家门口，在沉沉的夜色中，望着远处影影绰绰的东山，望着天上的月亮钻入云彩，想起史志贵和刘福安临走前对他说过的那句话：为了革命工作，总是要有人牺牲的，如果我们牺牲了，不要悲伤，不要难过，你们要继续想办法把城防图送出去。

他们，到底顺利出城了吗？赵大宝望着东边那一轮即将喷薄而出的红日，陷入了深深的沉思中。

这个白天，赵大宝像坐在针毡上一样。他来到车站附近的首义门下，暗中观察着城内的动静。因为他知道，按照惯例，城内守军如果抓到了共党嫌疑人，必定会马上大张旗鼓地贴出告示，妄图起到杀一儆百的作用。也就是说，如果史志贵和刘福安昨夜不幸被守军抓捕了，那么今天，城内应该有关于他们的告示。所以，这个白天，赵大宝的一颗心都始终悬在嗓子眼儿。

一天的时间过去了，城内守军并没有贴出任何告示，也没任何动静，随着夕阳缓慢西下，夜幕再次降临，赵大宝才稍稍松了一口气。他分析，史志贵和刘福安昨夜的行动，应该是顺利的。想到这里，他在心里自言自语："老史、老刘，让我们相会在解放的那一天吧。"

这一夜，赵大宝睡得相对踏实，这也是他自接到侦查城防工事的任务后，第一次睡得这么踏实，以至于一觉睡到了天亮。

霍桂花早上起床后，看到赵大宝还没醒来，便轻轻地从里屋走了出来，来到外间准备做早饭。她掀开米缸，发现里面已经没有几把高粱米了，再往面缸里看，也同样见了底。而放盐的小罐里，此时也只剩下少得可怜的几粒盐巴。霍桂花眉头微微一蹙，她心想，如果太原再不解放，老百姓就该出现断粮和饿死的现象了。想到这里，她轻叹了一口气，从缸中捏出一小撮高粱米，放入锅里，熬了起来。

不一会儿，锅开了，蒸汽把锅盖顶得"突突突"直响，就像蒸汽机车开动时的节奏一样，赵大宝在这种有节奏的声音中，睁开了眼睛。此时，他的眼前，仿佛出现了史志贵和刘福安正把城防图交给联络员老石，老石又送往解放军前线指挥部的画面，于是，他不由得重复了一遍那句话："老史、老刘，让我们相见在解放的那一天吧。"

霍桂花挑开门帘，走进里屋，看到赵大宝在那里发着呆，而且嘴角还微微上扬，于是走过去，问他一大早在想什么高兴的事情。赵大宝告诉她："老史和老刘有可能已经顺利到达解放区了。"

霍桂花听了，脸上也露出了喜悦之情："如果这样，那就真是太好了。"

赵大宝还想再说什么，这时，屋外传来一阵"砰砰砰、砰砰砰"的敲门声，声音很急促，好像有什么要紧的事。

赵大宝听到声音，急忙翻身从炕上下来，走到屋门处，一把将门打开。由于他门开得有些快，门外的敲门者一时没有站稳，竟差点儿从门外栽进来。赵大宝一看，是马喜子，再往后看，马喜子的身后还跟着瘦瘦弱弱的小六子。

"你们——"赵大宝刚要问他们怎么来了。

马喜子没等他把话说完，就一步跨进了门，对赵大宝说道："师父，不好了！"

赵大宝看他脸色苍白，声音微微颤抖，便一下子预感到了什么。难道，是老史和老刘他们……不，不会。想到这里，赵大宝急忙把马喜子和小六子拉进屋内，并给霍桂花使了个眼色。

霍桂花立刻出去，并把门从外面关上。

"喜子，发生什么事了？"赵大宝一脸焦急地问。

"师父，老史和老刘他们……"马喜子说到这里，突然痛苦地捂着脸，无法再说下去。

"敌人一大早就把告示贴了出来。"小六子在一旁补充道。

"什么时候的事？"赵大宝的呼吸一下子急促起来，血液也涌向了头顶。

"前天晚上在东山上，据说他们跳崖了，昨天傍晚才找到的尸体。"马喜子放下捂脸的双手，红着眼睛哽咽地对赵大宝说。

这一刻，赵大宝什么都明白了，他怔怔地站在那里，内心如高山上的雪崩了一样翻滚着、跌落着，他的拳头越攥越紧，他的怒火越燃越旺，他为又失去两名优秀的同志而深深悲痛，也为自己批准史志贵和刘福安的请求而自责。

一缕晨曦透过窗户的格栅，照进了屋子，赵大宝和马喜子，还有小六子每个人都像雕塑一样，一动不动地站在那里。他们，都沉浸在失去同志的巨大悲痛中。

这时，门从外面推开了，三个人抬头朝门口看去，只见在一道明亮的阳光中，霍桂花走了进来，并随手掩上了门。

霍桂花来到几个人面前，轻声地提醒道："大宝，喜子，你们不要只顾着伤心难过，而忘了你们的任务，还有，敌人可能会根据老史和老刘的线索，很快怀疑到你们。"

这句话，霍桂花说得很轻。但赵大宝听了，却犹如一声惊雷。他的眼前，再次浮现出史志贵和刘福安临走前说的那句话：为了革命工作，总是要有人牺牲的，如果我们牺牲了，不要悲伤，不要难过，你们要继续想办法把城防图送出去。

是的，现在最主要的任务，不是沉浸在失去同志的悲痛中，而是要尽快想办法把城防图送出去。想到这里，赵大宝渐渐松开了拳头，熄灭了怒火，他让马喜子和小六子坐下，商量如何把城防图送出去。

"师父，把送城防图的任务交给俺吧，俺有的是力气。"马喜子红着眼圈说道。

"你还是要硬闯城门？"赵大宝问。

"是。"马喜子毫不犹豫地回答道。

"不行,绝对不行,那么做,无异于以卵碰石、白白送死,我不能再让你们牺牲了,这次的任务,必须由我来完成。"赵大宝对马喜子说。

"师父,可你是咱们党支部的负责人。"马喜子急忙说道。

"如果你们都牺牲了,那还要我这个负责人干什么!"赵大宝说着,又想起了史志贵和刘福安,一抹悲痛,又出现在他的脸上。

"那你准备怎么出城?"马喜子问道。

"城东肯定不能再走了,城南连个鸟儿也飞不出去,城北又离解放区有些远,我计划从城西试一试。"赵大宝边分析边说。

"不,师父,城西同样危险,何况,那边还有一条汾河,即便你躲过了敌人的追捕,那条河,你也过不去,而且你腿上的伤还没完全恢复。"马喜子说。

"河的事,你不用担心,别忘了,我水性很好,腿上的伤口,也不要紧。"赵大宝说。

"可现在河水才刚刚解冻,冰冷刺骨……"马喜子继续担心地说道。

赵大宝打断了他的话:"喜子,不要说了,就这么定了,我走后,你暂时负责起咱们支部的工作,必要的时候,可以吸收一些思想进步的群众加入进来。"说完,他把目光又投向小六子,并意味深长地看着这个孩子。

小六子也正仰头看着赵大宝,此刻,他很想提出自己跟赵大宝一起去送城防图,但他知道,赵大宝是不会同意他的请求的。而且,自己也不是一名正式的地下党员,甚至连一名地下工作者都不是,是没有资格去完成这样的任务的。

"师父,还是让俺去吧,你留下来负责支部工作。"这时,马喜子又为自己争取起来。

"喜子，难道师父的话你也不听了？"赵大宝严厉地说道。只是，这严厉中又有几分的爱护。

"可是师父……"马喜子刚要再争取一下，这时，从他们的身旁，传来了一个女人的声音："你们都别争了，这次的任务交给我吧，我可以出城。"

大家这时才发现，声音是从霍桂花的口中传出来的。原来，霍桂花刚才进来提醒他们后，便没有再离开，她想听听赵大宝他们的意见，帮着他们出出主意，分析一下哪种方式出城更可行。但听来听去，她感到哪一种出城的方式都面临着重重危险，于是，她站了出来。

此时，赵大宝和马喜子他们的目光，都一下子聚集到霍桂花的身上。

"桂花，你——"赵大宝吃惊地望着眼前的妻子。

"嫂子，你——"马喜子也不由得张大了嘴。

"嫂子——"小六子更是忍不住轻喊了一声。

霍桂花在他们惊讶的目光中，镇定地说道："对，我。现在情况危急，你们无论采取什么方式出城，看来都只能是白白牺牲。你们已经失去了老史和老刘，不能再做无谓的牺牲了。"

赵大宝被妻子的话感动了。他来到霍桂花面前，凝视着妻子，像是第一次认识她一样。

赵大宝和霍桂花是一年前经人做媒，走到一起的。结婚前，妻子是一家小商业者家的姑娘，曾就读于太原女子师范，接受过良好的教育，并产生了进步思想。结婚后，身为小学教师的妻子，从未问过丈夫赵大宝的地下身份，却一直在默默地支持他，有时候，赵大宝甚至能感受到，妻子的革命觉悟一点儿也不比自己低。今天，面对妻子的这番话，他更加觉得眼前这个外表柔弱的女子，有着一颗强大的、坚定的内心。赵大宝想，妻子这强大而坚定的内心是从那本《钢铁是怎样炼成的》书中获取的吗？不，不是，妻子的内心，绝不是一本书就能够影响的。在那本书的背后，一定还有着一种更加无畏的东西，在长期影响着她。

赵大宝想到这里，开口对霍桂花说道："桂花，你——"谁知还没等他说下去，霍桂花就打断他的话："大宝，现在城内守军对老弱病残放松了出城管控，不如就由我带着城防图，混在逃难的人群中，把情报送出去。"赵大宝听得出来，妻子的声音，略略有些激动。

"可是，你——"赵大宝说完，低头朝霍桂花微微隆起的腹部看去。

霍桂花知道丈夫是在担心她腹中的胎儿，于是安慰道："不要紧，我会注意安全的。"

这时马喜子来到他俩面前，连声说道："不行，不行，绝对不行，嫂子你出城也很危险，更何况你还有身孕，俺们怎么能把这么危险的任务交给你呢。"

霍桂花把目光转向马喜子，对他说道："危险肯定是有的，但总比你们出城的危险要小得多。"

然后，霍桂花再次朝赵大宝看去，并接着说道："大宝，相信我，我可以扮作难民，不会引起守军注意的。"

赵大宝用深情的目光望着霍桂花，内心做着激烈的斗争。妻子的话不无道理，以目前太原城的防守程度，能混在逃难的人群中出城，是最理想的办法。这既可以保证将城防图安全送出去，又可以减少同志们的牺牲。可是，妻子毕竟有身孕，她一个柔柔弱弱的女子，能完成这样的任务吗？

想到这里，赵大宝不由得拉住了霍桂花的手。

霍桂花看出了丈夫的担忧，她目光坚定地看着赵大宝："大宝，别犹豫了，城防图早一天送出去，我们这座城市就能早一天解放。"

赵大宝被妻子的话感动了，当他们的目光再一次碰撞时，赵大宝分明从妻子那亮晶晶的眼睛中，看到有一团火苗在燃烧。他的手，随着内心情绪的波动，微微地颤抖起来。片刻，他含着泪，深深地对妻子点了点头。

"师父——"马喜子还想阻止这个决定，赵大宝拦住了他："喜子，不要再说了，这次的任务，就交给你嫂子，我们快做准备吧。"

这时，谁也没发现，一直站在墙角的小六子，不知何时悄悄溜出了门去。

计划定下来后，赵大宝和马喜子、霍桂花商量将城防图是缝在棉衣里，还是藏在包袱里，或者是塞入鞋底中带出城去。但商量来商量去，始终觉得哪里都不合适，这些藏情报的地方，以前革命同志都用过，敌人也都了如指掌，一旦城门守卫对霍桂花起了疑心，那城防图必然会被搜出来。

可是，藏在哪里安全呢？赵大宝思考着。

难道，还能藏到人的身体里？赵大宝的脑海中，突然闪出了这个念头。不，不，不。

"大宝，把城防图做成蜡丸吧。"霍桂花这时说道。

"蜡丸？"赵大宝不解地问。

"对，做成蜡丸，我放入体内，带出太原城。"霍桂花说完，在赵大宝惊愕的目光中，起身走到窗前，朝外面的阳光望去。此时，太阳已经升了起来，它是那么明亮，那么温暖。霍桂花对着阳光，喃喃地说道："希望，不久的日子里，太阳再次升起的时候，我们的这座城市已经得到了解放。"她的声音很轻，像是自言自语，又像是对赵大宝和马喜子说。

## 八　霍桂花出了太原城

下午的时候，马喜子从城门口打探一圈跑了回来，他告诉赵大宝："城门守军对逃难的老弱病残把守不是太严，只要搜查身上没有可疑东西，便可放出城去，看来，让嫂子混在逃难的人群中把情报送出去，是可行的。"赵大宝听了，始终悬着的一颗心，稍微放下了一些。他取出一根蜡烛，放在炉子上，慢慢将其融化。接着，将城防图分别揉成四个纸团，放入烛液中，制成了四个大小一样的蜡丸。这一连串的动作，赵大宝做的是那么缓慢，那么凝重。他看着那流淌下来的一滴滴烛液，不禁又想起那些牺牲的革命同志，想起了即将出城的妻子霍桂花。

蜡丸做好后，赵大宝将它们交给了霍桂花。霍桂花双手接过去，捧在手心，慢慢凝视了一会儿这四颗蜡丸，然后转身回到里屋。一阵窸窸窣窣的声音过后，霍桂花将蜡丸放入了自己的下体内，并将一个已经收拾好的小包袱抱在怀里，从里屋走了出来。这时，赵大宝正一脸紧张地盯着她，霍桂花轻声安慰他道："放心吧，大宝，蜡丸我已经藏好了。"

此时，太阳已经明显偏西了。再过一个多小时，城门就要关闭了，而从赵大宝的家走到城门处，还有一段的距离，所以，霍桂花该出发了。

赵大宝仍旧不放心地拉着妻子的手，似乎还要叮嘱什么，但又觉得该叮嘱的，都已经说过了，而且说了不止一遍。还有什么没叮嘱的呢？这时，赵大宝忽然想起联络员老石留下的那半块蓝手帕，他急忙回到里屋，从柜子中拿出那半块蓝手帕，交到霍桂花的手中："桂花，这是与联络员老石接头的信物，你一定要保管好它。"霍桂花接过蓝手帕，仔细地端详了一下，只见这块手帕的一角，绣着一朵小小的红梅花。霍桂花用手轻轻摩挲着这朵小小的红梅花，心中微微一颤：这梅花，不就是共产党人高贵的品格和气节吗！

霍桂花将蓝手帕放入自己的棉衣里，准备出门，赵大宝猛地又想起了一件事，让霍桂花等一等，然后拉开桌子的抽屉，从中拿出家里仅有的两块银圆，塞到霍桂花的手中。霍桂花不明白地看着丈夫。

"拿上吧，以备不时之需。"赵大宝说这句话的时候，语气在"不时之需"四个字上略微地加重了一下。霍桂花立刻明白了丈夫的意思，她接过银圆，并把它放入了随身的包袱中。

这时，远处传来了一阵摩托车的声音。

"师父，不好，特务们可能朝这边来了。"站在一旁的马喜子紧张地提醒道。这突发的状况让赵大宝也猛得一惊，他眉头一下子紧紧地拧到了一起。

"大宝！你——"霍桂花不由得拉紧了赵大宝的手，担心地看着赵大宝。

"桂花，你快走！"赵大宝说着拉起霍桂花的手就往门外走去。谁知，就在他匆匆把门打开，准备让霍桂花快快离开时，不料迎面却与一个站在门外的乞丐撞在了一起。马喜子看到有人挡道，又急又气，上前对这名小乞丐厉声说道："快走开！别挡道！"

谁知这名小乞丐不但不走开，反而还扬起脸，对着赵大宝悄悄喊了一声："大宝哥，是我，让我保护桂花嫂子出城吧。"

赵大宝和霍桂花，还有马喜子听到声音，一下子愣在了那里。

原来眼前这个衣服褴褛、蓬头垢面的小乞丐，正是小六子。而且，小六子的左手，还正往下滴着鲜血。

"你——"赵大宝一阵揪心，心疼地看着小六子。

"大宝哥，我个头小，装成乞丐没人注意。"

"你这手？"

"我自己砸伤的，这样我就能混在老弱病残人群里了，不然出不了城。"

"啊——"听小六子这么一说，几个人都惊得叫出了声。

就在赵大宝犹豫之际，远处的摩托声越来越近了，他来不及多想，急忙将霍桂花和小六子护送到巷子口，然后对他们说道："你们快走！"

霍桂花和小六子的身影，迅疾闪入了不远处的一条巷子中，他们在夕阳中，朝城门方向而去。

摩托声越来越近了，马喜子看着赵大宝，焦急地问："师父，怎么办？不行俺就去和他们硬拼了。"

"不，不到万不得已的时候，我们谁也不要暴露。"

"那俺们现在怎么办？"

"你马上回家，不到万不得已，不要再来找我，更不要暴露身份。"

"那你呢？"

"别管我，快走！"

赵大宝说完，"咣当"一声把门关上，他返回屋内，迅速将藏在柜子中的南站地下党支部所有文件都拿了出来，一并投入火炉中，火焰顿时窜出炉口，冒出老高。火炉上的茶壶，也因为有了这股火焰，"滋滋滋"地响了起来，这给本来就紧张的空气，又增加了几分紧张。

几乎就在赵大宝处理完所有文件的同时,门外传来了"啪啪啪"的拍门声和叫喊声:"快开门,再不开门小心砸了你家……"

赵大宝一听这声音,就分辨出这是特务们惯有的腔调,他稍微顿了顿神,看看炉子里的火苗已经渐渐恢复了正常,于是,佯装刚刚睡醒的样子,打着哈欠,揉着眼睛,过去准备把门打开。

就在这时,五六名等不及的特务破门而入,他们闯进来,一起将赵大宝围住。最后进来的是一名特务头子,他恼怒地盯着赵大宝呵斥道:"怎么半天不开门?"

"长官,我在里屋睡觉,没听见。"赵大宝装作不知情的样子。

"没听见?你蒙谁呢。"特务头子气哼哼地说道。

赵大宝不语。这时,那名特务头子像一只嗅觉灵敏的猎犬一样,把目光投向了炉子。他一掀炉盖,指着炉膛里尚在燃烧的火苗问赵大宝:"说,炉子里刚才烧得是什么?"

"长官,是煤糕。"赵大宝解释道。

"煤糕?你家煤糕掺汽油了,火苗这么高!"特务头子差点咆哮起来,他把一只脚踩在凳子上,用鹰一样的眼直勾勾地盯着赵大宝问道:"说,到底是什么?"

赵大宝不语。

那名特务头子一看,挥了一下手中的枪,恼怒地对其他特务吩咐道:"给我搜。"他的话音刚落,几名特务就像疯狗一样,翻箱倒柜起来。

赵大宝的家不大,只有两间房子,一个里间,一个外间,里间除了一个土炕,还有两个他和霍桂花结婚时置办的木箱子。外间更是简单,屋中央摆着一张方桌,方桌旁是烧水做饭用的铁炉子,靠墙角,放着两个米面缸和一大一小两口锅,大的蒸馒头,小的熬稀饭。

几乎没费多大力气,这帮特务就把赵大宝的家折腾了个底儿朝天。虽说折腾得底儿朝天了,却什么都没发现。

那名特务头子一看这情形,更加恼火,他放下那只踩在凳子上的脚,来到赵大宝面前,用枪抵着赵大宝的胸口,恐吓道:"说,前晚出城的那两个可疑人,和你是不是一伙的?他们出城,究竟有什么目的?"

赵大宝一听,心想果真不出霍桂花所料,顺着史志贵和刘福安两名同志的线索,特务们确实很快便怀疑并找到了他。此时,赵大宝的内心是如此佩服霍桂花的缜密,也为霍桂花的离开而庆幸。他想,此刻自己能做的,就是尽量拖延时间,不要让敌人有任何的怀疑,以便让霍桂花和小六子有充足的时间出城。

"长官,啥一伙不一伙的,我只是个火车司机,听不懂你在说什么。"赵大宝不急不慢地对那名特务头子说道。

"火车司机?"特务头子说着,将赵大宝上上下下、左左右右打量了一番,接着又满腹疑虑地朝炉子望去,然后嘴里骂骂咧咧道:"我看最近就你们这群开火车的最不老实,统统像共党。"

赵大宝一听,装作要辩解的样子对那名特务头子说:"长官,这话你可不能乱说,这可是要掉脑袋的。"

"乱说?乱说不乱说,到时候你就知道了,看来不给你点儿颜色,你是不会说实话的。"说完,他手一挥,气汹汹地对其他特务命令道:"弟兄们,把这个可疑的共党分子给我带走。"

几名特务听到命令,不由分说地涌上来,连拉带扯地把赵大宝控制住。赵大宝不服气地抗争了几下,但架不住特务人多,没能挣脱开。

特务们把赵大宝的胳膊绑住,然后推出屋子,押上了停在门外的一辆摩托车。

几辆摩托车"轰轰轰"地发动起来，然后"突突突"地离开赵大宝的家门口，绝尘而去。

此刻，在离赵大宝家不远的一个墙角拐弯处，马喜子正躲在一摞砖垛的后面，看着特务们将师父赵大宝押走，他感到无比焦急。

天，就要黑下来了，城门也即将关闭。霍桂花和小六子混在出城逃难的人群中，排着长队，慢慢朝城门口走去。

虽说城门守卫此时也想快点儿把这些碍手碍脚的老弱病残放出太原城，以解决这座城市的负担，但必要的检查，还是要进行的。而且，他们检查起来，丝毫不含糊，对每个出城的人，从上到下、从里到外，都要仔细检查个遍。

霍桂花看了看前面的人群，有的正在出城，有的正在接受检查，她紧紧牵着小六子的手，心里不断地告诫自己一定要镇定，镇定。

出城的队伍，慢慢地向前挪着，眼看就快要轮到霍桂花和小六子检查了，这时，一名高个子的城门守卫走过来，拦住了他们："站住！"

霍桂花的心紧张得"扑通扑通"直跳，她拉住小六子，停下了脚步。

"干什么去？"那名高个子守卫冷眼问道。

"长官，我家里实在拿不出一粒米了，这不，想带着弟弟出城找条活路。"霍桂花装作害怕的样子，对那名高个子守卫说道。

高个子守卫看看霍桂花，又把一双滴溜溜的眼睛转向破衣破裤、满脸脏兮兮的小六子身上，然后阴阳怪气地说道："弟弟？不知道上面有命令，青壮年男子一律不能出城吗？"

小六子这时端着一个豁了口的空碗，浑身假装哆嗦着往霍桂花身后躲去。

"他还是个孩子，您就行行好，放我们一条活路吧。"霍桂花假装向那高个子守卫哀求道。

"孩子？孩子也不能出城，他得留下来参加战斗。"那名高个子守卫厉声说道。

"可是，他的手都已经残废了，来，小六子，快让长官看看。"霍桂花说着，把小六子从身后拉出来，撩开棉袖，露出那只血淋淋的左手。高个子守卫一看，急忙把鼻子掩住，口中连声喊道："快一边去，一边去。"

霍桂花拉着小六子，退到一边，然后像是局促不安的样子，把包袱往怀里抱了抱。

这个小小的动作，自然没逃脱高个子守卫的眼睛。不过，他哪里知道，霍桂花这么做，也正是做给他看的。

"包袱里是什么？"高个子守卫放下捂鼻子的手，警惕地问。

"没，没什么。"霍桂花说着，又装作紧张和害怕的样子，把包袱往怀里抱了抱。

"既然没什么，那打开给我看看，例行公事，全部检查。"高个子守卫尖声说道。

霍桂花听后，只好慢吞吞地去解包袱。高个子守卫一看霍桂花一副不情愿的样子，有些不耐烦起来，他上前一把夺过包袱，三下两下便解开了。

"咣当——"两块银圆从包袱中掉到了地上，发出清脆的声音。霍桂花蹲下身，装作急忙去捡的样子，却被高个子守卫推到了一旁："去一边去。"

高个子守卫一把将掉在地上的银圆抢在手里，然后吹了一下，放在耳边一听，脸上露出了满意的笑容。

霍桂花一看，急忙上前说道："长官，这可是我和弟弟的活命钱哪，请还给我们吧。"

高个子守卫不耐烦地推搡了霍桂花一把，嘴里喝道："去你的，你是要弟弟还是要银圆？还不快滚。"

霍桂花一听，知道那两块银圆起了作用，于是急忙捡起地上的包袱，拉着小六子的手，匆匆出了城门。

很快，他俩的身影，便消失在城外。

赵大宝被特务们押到位于坝陵桥街的一座院子里，赵大宝知道这里是特务机构，以前他曾来此处找过孟庆余，不过，每次都是孟庆余出来，和他在门口相见，所以他从没进入过这座戒备森严的院子。摩托车驶入院子的时候，赵大宝匆匆瞥了一眼这座院子，只见四周高高的围墙，快把天都遮住了。

摩托车刚一停下，特务们便把赵大宝从摩托车上押下来，推进了一间地下审讯室。赵大宝进了审讯室，看到在这间屋子里，老虎凳、烙铁等各种刑具都有。他猜，特务们可能要对自己用刑了，不过，不管他们如何折磨自己，自己也绝不能说出太原南站地下党支部，不能说出霍桂花和小六子，不能说出城防图这些秘密。想到这里，赵大宝冷冷地看了特务们一眼。

不过，此刻特务们还没弄清楚赵大宝的身份，并不知道他是一名真正的党员，更不知道他是太原南站地下党支部的负责人。特务们只知道，赵大宝与刚刚冒死闯东山的两名火车司机是一个单位的，平时素有往来，于是本着不放过一个共党嫌疑人的目的，他们准备把与史志贵、刘福安有关系的都排查一遍。赵大宝，便是他们第一个盯上的人。

审讯室内，特务们把赵大宝拷在了一个碗口粗的铁柱子上，一阵皮鞭抽打后，几名特务又上前掌掴了赵大宝几巴掌，让他老实交代与史志贵、刘福安的关系，以及这两人出城的目的。但任凭特务们怎么叫嚣，赵大宝都死活不开一下口。

特务队队长姓梁，他闻听手下抓到了一名"共党嫌疑人"，很是重视，兴师动众地带着一群手下来到审讯室，他计划坐镇指挥，撬开这名"共党嫌疑人"的嘴。可是，又一番皮鞭抽打后，赵大宝仍旧一个字也不吐。特务们不知道，赵大宝这是在暗中拖延时间，在赵大宝的心里，宁可今天自己牺牲了，也要保证霍桂花和小六子顺利出城。

一个多小时过去了，赵大宝的脸上和身上，到处都是血红的印子。只是，特务们依旧还是什么都没问到，于是气急败坏的他们，决定对赵大宝施以酷刑，反正上面有令：对待共党分子，宁可错杀一千，也不放过一个。

正当特务们准备把赵大宝从铁柱子上解下来，拖到老虎凳上施刑时，赵大宝感到又有人走进了审讯室，并在昏迷中隐隐听到两个特务的对话。

"队长，这些火车司机虽然可恶至极，但目前战事还需要他们为最高长官效劳，往各城区运送物资，还离不开他们，而且，现在处理他，还缺少真凭实据，您看，是不是暂时留他一条狗命，待咱们把共党打败了，找到他通共的证据，再处理他也不迟。"这声音，好熟悉呀。赵大宝心想。

"嗯，孟副队长这话有道理，虽说这些火车司机顶不了什么大用，但开火车还真离不了他们。弟兄们，暂时把这家伙给我看管起来，量他也起不了什么大浪。"

特务们得到命令，又上前七手八脚地把赵大宝从老虎凳上解下来。就在这时，一名特务小跑进来，他来到姓梁的队长面前，敬了个礼，然后汇报道："报告队长，这家伙的老婆不见了。"

这句话，赵大宝也听见了。此刻，他的心中猛得一惊，头上也不由得冒出了冷汗：这帮狡猾的特务，怎么会注意到桂花呢？

赵大宝极其吃力地抬起头，满眼仇恨地朝这群特务们望去。

"什么！他老婆跑了？"姓梁的特务队队长说着，几步来到赵大宝的面前，拧住赵大宝的嘴，恶狠狠地吼道："说，你老婆到哪里去了？"

赵大宝用仇视的目光看着眼前的这位特务队队长，冷冷地说："她回娘家了。"

"回娘家？这么巧！"姓梁的特务队队长说着，怒火冲天地扇了赵大宝一个巴掌。又一股鲜血，顺着赵大宝的嘴角流了出来。

这时，那名进来汇报情况的特务又上前说道："该不会是出城投奔共党了吧。"

这句话，让姓梁的特务队队长脸色"刷"地一下子变了，他扔下赵大宝，转身对手下说："快，集合，去城门口。"说完，他又转身对赵大宝咬牙切齿道："你等着，看我把你老婆抓回来，到时候，你们俩一起去死吧。"

很快，外面响起了刺耳的哨子声和特务们紧急集合的脚步声。

赵大宝眼中的怒火几乎快要喷了出来，他看着这个姓梁的特务头子，恨不得上前一口咬住他。就在这功夫，那位刚才被姓梁的特务头子唤作孟副队长的人走了过来，并献计道："队长，这家伙的老婆叫霍桂花，我认识，让我带人去就行了，您在家等着，我保准把她给抓回来。"

赵大宝一听，像是孟庆余的声音，再抬头仔细一看，果真是他，气得一时血又往上涌来，他浑身发抖，破口对孟庆余骂道："姓孟的，你这个王八蛋不得好死。"

孟庆余没有理会赵大宝，他出了审讯室，在一阵阵的摩托声中，带着特务们朝着城门口的方向扬长而去。

城门口处,一群老弱病残正在接受检查。这时,孟庆余带着特务们赶了过来,他们把这些人围住,一个也不许离开。这些老弱病残,显然被突如其来的特务们吓了一跳,于是大家惊恐地站在那里,望着特务们。

在孟庆余的指挥下,特务们让妇女们站到一边,并上前一个挨一个,对这些准备逃难的妇女进行检查和盘问,可是,他们并没有发现霍桂花的影子。于是,特务们又把城门的守卫叫了过来,问道:"今天可有一个二十来岁、梳着齐耳短发女人出城?"

几个城门守卫站成一排,个个脑袋摇得像拨浪鼓。

"不说实话,小心处死。"孟庆余严厉地训斥道。

一名高个子的守卫听了,双腿发起了抖。孟庆余来到他面前,眼睛严厉地盯着他,直盯得这名守卫说了实话:"报告长官,下午有一个齐耳短发的妇女,带着弟弟出城了。"

"弟弟?什么弟弟?"孟庆余问高个子特务。

"一个讨饭的弟弟,瘦瘦小小,好像叫什么六子。"高个子的特务赶忙汇报道。

"小六子?"孟庆余想起了那个孤儿,脱口问道。

"对,是叫小六子。"高个子守卫肯定地答道。

"混账,你知不知道他们可能是共党。"孟庆余说着给了高个子守卫一个大耳光。

"啊——共党——"高个子守卫捂着脸,惊讶地叫了一声。

"快说,他们出去多长时间了?"孟庆余火冒三丈地问。

高个子守卫哭丧着脸,结结巴巴地说:"快……一个……时辰了。"

"追——"孟庆余不等他把话说完,便带着特务们上了摩托车,朝城外追了出去。

## 九　黑衣人挡住了子弹

早春的太阳，与冬天几乎没有什么区别，夕阳，说落山就落山了。从太原城出来的逃难者，大多去投奔城外周边村庄的亲戚，为的是有个落脚之处。而霍桂花和小六子则不同，他们必须要赶到榆次解放区，找到联络员老石。

太阳落山后的大地，很快便被薄薄的夜幕笼罩住了。霍桂花和小六子出了太原城不久，便被裹入了这薄薄的夜色中。想到不久后就可以到达解放区，他俩的心情都格外激动。路上，小六子有些抑制不住心中的喜悦，他开心地对霍桂花说："嫂子，到了解放区，我是不是应该有个新名字，总不能一直这么小六子、小六子地叫吧。"

霍桂花听了，对小六子说："没想到你这一出城，立刻就长大了，你说得对，解放区到处都是新的生活，你应该用一个正式的名字来迎接新生活。"

"嫂子，那你说我叫什么名字呢？"

"我想想，对了，就叫新生吧，你觉得怎么样。"

"新生！哦，我有名字了，我有名字了。"小六子说着，高兴地拍起了双手，这时，他左手上的伤口又钻心地疼了起来，于是忍不住发出了"哎哟——"一声，捂住了左手。

"来，让嫂子看看，你说你，自己砸自己，怎么下得了手。"

"嫂子，下不了手，怎么能糊弄住那帮守卫，咱们怎么能出城呢。"

"你呀，以后可不敢这么傻了。"

"我知道了嫂子，以后我再也不做傻事了。"

夜色中，两人边说边赶路。他们知道，此时绝不能走大路，因为他们忘不了离开时，那刺耳的摩托声。尤其是霍桂花，她一直在分析那些摩托声到底是冲谁而去的，如果是冲自己的丈夫赵大宝去的，那么特务们应该很快就会察觉到她失踪了，甚至怀疑到她出城另有目的，那样，他们就会一路追赶出来。

想到这里，霍桂花和小六子放弃了大路，他俩互相搀扶着，看了看东山的牛驼寨方向，知道那里是史志贵和刘福安刚刚牺牲的地方，所以，尽管那里离解放军部队相对较近，但此刻敌人对那一带的防范一定比往日更严密，因此在经过短暂的思考后，霍桂花决定和小六子放弃走东山的打算，改走小窑头这条路线。虽然，小窑头的路途相对远了一些，但由于有大山做屏障，利于隐蔽，如果顺利，经过一夜的赶路，明天天亮后他们就能到达解放区。

于是，霍桂花和小六子朝小窑头方向而去。

途中，由于天色已晚，脚下的路看不清楚，霍桂花几次差点摔倒，其间，小六子都紧紧地扶着她，并将手中的那根"乞丐棍"给了霍桂花。他们在越来越浓的夜色中，一边辨别着方向，一边朝东南方向的小窑头而行。

就在他们马不停蹄往前赶路的时候，身后隐隐约约传来了特务们的摩托声，俩人回头向远处望去，只见夜色中，坑坑洼洼的山路上，晃动着一道道醒目的灯光，并伴随着阵阵摩托车的声音。霍桂花知道，特务们就要追上来了，于是她拉着小六子，急忙躲到一个小山包背后的枯草丛中。

摩托车的声音渐渐近了，一群特务停下摩托车，例行公事地巡视起来，霍桂花听到一阵嘈杂的脚步声朝小山包的方向而来。

一个特务的脚步越来越近了，霍桂花和小六子屏住呼吸，把身子俯得更低了，几乎贴到了地面。

脚步声又近了一些，几乎就要走到他们躲藏的那片枯草丛前了，霍桂花甚至能感觉到这是一双皮鞋的脚步声，她的手心不由得冒出了汗，心也更加紧张、慌乱起来。

"怎么办？"霍桂花飞速地思考着。

正在这时，远处传来一个声音："弟兄们，收队，咱们抓紧往前追。"

随着这声声音传来，那个靠近霍桂花和小六子的特务也止住了脚步，转身朝摩托车走去。不一会儿，几辆摩托车向远处开走了。

霍桂花和小六子从小山坡的枯草丛中站起来，望了望远去的摩托车，来不及松口气，便继续朝前赶路。

刚才的声音，怎么有些耳熟呢？霍桂花边走边回忆刚刚通知特务们收队的那个声音。这个人是谁呢？会是熟人吗？

"嫂子，小心——"一个不大不小的土坑前，小六子的提醒声，打断了霍桂花的回忆。

一夜赶路，霍桂花和小六子已经快要爬到山顶了，过了这个山顶，山那边就是解放区了。想到天亮后，他们就可以到达解放区，见到联络员老石，并把城防图送到前线指挥部，两个人都不由得心跳加快，同时也加快了赶路的脚步。

但令人没有想到的是，拂晓时分，他们的踪影，还是被另一路赶来的特务们发现了。原来，当听说前一批特务在对太原周边五公里范围内的平地、公路、土丘进行检查没有发现霍桂花的踪迹后，特务大队又派出一批特务赶来支援，而且，这批特务根据姓梁的队长的指示，判定霍桂花应该已经进入了山中。于是，他们出城后，来到山脚下，放弃摩托车，分两个方向朝东山和小窑头包抄。很快，负责包抄小窑头的特务们在夜色中,发现了霍桂花和小六子的身影,他们举着枪,朝霍桂花和小六子而来。其他特务闻讯后,也向小窑头汇聚。

黑暗中,霍桂花和小六子发现特务朝他们而来,两人沿着山梁,向前跑着。很快,特务们确定了他们的位置,开始向他们射击,子弹从他们的身旁擦过。为了保护霍桂花,小六子一直挡在霍桂花的身后,保护着霍桂花快步向前。突然,一颗子弹射进了小六子的左腿,小六子疼得"哎哟——"一声,跌倒在地上。

"小六子!"霍桂花转身紧张地喊道。

"嫂子,我没事,咱们快走。"

霍桂花一听,扶起小六子,一瘸一拐朝山顶上爬去。

身后,特务们像是老鹰发现了猎物一样,紧紧跟着霍桂花和小六子,穷追不舍。眼看霍桂花和小六子就快要爬到山顶,再往前,翻过山头,就是解放军的地盘了,特务们一不做二不休,举起枪,一齐朝他们乱射起来。

黑暗中,一颗子弹射在了霍桂花的右胳膊上,她身子一歪,差点摔倒在地上。就在这时,又是几颗子弹朝她射来,小六子一看,毫不犹豫地拼尽全身力气冲上去,将霍桂花推开,并用自己的身体挡住了特务们的子弹……

"小六子!小六子!"霍桂花抱起浑身是血的小六子,低声地呼喊着。

"嫂子,你快走!快走!不要管我——"

看着已经爬到了半山腰的特务们,霍桂花把小六子搂得更紧了。

"嫂子快走,你还有更重要的任务,不要管我。"小六子急促地催着霍桂花。

霍桂花的泪水夺眶而出,她抑制住心中的悲痛,极其不舍地放下小六子，跌跌跄跄地朝山顶跑去。

特务们一窝蜂地向山顶包抄过来，他们离霍桂花越来越近了。其中一个身材高大的特务，像一只黑色的猿猴一样，连走带跑，连蹿带跳，"蹭蹭蹭"地从侧面悄悄靠近了霍桂花。

霍桂花头也不回地奔跑着，离山顶，只差几十米远了。当特务们看到这个女人就要翻过山顶的时候，再次举起手枪，朝霍桂花射来。

许多颗子弹带着火花、带着寒风、带着黎明前的黑暗，朝霍桂花飞来，眼看就要射进霍桂花的胸膛了，就在这时，那个像猿猴一样敏捷的黑影突然从侧面冲了过来，他纵身扑向了霍桂花。

子弹，射进了那个黑影的胸膛，黑影"扑通"一声倒在了地上。

霍桂花停下脚步，惊骇地看着这一切，她刚要去看这个黑衣人是谁时，夜色中却传来一个微弱的催促声："霍老师，快走！"

这个声音，令霍桂花张大了嘴巴，因为，眼前这个倒在地上的黑衣人不是别人，正是特务大队的副队长孟庆余。

"孟庆余，你——"霍桂花扶起孟庆余，想看看他身上的伤势，这时，山坡上传来了特务们的嘈杂脚步声和嚷嚷声："弟兄们，抓活的。"

"快走！不要管我！"说着，孟庆余拼尽所有力气站起来，将霍桂花推到山顶，推向山的那面。

"孟庆余——"霍桂花在滚下山坡的一刹那，声音颤抖着喊道。

"快——走——"孟庆余说完,高大的身子再次重重地倒了下去。此时，一颗特别明亮的星星正挂在东边的夜空上，孟庆余知道，那是启明星，因为，黎明就要到了。

孟庆余深情地望着启明星，然后微笑着、缓缓地闭上了双眼。

…………

## 十　两名解放军跑了过来

不知过了多久，霍桂花从昏迷中渐渐清醒了过来。此时，一束明亮的阳光，正洒在她的身上。霍桂花睁开眼，昏昏沉沉地把视线投向四周，慢慢地，她看清了这是一个不大的山坳。周围，只有几株高低不齐、粗细不一的树木和杂乱的石头、干枯的荆棘丛，除此之外，再无他物。

一阵疼痛，朝霍桂花袭来，她说不清这疼痛具体来自哪里，应该是全身上下都在疼，于是，她试着抬了抬自己的胳膊，又吃力地动了动双腿，发现除了右胳膊上的伤口外，其他地方，没有受伤。她猜测，应该是昨晚从山上滚下来时，磕着哪里了，所以才会浑身疼痛，不过，只要腿部没有受伤，自己就可以继续往前赶路了。想到这里，霍桂花用左手使劲撑了撑身子，然后斜靠着身旁的一棵树，慢慢地坐了起来。尽管这个动作看起来没有什么难度，但对于一个连夜赶路、遭遇特务围追并受了伤的女人来说，还是有一定的困难。何况，这个女人有几个月的身孕，甚至，体内还藏着四颗用蜡丸封住的城防图呢。

霍桂花坐起来后，觉得又有些头晕，她顺手摸了一下额头，发现手上黏糊糊的，沾满了血。她又摸了一下，没错，是血，她这才发现，不知什么时候，额头上竟破了一大块，渗出来的血在额头上，已经结成了一个鸡蛋大的血痂。是昨晚特务们的子弹擦破的，还是被孟庆余推下山时被石头蹭破的，霍桂花没有一点儿印象。

孟庆余，你到底是什么人？昏昏沉沉的霍桂花，脑子里不由得想起了这个问题。但这个问题很快又被另一个悲伤代替，那就是霍桂花想起了小六子，那个为了保护她而挡住特务子弹的孤儿，那个一直渴望太原解放、期盼新生活到来的十三岁少年。霍桂花想着想着，不由得流下了眼泪。

又一缕阳光照了过来，照在霍桂花的脸上，那明亮的光线仿佛在提醒着她什么。霍桂花这时想起了自己肩负的任务。她挪了挪脚，想站起来，可试了两次，都因为身体失去平衡，又跌坐在了地上。这时，她想，如果能有一根木棍就好了，那样，自己就可以借助木棍来平衡一下自己的身体了。于是，她把视线投向自己的身旁。

可她的身旁，除了荆棘和落叶，并没有她所期望的东西。霍桂花把视线又往稍远的地方投了投。

哦，那是什么？霍桂花的目光被一抹亮丽的颜色吸引了过去。只见在她旁边不远处的两块儿石头夹缝中，伸出一丛细长的枝条，枝条上，绽放着一簇簇金黄的、娇嫩的花朵。这些小小的、崭新的生命似乎根本无惧寒风的吹打，正迎着风，尽情地绽放着。

霍桂花眯着眼，仔细朝那个崭新的生命看过去，终于，她看清了，那是一丛迎春花。是的，迎春花。因为，春天就要到了，它要冲破冬的寒冷，把春的消息带给大地。

这簇迎春花，让霍桂花感到一阵惊喜，她拖着身子，向那丛迎春花挪去，并在靠近迎春花的那一刻，用手上前轻轻地捧起那些花朵。

迎春花、迎春花，难道你不怕这料峭的寒风吗？霍桂花怜爱地抚摸着它们。

迎春花仿佛能感受到她的怜爱，它们舒展枝条，又傲然地迎着寒风去绽放。霍桂花注视着这些迎春花，眼中一热，此刻，她仿佛看到史志贵、刘福安、小六子在花丛中微笑着朝她走来。后面，还跟着孟庆余。

中午的时候,霍桂花的腹部一阵比一阵疼痛,由于急于赶路,她的身体已经极度虚弱,随时都有晕倒的危险,但她还是拖着一根木棍,一步一拐地朝前走着。

前面,出现了一条细细的河流,冰封了一个冬天的河水刚刚解冻,正哗啦啦地流向远方。流水声吸引了霍桂花的注意,她已经一天没吃东西了,也没有喝一口水,此时听到水声,便循声朝河边走去。

她来到河边,蹲下身子,用手轻轻掬起一小捧水,放到嘴边。水很凉,带着刺骨的冷,尽管霍桂花很渴,但她没敢多喝,只是抿了小小一口。

腹部,又传来一阵疼痛。霍桂花忍了忍,扶着木棍站起身子,继续朝前走去,她想,自己每往前走一步,就离任务完成近了一步,无论如何,自己都要把这份城防图尽快送到联络员老石同志的手中。

正在她吃力地往前走时,远处传来了一阵动静。她抬头朝前看去,只见远处有两个人影,在上下跃动着朝她而来。接着,这两个人影越来越近,恍惚中,霍桂花仿佛看到这两个身影,变成了两枚红五星。

是解放军!霍桂花一下子激动起来,她站起身,准备迎着两名解放军跑过去,可是,就在此时,她头一晕,眼一黑,栽倒在了地上。

两名朝她跑过来的"红五星",正是巡逻的解放军战士,他们将霍桂花扶起来,喊道:"同志,同志。""大嫂,大嫂。"

霍桂花微微睁开眼睛,当看到眼前的战士,身着解放军服装,就像见到亲人一样,忍着身体的疼,从口中断断续续吐出了几个字:

"城——防——图，在我——体——内。"说完，便又昏迷了过去。

特务们没抓到霍桂花，反而还搭进去副队长孟庆余的性命，这让他们对赵大宝恨得咬牙切齿，但恨归恨，他们对这个烫手的山芋又不能下狠手。因为，自从赵大宝被捕后，太原南站的火车司机们就闹起了罢工。这一切，都是马喜子在暗中组织起来的。他知道，只有这样，才能让师父赵大宝活下来。只要能活着，就有被解救出来的那一天。他相信，解放大军很快就会攻破太原城，到那一天，就是师父重见天日的日子。

火车司机中，不乏有一些思想进步、想加入革命队伍的群众，当马喜子把史志贵和刘福安遇害以及赵大宝被捕的消息告诉大家后，这些火车司机们个个义愤填膺，他们联合起来，到府东街上的督军府外去声讨，要求放出赵大宝，不然就全体罢工，让火车不能运行。

督军府里住着这座城市的最高长官，这是一个颇会权衡利弊的人物，此时，他看到城内与城外已经进入严峻的对峙阶段，自己尚需这些火车司机加紧运送弹药，万万不能激发矛盾。于是决定对这些火车司机进行安抚，要求特务机关将赵大宝暂时放出去，但暗中又指示特务们派人二十四小时跟踪赵大宝，一旦发现异样，不必抓捕，而是就地悄悄枪毙，以免再给这些火车司机闹事的机会。

就这样，尽管特务们恨得牙根痒痒，但还是把赵大宝从特务机构的一间地下关押室放了出来。

当赵大宝满身伤痕地走出坝陵桥街特务机构那座阴森森的院子时，马喜子和工友们一起迎了上去："师父——""大宝——"，大家上前紧紧扶住赵大宝。

赵大宝看着大家，心中无比感动，他连声向大家说道："谢谢你们，谢谢你们。"

赵大宝被马喜子和大伙送往黑土巷的家，一路上，马喜子敏锐地察觉到有特务在跟踪他们，但他不露任何声色，他明白，此时不是与这群可恶的家伙硬碰硬的时候。

回到家中，解开棉衣，几名火车司机看到赵大宝身上的伤痕，更加愤愤不平起来，他们围着赵大宝，目光中迸发出怒火，七嘴八舌地对赵大宝说："大宝，带着我们和他们干吧！""就是，带着我们一起干吧！""那样，我们死也死得有意义！"

赵大宝看着眼前这些朴实的工友，眼中微微泛出亮光，他知道，革命者，是永远也杀不尽的；革命的火焰，是永远也浇不灭的。看，眼前这些朴实的工友，不就是后来者吗。想到这里，他再次激动地对大家说道："谢谢你们的信任，如果有机会，我一定带着大家一起干。"

大家听了，一齐上前与赵大宝的手紧紧握在一起："大宝，我们听你的，和他们干到底。"

赵大宝使劲儿点了点头。

傍晚，待大家都离开后，马喜子把特务跟踪的事，悄悄告诉了赵大宝，并劝赵大宝实在不行换个地方住。赵大宝听后，沉思了一下，对马喜子说："我如果现在换地方，必定会更加引起他们怀疑，所以，我住在这儿最安全。"

马喜子听了，觉得师父说的有道理，于是不再相劝。

## 十一　血染的城防图

霍桂花清醒过来的时候,发现自己躺在一间不大的屋子里。屋子四面的墙,是白色的;窗帘,也是白色的;就连床和床单,也是白色的。在床的旁边,放着一张白色的小桌子,桌子上,摆着两个白色的搪瓷盘子,盘子里,有手术钳、镊子等。

霍桂花又看了看自己,发现胳膊上的伤口,已经被纱布包扎住了。再去摸额头,额头上也缠上了纱布,只是腹部有些隐隐的痛。

这是哪里?霍桂花想坐起来辨别一下四周,可由于身体虚弱,还没等她坐起身子,便又倒下了。她躺在床上,渐渐想起了那两个跃动的人影。慢慢地,她又想起那两个解放军战士,想起她对他们说过的一句话:"城防图,在我体内。"

难道?霍桂花正要往下想,从屋外面传来了两名女子轻轻的交谈声。

"她真是勇敢,竟然能在受伤的情况下还跑这么远的路。"

"是呀,她真值得我们学习。"

"不过,真是太可惜了。"

"可惜什么?"

"刚才,我们从她体内取情报的时候,发现蜡丸已经与她的子宫粘连在了一起,她不但腹中的胎儿没能保住,而且今后都不会有孩子了。"

"啊——怎么会这样!那她今后可怎么办呢?"

"就是呀，这个打击对咱们女人来说，真是太大了。"

接着，门外又传来了两声长吁短叹。

此刻，随着她们的交谈，霍桂花的脸上挂满了泪水，她的心，像是被刀子剜去了一样。在极大的悲痛中，她下意识地摸了摸自己的腹部——孩子，确实没了。

霍桂花觉得浑身一阵发冷，接着，是不住的颤抖。她用手哆哆嗦嗦地捂住嘴巴，忍住随时都有可能发出来的哭声，任凭泪水恣意横流。

门外的两名女子听到屋内的动静，急忙掀开门帘跑了进来，当她们看到满脸都是泪水的霍桂花时，知道她们刚才的谈话被这个躺在病床上的女人听到了。

"大姐，你不要太激动，这样对你身体不好。"

"大姐，你要想开点。"

"大姐，孩子还会有的。"

"大姐，你送来的情报已经送往前线指挥部了。"

正在悲痛中的霍桂花，听到这最后一句话，身子又是一颤。她看着眼前两个十八九岁模样的女护士，明白自己虽然失去了腹中的孩子，却完成了任务，她不知道此刻自己是该高兴，还是该伤心。想到这里，她"哇——"的一声哭了出来。这哭声中，有难过，有委屈。

在哭声中，她的肩膀和后背剧烈地耸动着。又有几名医务人员听到声音，跑了进来，她们看着霍桂花，都跟着流下了眼泪。

一阵痛哭过后，霍桂花渐渐止住了泪水。一名医务人员看到她情绪有所平复，给她端来一杯温热的红糖水，递到她的手中。霍桂花接过杯子，在哽咽中喝了一口。一股暖流，传遍了她的全身。

这时，一名被大家称为院长的中年男子来到病房。他走到霍桂花的床前，对她安慰道："同志，你放心，我们会尽量把你的身体治疗好的。"

霍桂花抬起头，看着眼前这位四十岁左右的男子，既难过，又感激地点了点头。

"能告诉我们，你叫什么名字吗？"那位院长轻声地问道。

"霍……"霍桂花只说了一个字，便低头不语，眼泪，再一次流了下来。因为，她又想起了自己的孩子。

院长见霍桂花不再言语，便没再继续问下去，转身叮嘱医务人员照顾好她的身体。

第二天，趁着医护人员在抢救其他的伤员，霍桂花神情落寞地悄悄离开了医院。

太原城内这几日似乎有些不太平，城内守军和特务们似乎觉察出了什么，到处搜捕，空气中，处处弥漫着紧张的气氛。

在这种紧张的气氛中，赵大宝时时刻刻都惦记着妻子霍桂花和孤儿小六子的安危，自从他俩出城后，赵大宝虽然身陷牢狱，但他的这种惦记和牵挂从未中断。不过，他也相信，妻子和小六子一定能够完成任务。

已经过去多日了，城内并没有再贴出什么所谓和共产党有关的告示，这说明，自己的判断应该是准确的，妻子和小六子一定已经把城防图送到榆次解放区了。因此，许多时候，赵大宝的内心是激动的，是澎湃的，他默默地为妻子和小六子的勇敢感到骄傲。

在家里躺了几日后，赵大宝的身体渐渐得到了恢复。其实，离完全恢复还差得很远，但由于他急着出去打探城内的情况，所以早早便到首义门下的火车站去上班了。说是上班，其实那是掩人耳目的一个由头。因为只有来上班，才能让跟踪他的特务们放松警惕，也才能让他有机会在工友中宣传革命思想，发动工友们在解放军攻打太原的时候，积极配合。

通过他的秘密宣传，工友们虽然都没有见过共产党，但都热爱上了这个一心为老百姓着想、可以给老百姓带来好日子的政党。他们决定，要在太原解放中，为这个政党所领导的解放军部队尽自己最大的努力。

太原城的总攻战役就快要打响了，布天佑自上次从太谷老家回到榆次后，便和上级派给他的另外两名副司机驾驶着一列火车，从榆次往太原城下运送粮草弹药。由于白天城内守军对他们的这列火车常常进行轰炸，所以他们把运送粮草弹药的任务，往往都放在晚上。白天的大多数时间，他们则是在榆次火车站装卸和搬运物资。

这一天，布天佑正在火车站忙着搬运物资，却意外看到不远处出现了一个熟悉的身影。那是一个女人的身影，只见这个女人额头上缠着一圈白色的纱布，纱布下，齐耳的短发显得有些凌乱。再看衣服，是一身棕色条纹的薄棉服，薄棉服的后背，有两处好像被什么东西划破了一样，露着里面的夹布。女人胳膊上，挂着一个不起眼的小包袱，正心事重重地在那里踱来踱去。

这个在火车站前彷徨着的女人，让布天佑联想到了师母霍桂花。

"难道，是师母。"布天佑想到这里，放下肩上的木箱，几步朝那个女人走去。

"师母——"布天佑试探着朝眼前的那个女人喊了一声。

这个在火车站前彷徨的女人，确实是霍桂花，因为她不知道自己该去哪里。从太原出发前，赵大宝将联络员老石在榆次的接头地点告诉了她，可一连两天，她按照这个地址，找到那座小院，都没见到老石同志。小院的门，也始终是"铁将军"把着，霍桂花不知自己该去向何处。

此时,霍桂花听到有人在叫她,赶忙转过身朝身后看去,只见布天佑站在自己的不远处,她不由得脱口喊了一声:"天佑!"

"师母!"布天佑一看,真的是霍桂花,不由眼圈一热,蹬蹬蹬几步跑上前,问道:"师母,你怎么会在这儿?"

霍桂花眼圈一红,简单地把事情的经过给布天佑讲了一下。

"啊,没想到我离开后,城内发生了那么多的事情!"布天佑听完后,瞪大了眼睛。

霍桂花点点头,心情低落地说道:"是呀,为了城防图,老史、老刘、小六子都牺牲了,你师父也生死未卜,还有……"霍桂花难过地说不出话。

"还有什么?"布天佑焦急地问。

"还有……"霍桂花又想起了自己的孩子,眼泪忍不住流了出来。

"师母你快说,究竟还有什么?"布天佑摇着她的胳膊问道。

"还有,我和你师父的孩子也没了。"霍桂花终于说出了这句话。

"啊——"布天佑不由得看了一下师母的腹部,然后怔在了那里。

中午吃饭的时候,布天佑给炊事员说了一声,说老家来了个亲戚,炊事员一看霍桂花的脸色,就知道是个逃难的百姓,于是特意给霍桂花煮了一碗挂面,还滴了两滴葱花油。霍桂花虽然饥肠辘辘,但捧着碗,却怎么也吃不下去。

"吃点吧师母,身体要紧。"布天佑轻声安慰道。

霍桂花含着眼泪点点头,用筷子夹起了碗中的面,送到嘴边,又一阵难过,涌上她的心头。

下午，霍桂花和布天佑又去了一趟联络员老石的住处，却依旧没有见到人。想到不久解放军就要攻打太原了，布天佑建议霍桂花先到他的太谷老家暂住一段时日，待太原解放后，再和师父接她回来。霍桂花听了，觉得这也是目前唯一可行的办法，于是答应了布天佑。

布天佑很快从榆次县城找来一辆马车，付给了马夫一些钱，让马夫把霍桂花送到太谷。临走时，布天佑将一封信交给师母，请师母带给自己的父亲。在信中，布天佑向父亲介绍了霍桂花的身份和情况，并请父亲及家中姐妹多多照顾自己的这位师母。

送走霍桂花不久，布天佑便接到命令，和两名副司机开着火车从榆次赶往武宿火车站。因为，太原总攻战役要提前打响了。

## 十二　列车在炮火中行驶

总攻战役的时间，定在初春的一个深夜。那一天的晚上，布天佑早早和两名副司机把机车检查好，把乘坐着接管太原人员的车辆连挂好，神情庄严地在武宿火车站等待着出发的命令。

此刻，夜空中，繁星点点，布天佑仰望星空，想起了父亲，想起了师父，想起了保尔·柯察金的那句话。

他在一种莫名的鼓舞中，带着两名副司机登上机车，随时准备出发。

凌晨的时候，太原城外火光冲天，炮声四起，先头攻城的部队已经向太原发起了总攻。这时，布天佑接到了向太原城前进的命令。"呜——呜——呜"他长长地拉响汽笛，驾驶着火车，跟着攻城的解放大军一起向前。

过了北营，密集的炮火将他所驾驶的火车团团包围住了，布天佑一边躲着飞进驾驶室里的炮弹片，一边探出身子，向前方瞭望。同时大声对两位副司机喊道："添煤！给汽！保持压力！"

列车在炮火中，"空哧空哧"地向前行驶着，在它的前面，是一名名正在向前冲锋的解放军战士。

几枚炮弹紧擦着列车爆炸了，扬起了冲天的火光，溅起了高高的火花。在一波又一波的爆炸声中，布天佑只觉得地动山摇，就连火车也不时地晃动。这是布天佑第一次真正进入战场，当看着浴血奋战的解放军战士不畏牺牲、勇猛地冲向太原城时，他的内心感到无比激动，浑身的血液仿佛也在沸腾。在这种激动与沸腾中，布天佑紧紧握着机车操纵台上的手闸，让火车一路向前。

离太原城越来越近了，此时，解放军已对太原发起了猛烈的进攻。城内的敌人还在负隅顽抗，他们将一枚枚炮弹投向城外，投向解放军，投向布天佑他们驾驶的列车，企图用这威力无比的东西阻止住一切。因此，列车的上空和四周，被炮火映得亮如白昼，乱飞的弹片一部分落在机车上，发出"砰砰砰"的声音，一部分飞进了驾驶室，飞向了布天佑……

此刻，布天佑正全神贯注地瞭望、观察着前方。在他的操纵下，列车巨大的车轮，碾压着钢轨上炮弹的碎片，向前挺进着。突然，他猛地感到胸前一震，接着一热，像是什么东西扎进了自己的胸膛，接着，是一股钻心的疼。他低头一看，一股股殷红的鲜血，正从胸前流出，把上衣染红……

攻打太原的战斗，越来越激烈。赵大宝和马喜子带着几名火车司机趁着城内敌军丢盔弃甲、自顾不暇，一片混乱的之际，从大东关一个被炸开的城垛豁口处，悄悄翻了出去。此时，城外的解放大军已是排山倒海之势，向太原城冲来，准备登城。赵大宝和马喜子等人迎着解放大军跑去，并要求加入攻城战役中。当一名解放军得知他们是火车司机时，告诉领头的赵大宝，队伍的后面跟着一列火车，请快去支援。

赵大宝一听，一下子想到紧跟在解放军部队后面的这列火车，必定就是徒弟布天佑驾驶的火车，于是，他忘记了身边的硝烟和炮火，朝着那列火车飞奔而去，并且一路跑，一路喊："天佑，师父来了！天佑，师父来了！"

布天佑觉得自己的身体越来越沉了，额头上也冒出了一层密密的冷汗。他忍着剧痛，用左手捂着胸口，右手依旧紧紧地攥着手闸。他告诉自己，一定要用这最后的生命，把党的第一列火车开进太原城；一定要把这最后的生命，献给太原解放，献给人类最伟大、最壮丽的事业。

他转身看了一下两名副司机，他们一个正密切地观察着蒸汽机车里的各种仪表，一个正拼命地往炉膛里添煤。炉膛里，烈火熊熊燃烧着。可布天佑希望这烈火，能燃得更大、更旺！

"添……煤。"

"给……汽。"

"保持……压力。"布天佑的声音，越来越微弱。两名副司机觉察出了异常，他们回头一看，只见布天佑正咬着牙，用左手使劲顶着胸口。而胸前的衣服，已全部被鲜血染红。

"天佑！天佑！"两名副司机一齐上前喊道。

"回到……你们的岗位，不要……管我——"布天佑对他们说道。

"天佑！天佑！"

"回到你们的岗位！不要……管我——"布天佑再一次命令道。

两名副司机无比揪心地看了布天佑一眼，然后回到各自的岗位。此刻，他们把对敌人的仇恨和对布天佑这位共产党员的崇敬，化成无尽的动力。

黎明，终于驱赶走了黑暗。东方的天空，出现了隐隐的亮光。此时，解放军已经开始登城了，跟在队伍后面的列车，也渐渐靠近了城门。布天佑脸色苍白，气息微弱地看着前面隐约可见的城墙。他多么渴望自己能够驾驶着这列火车，穿过厚厚的城门，进入太原城呀。可是，他分明已经感到自己的生命即将终止。

"师父,我回来了,请原谅我没有坚持到任务完成的最后一刻。"布天佑的眼睛,越来越困难地望着前方,已经睁不开了。这时,在炮火中,他似乎看到了一个熟悉的身影,朝自己的这趟列车奔来。只见那个身影三下两下便登上了列车,并从他手中一把接过手闸,使列车继续保持平稳前行。然后,又把他紧紧搂入怀中:"天佑——天佑——"来人大声地喊着。

布天佑靠在来人的怀里,冥冥中,好像听到了师父的声音,可是,他的眼睛已经什么都看不清了,只能一张一翕着嘴唇、断断续续地对来人喊道:"师……父,师……父。"

"天佑——天佑——"来人抱着布天佑,焦急而痛心地喊道。

布天佑听清了,是师父的声音,他气息微弱地对师父说道:"师……父,火车……交给……你了,请替我……完成……任务。"说完,他的手便从闸把上松开,永远地闭上了眼睛。

"天佑——天佑——"来人抑制不住悲痛,失声喊着。

布天佑没有听错,眼前的这个来者,正是师父赵大宝。

看到机车操纵台上徒弟流下的鲜血,赵大宝在悲愤中一边搂住布天佑,一边使劲儿推动手闸。并大声命令两名副司机:"添煤——"

"加大给汽——"

"顶住压力——"

此刻,解放大军已将城门攻破,敌人处心积虑修筑、堆积在城门口的掩体也被赶来的铁路工人清理了,城门下,两条通往城内的钢轨露了出来。

"空哧——空哧——"列车加大马力,喷吐着蒸汽,朝城门而去。

"天佑,你看,我们的火车就要进太原了!"临近城门口的时候,赵大宝用血红的眼睛看了一下徒弟布天佑,然后再次推动手闸,提高速度，此时，被白色蒸汽包裹着的列车，在还没散去的硝烟炮火中，像一匹脱缰的骏马一样，快速地旋转着巨大的车轮，向城内挺进。

"呜呜——呜呜——呜呜——"列车到达城门口的时候，赵大宝使劲儿拉响了汽笛。他相信，躺在自己怀里的徒弟布天佑，一定能听到这属于胜利的汽笛声。

## 十三　一位老人接走了儿子

太原解放后，许多逃出太原的老百姓，听说太原解放了，于是都口口相传，奔走相告，解放当日傍晚，便有不少百姓成群结队地赶了回来。此时的太原，新成立的市政府在城内设置了三十多个赈灾的粥棚，以救济那些生活无以为继的百姓。赵大宝一边向返回城里的百姓打听妻子霍桂花和孤儿小六子的下落，一边在失去布天佑的悲伤中和马喜子商量，准备将布天佑的遗体送回他的老家太谷。

第二天中午刚过，就在城内百姓还沉浸在太原解放的喜悦中时，一辆马车停在了黑土巷宿舍赵大宝的家门口。看样子，这辆马车走了很远的路途，棕红色的马背上，汗涔涔的。赶马车的，是一位六十多岁的老者，他穿一身黑色的衣裤，裤腿处，用绑带整齐地缠着，腰间，紧扎着一条黑色的布腰带，一看就是常年习武之人。只是，老人的眼中，满是忧伤。在他的马车上，还坐着一位年轻妇女，这位妇女梳着齐耳短发，穿着一身棕色衣裳，怀里抱着一个小包袱。

车停稳后，在老者的帮助下，年轻妇女从车上走了下来，她看着眼前的这间屋子和屋门前的那块菜地，不由得垂下了眼泪。

这位年轻的妇女，正是霍桂花。自从那天她拿着布天佑的书信，找到太谷布家后，便得到了布家的悉心照顾，身体也逐日康复。前一日，她听说太原已经解放，便向布家谢恩、辞行，准备即刻返回太原。布天佑的父亲闻听后，意味深长地对霍桂花说，自己也正好要去太原办一件事，可以顺路把霍桂花捎回去。

就这样，布天佑的父亲没让任何一个弟子陪同，而是独自赶着一辆马车，第二天清晨就载着霍桂花朝太原而来。

此时已是四月的下旬，一路上到处是春光，返青的麦田，吐絮的杨柳，北归的燕子，啁啾的鸟儿，可布天佑的父亲和霍桂花因为各有心事，所以谁也没有心思欣赏这春日的美景。临近中午，两人简单吃了点儿从太谷出发时带的干粮，便继续赶路。

一路默默无语，就这样在午后时分，他们来到了太原。

正在霍桂花站在门口发呆、踌躇不前之际，赵大宝和马喜子恰巧从外面回来，同时看到了霍桂花。

"桂花——"赵大宝激动得喊了一下，然后快步跑了过来。

"大宝。"霍桂花回过头一看是赵大宝，又惊又喜把手伸了过去。

"桂花，你回来了，你没事吧。"赵大宝拉住霍桂花的手，热泪盈眶地问。

"嗯，回来了，我没事。"霍桂花心中五味杂陈地答道。

"嫂子，你还好吧。"马喜子也一脸欣喜地上前问候霍桂花。

"喜子，我没事。"霍桂花答道，并上下打量了一下马喜子，接着客气道："喜子，你也没事吧。"

"俺没事，你看嫂子，俺好好的。"马喜子说着，在霍桂花面前转了一个圈。

这时，霍桂花猛然想起送自己回太原的布老先生，于是急忙拉着赵大宝的手，来到布天佑父亲的身旁，向赵大宝介绍道："大宝，这是天佑的父亲，是他老人家送我回来的。"

霍桂花本来以为赵大宝见到布天佑的父亲，一定会喜出望外，格外高兴，或者握住对方的手，夸赞天佑几句。但她没想到，自己听到的，竟是赵大宝和马喜子两人不约而同"啊——"的一声惊叫。她仔细朝两人看去，竟发现赵大宝和马喜子刚刚还一脸激动的神情，此时完全被震惊取代。霍桂花看到这个样子，不解地埋怨起了赵大宝："怎么了大宝？这是天佑的父亲，又不是杀人的特务。"

赵大宝这才从惊诧中回过神，他一个健步走上前，握住布天佑父亲的手问道："老人家，您怎么来了！"

"你是佑儿的师父大宝吧？"布天佑的父亲微微颔首，一脸平静地向赵大宝问道。

"是的，老人家，我是天佑的师父，我……我……"赵大宝说话有些语无伦次起来，目光也有些不敢直视老人。

"我听佑儿说过你。"布天佑的父亲平静地说道。

"老人家，我……我……"赵大宝像是下了很大的决心，但仍旧说不出一句完整的话。

"不用说了，我都知道了。"布天佑父亲的眼中泛出了泪花。

赵大宝此时眼眶也早已湿润了，他的喉咙犹如卡了一大块儿水泥，满脸内疚地再次握紧布天佑父亲的手，说道："对不起，老人家，是我没保护好天佑。"说完，他深深地低了下了头，几滴眼泪随之落在了地上。

布天佑的父亲拍了拍赵大宝的手，强忍着内心的悲痛说道："佑儿是好样的，我不怪你。"

眼前的这一幕，让霍桂花越来越看不明白了，她走上前，轻声地问赵大宝："天佑他怎么了？受伤了吗？"

赵大宝仍旧低着头，一动不动地站在那里，像是没有听到霍桂花的声音。

这时，马喜子走上前，几乎有些哽咽地告诉霍桂花："天佑，他……"

"他怎么了？"霍桂花突然像是预感到了什么，急切地问。

"他……他，牺牲了。"马喜子说完，一跺脚，转身站到一旁。

这一次，轮到霍桂花震惊了，她惊愕地张大了嘴，半天都没合拢，眼中也一下子噙满了泪水。在这泪水中，霍桂花的眼前仿佛浮现出了布天佑那张明朗的笑脸，浮现出了布天佑听她讲述《钢铁是怎样炼成的》时认真的样子，浮现出了布天佑在听完保尔·柯察金的故事后，立誓也要做一名保尔·柯察金式的中国青年时的坚定，浮现出了在榆次火车站布天佑与自己相遇的情景，这些情景像放电影一样，一幕幕地从霍桂花的眼前浮现。

所有人，几乎都像是被施了魔法一样，怔在了那里。这时，传来了布天佑父亲的声音："我今天来，就是想把佑儿接回太谷老家的。"

老人的话音刚落，赵大宝和霍桂花，还有马喜子他们每个人的身子都不由得战栗了一下，那是一个人在极度震惊的情况下才会产生的反应，就像是被一大盆冷水浇过后，打的一个大大的寒战。

"不！老人家。"赵大宝把布天佑父亲的手握得更紧了，他恳切地说道："还是让我们送天佑回家吧。"

"是的，老人家，俺们已经商量好了，请允许由俺们送天佑回家吧。"马喜子这时也走上前，几乎是用一副欲哭的腔调对布天佑的父亲说道。

"不用了，太原刚解放，还有许多事情等着你们去做，我带他回去就行。"布天佑的父亲忍着内心的悲怆，把脸扭向一边，生怕被赵大宝他们看到落下来的老泪。

"这怎么行，老人家，我们不能这么做。"赵大宝说着，眼圈更红了。

大家又是一阵沉默，最后，布天佑的父亲悄悄拭了拭眼角，对赵大宝说："好吧，那我们一起送佑儿回家吧，现在，你们带我去见他吧。"

赵大宝听了，与马喜子一起牵着马车，陪着老人朝太原南站走去。

两天后，霍桂花终于在天快黑的时候，等到了赵大宝。赵大宝刚一进门，霍桂花就急忙向丈夫了解布天佑牺牲的经过，在她心中，这个有着崇高理想和信仰的年轻人，不应该这么早离开人世，他应该有更远大的抱负和追求。赵大宝将布天佑按照组织要求，出城投奔解放区，承担第一列进太原城火车任务，并把在进城途中不幸牺牲的经过告诉霍桂花后，霍桂花为这个早逝的年轻生命，感到无比痛惜和遗憾。并由此想到了小六子、史志贵、刘福安，还有那个孟庆余。

"对了，桂花，小六子呢，他怎么没跟着你一起回来？"赵大宝讲完布天佑牺牲的经过后，问霍桂花。

"小六子……"霍桂花有些吞吞吐吐起来。

"他怎么了？"赵大宝心中一沉，急切地问。

"他……"

"他到底怎么了？"

霍桂花看着赵大宝，她的眼前仿佛又出现了小六子牺牲时的情景，于是慢慢低下头，噙着眼泪说道："小六子，他为了保护我，牺牲了。"

赵大宝听到这里，倒吸了一口冷气。他没想到，瘦瘦弱弱的小六子，竟然会为了保护别人，而牺牲自己。

这时，霍桂花又红着眼圈，低声喃喃地对赵大宝说："咱们的孩子……也……没了，而且，可能以后也不会有孩子了。"

赵大宝听后，仿佛又是一阵五雷轰顶，脑袋"嗡——"的一下，差点儿晕过去。他这时才注意到妻子之前微微隆起的腹部，现在已经平了。眼泪在赵大宝的眼眶中打了个转，又被他使劲憋了回去。

"桂花，让你受罪了。"赵大宝轻轻拉住霍桂花的手，心疼地安慰道。

"不，我不要紧。"霍桂花心头一酸，对赵大宝说道。

赵大宝上前紧紧搂住妻子消瘦的肩膀，一月未见，他发现妻子明显瘦了一圈。

晚上，霍桂花将自己出城的详细经过，一一讲给了赵大宝。在讲完小六子牺牲的经过后，她告诉赵大宝，在后来翻越山头最关键的时候，孟庆余替她挡了子弹。赵大宝听到这里，不由得想起了孟庆余之前的种种行为，此时，他几乎可以清楚地得出一个结论，孟庆余确实是一名打进特务机构的党的地下工作者。他为自己曾经有过这样一位铁路工友而感到骄傲和自豪，同时也为自己失去这样一位志同道合的兄弟而悲痛和惋惜。

那一晚，赵大宝和霍桂花聊了很久，他们怀念那些在太原解放前夕牺牲的同志，也憧憬太原解放后的生活。聊到最后，霍桂花想起了那块蓝手帕，她从包袱中将它取出来，递给赵大宝，并告诉他，城防图送到了，但没见到联络员老石同志。

赵大宝接过手帕，陷入了沉思。

窗外，微风吹过，门搭又轻轻地响了起来，像是有人在敲门。赵大宝起身把门打开，他多么希望，老石能像上次一样，出现在自己的面前。可是，外面除了一阵阵从东面吹来的春风外，什么也没有。

第二天，赵大宝从刚刚创刊的《山西日报》上看到一则中共太原市委发出的通告，通告中写道：中国共产党组织解除秘密状态，凡中共地下党员及一切地下的革命工作人员，自即日起，请到新民中正街三排二十号中共太原市委地下工作委员会报到处报到，以便分配参加新的工作。

赵大宝看着报纸，此刻，他多么想和马喜子一起按照通告上的地址去报到，这么做的目的，绝不是为了另外分配什么新的工作，而是为了可以堂堂正正地去见自己的组织，去光明正大地说出自己地下党员的身份。可是，他又猛然想到失去音讯的联络员老石同志，这么多年，自己作为太原南站地下党支部的负责人，一直与老石同志保持着单线联系，如今老石不在，自己的地下身份恐怕无人能够证明。

想到这里，赵大宝渐渐打消了去报到的念头，尤其是想到此时他们驾驶的火车不但正在为太原市源源不断地运送粮食，解救灾民，而且正在加紧运送解放大军南下，去支援全国其他城市解放，就觉得自己现在更应该投入新的运输中。于是，他放下了那张报纸。

## 十四　报名支援边疆建设

生活，很快开启了崭新的一页。太原解放后，工厂复工的浪潮一浪高过一浪，赵大宝所在的太原机务段，开展了一次次劳动比赛。在这些火热的比赛中，赵大宝总是名列前茅。不久，鉴于他丰富的驾驶经验和熟练的操作技能，他被提升为司机长，负责整个车班的工作。马喜子也在这崭新的生活中，娶了一个叫梁秀秀的姑娘，有了自己的小家。

一年多后，朝鲜战争爆发了，当赵大宝从单位的喇叭里听到"抗美援朝，保家卫国"的号召时，与马喜子一起报名要求前往朝鲜战场。

他们的申请很快就被批准了。临行前，霍桂花和梁秀秀到车站为他们送行。四人相约，抗美援朝胜利之日，便是他们相聚之日。

几天后，赵大宝和马喜子到达沈阳，并与从全国各地赶来的铁路工人在这里集合、编入队伍，然后驾驶着一列火车前往丹东，跨过鸭绿江，投入为志愿军运输物资的行列中。

一天夜里，他们的机车拉着一列军事物资，正在向前方战场行驶。当列车即将靠近一座车站时，一路尾随而来的敌机伺机对他们这趟列车进行轰炸。看到敌机死死咬住他们不放，赵大宝掀开防空布的一角，探出身子辨认前方信号。此时，车站值班员为了防止目标暴露，将信号灯扣在帽子里，敲了三下音响信号。赵大宝明白，这是让列车不要停车，立即通过。于是，早已做好准备的他加快速度，驾驶着列车冲过车站。敌人看到自己的如意算盘落空，恼火地追着列车，投下几枚炸弹后，才满意得离开。

很快，列车后部的两节车厢被敌机投下的炸弹炸到后，燃起了熊熊的火焰。想到如果不马上把燃烧的车厢与其他车厢分离开，那么这一整列的物资都会爆炸，前方一个团的志愿军战士供给也就会中断。赵大宝决定将起火的车厢与其他车厢分开。于是，他将列车慢慢减速并停了下来，然后让马喜子和另一名副司机在车上随时做好开车的准备，自己则跳下机车，快步跑到列车的后方，在火海中将燃烧的车厢和前面的车厢摘开。可就在他要返回前面机车时，敌人的飞机又掉头飞了过来，并朝地面投下炸弹。

一声爆炸声响起，巨大的气浪将赵大宝掀翻在地，他爬起来，发现自己的右腿正鲜血直流。

赵大宝受伤后，忍着剧痛，回到车上，直到完成那列军事运输任务，才返回丹东。在丹东经过一段时间治疗后，由于腿部受伤，不适合再留在战场，于是他被送回了太原。当霍桂花看到丈夫拄着拐杖出现在自己的面前时，悲喜交加，两行热泪也禁不住顺着脸颊流了下来。

两年多后，朝鲜战争结束，马喜子和其他一起赴朝作战的工友也从朝鲜战场回来。作为"最可爱的人"，他们在太原站一下火车，便受到了人们的热烈欢迎。但马喜子此刻最想见的，是师父赵大宝。因此，当迎接他们的人群散去后，马喜子便"蹬蹬蹬"地直奔赵大宝家而去。

自从师父赵大宝受伤回国后，马喜子心里一直有一个解不开的疙瘩，因为当初按照规定，本该是由他去摘掉那节被炸毁并燃烧的车厢，但赵大宝担心他的安全，坚持让他留在车上，而由自己去完成此项任务，这才导致赵大宝受伤。

师徒见面，自是有说不完的话。得知马喜子在朝鲜战场出色完成任务，赵大宝不由得为这个只比自己小两三岁的徒弟感到骄傲。

很晚的时候，马喜子起身告辞，目光，也不由得落在了赵大宝的右腿上。赵大宝似乎看出了他的心思，站起身来，走了几步。然后拍了拍马喜子的肩膀，对他说："回太原后，经过一段时间休养，都已基本好了，不碍什么事。"

虽然赵大宝只走了几步，但马喜子还是觉察出师父的右腿微微有些瘸，他有些难过，可又怕师父看到，于是匆匆告辞。回家的路上，马喜子望着夜空中闪烁的繁星，暗暗发誓，今后师父走到哪儿，自己就跟到哪儿。

生活，一页一页地向后翻着。这期间，赵大宝和马喜子谁也没有离开机车。赵大宝虽然右腿有些不便，但单位领导知道他与机车有着极深的感情，于是尊重他的意见，继续让他留在机车上。而马喜子，也在赵大宝的指导下，成长为一名优秀的火车司机。

偶尔，他们师徒二人会坐在单位院子里那棵枝繁叶茂的大槐树下，谈及新生活，谈及四五年前便已离开人世的史志贵、刘福安、布天佑、小六子、孟庆余，也会谈起失去音讯的联络员老石和那块蓝手帕。他们猜测，老石应该是去了南方的战场上，或者是其他更需要他的地方，由于走得匆忙，所以才没有来得及与他们告别。每当话题谈到这儿，赵大宝都会自言自语地说："如果有一天，我们能够见到老石，我一定正式向他汇报：'城防图的任务，我们太原南站地下党支部已经完成了。'"

冬季，很快便来到了，地面上的积雪，从飘下第一场后，便没有融化，并随着后续的降雪，越积越厚。

单位的大喇叭里，每天都播放着激昂有力的广播声，赵大宝和马喜子每天在这样的声音中进进出出，感觉浑身有使不完的劲儿，运输出去的货物也一天比一天多。

一天，大喇叭里突然停止了人们熟悉的广播声，转而播出另外一条通知：同志们，经过几年的奋战，我国内蒙古大草原上新修建的集二铁路即将开通，需要大量的人员前去支援，希望广大共产党员、战斗英雄、劳模先进、生产骨干踊跃报名，到草原上去支援祖国的边疆建设，把祖国的大草原和首都北京紧紧地连接起来吧！

职工们听完广播后，放慢了手中的活，大家三五一群，互相围在一起议论起来。赵大宝那天正好也听到了广播，他的心，微微地动了一下。

下午下班后，赵大宝在家门口徘徊了好一阵子，也没推门而入。此刻，门前的雪地里，留下了他来来回回走过的几行鞋印，有深有浅。即将落山的夕阳洒在他棱角分明的脸上，可以看出他微蹙的眉毛和深沉的目光，他好像是在思考着什么，又仿佛在做着一个什么决定。这时，门"吱呀——"一声开了，霍桂花从家里走了出来，但赵大宝丝毫没有感觉到。

看到一心一意在雪地里思考问题的丈夫，霍桂花不禁疑虑起来。她踩着积雪，来到丈夫跟前："大宝，你怎么了，到门口也不进家？"

这时，赵大宝好像是从睡梦中惊醒了一样，他急忙舒展微蹙的眉头，对霍桂花说道："没什么，没什么，走，回家。"说着，他跺了跺脚上的雪，和霍桂花一前一后走进了家门。

屋子里的摆设基本没变，正中间的饭桌上，放在一摞孩子们的作业本，赵大宝知道妻子又把学生们的作业拿回来批改了，他体贴地对霍桂花说："你要多注意身体，不要太劳累。"

霍桂花清楚丈夫赵大宝这是又在担心自己的身体，因为自从五年前送城防图身体受损后，她的腹部就经常出血，不得不用药物来治疗。医生也提醒过她许多次：避免劳累，这样身体才能慢慢康复。

霍桂花已经提前熬好了小米稀饭,待赵大宝脱掉外套后,她把锅里的热馒头拿出来,并盛了两碗稀饭,端上一盘子土豆丝和一小碟咸菜,准备吃饭。

赵大宝坐下后,拿起筷子,却时不时地发起了愣,夹菜的手,也总是莫名其妙地停下来。

"大宝,你怎么了?发生什么事了?"霍桂花关心地问。

"没什么,桂花,咱们快吃饭。"赵大宝说着,往霍桂花碗里夹了一筷子土豆丝。

"不对,你一定有事瞒着我。"霍桂花放下碗,看着赵大宝说。

赵大宝想了想,也放下手中的碗和筷子,对霍桂花说道:"桂花,今天单位的广播里说……"他说到这里,停顿了一下。

"广播里说什么了?"霍桂花很有兴趣地问。

"广播里说,内蒙古那边的铁路建设需要支援。"赵大宝说。

"你的意思是……"霍桂花把到嘴边的话咽了回去。

"我想听听你的意见。"赵大宝婉转地说。

"这是大事,还是你拿主意比较合适。"

"那你不会埋怨我吧?"

"不,不会的。"

"我想响应号召。"

"去内蒙古支援边疆铁路建设?"

"是的,桂花,希望你理解。"

霍桂花半天没有说话,这个事情让她感到有些突然,她不知道该不该支持丈夫的这个决定。因为新中国成立后的这几年,他们的日子在一点点好转着,霍桂花对现在的生活很满足,从心里不希望这样的平静被打破。可如今,丈夫提出要去内蒙古,去那个位于祖国北疆的地方,作为女人,她本能地做出了一个反应:"大宝,你能不能……不去。"霍桂花说着，目光看向别处。

赵大宝没有回答妻子的问话，而是朝霍桂花投去理解的目光。妻子的反应，在他的意料之中，他相信，这也是任何一个女人的正常反应，毕竟，内蒙古遥远而艰苦。

赵大宝站起来，默不作声地将霍桂花碗中已经有些发凉的稀饭端起来，重又倒入炉子上的锅里，热了起来。

霍桂花虽然背对着赵大宝，但她能感受到丈夫此刻的神情和内心，她太了解这个男人了，一旦决定的事情，就很难改变。而当初，自己不正是因为他有着这样一颗积极上进和无比火热的心，才嫁给他的吗？

窗外，一轮明月，悄悄爬到半空中，挂在枝头，把本来就已经非常洁净的大地，照得更加洁净明亮了。

一夜无语，两人各自沉思着……

第二天早晨，赵大宝穿上棉衣外套，准备出门上班。霍桂花抱着昨晚批改过的作业本走到赵大宝面前，对他说："大宝，昨天的事，就按照你说的做吧。"

赵大宝愣了一下，停下了系纽扣的手，忙问道："你同意我去内蒙古支援边疆建设了？"

霍桂花点点头，说："是的，我知道拦不住你。"

赵大宝一听，顿时有些惭愧起来。他知道，一直以来，都是妻子在为自己考虑，在默默支持自己的工作，而自己，为妻子考虑得实在太少了。尤其是想到自己走了之后，妻子无依无靠，一旦旧伤复发，身边连个端水喂药的人都没有。想到这里，赵大宝犹豫了起来，对霍桂花说："要不，去内蒙古的事，我再考虑考虑。"

"不，不用考虑了，就这么定了。"霍桂花说。

"可是，我走了，你怎么办？"赵大宝担心地问道。

"我想好了，我和你一起去，我们一起去支援边疆建设。"霍桂花说完，等待着赵大宝的赞许。

可赵大宝没有赞许，他有些吃惊地望着霍桂花，着急地说道："这怎么行，内蒙古那边条件不太好，不适合你去，再说，你去了能干什么？"

"我可以教书，给牧民的孩子教书。"霍桂花回答道。

"不行不行，那儿的条件太艰苦了，你的身子会受不了的。"赵大宝仍旧坚持自己的意见。

"你放心吧，我没事。"霍桂花安慰赵大宝道。

"可我还是觉得你不适合去。"赵大宝劝道。

霍桂花听了，既没再解释，也没再争取，只是把话题一转，淡淡一笑，说道："走，我们该上班去了。"然后系上围巾，戴上手套，推开门，咔嚓咔嚓地踩着积雪，朝学校走去。

赵大宝看着妻子的背影，和雪地里留下的两行脚印，不禁有些担心，又有些感动，因为他知道，内蒙古之行，妻子霍桂花肯定是要加入进来的。

中午的时候，马喜子从阳泉出车回来。他这次出车，走了两天的时间，一回到单位，便听到大伙儿在议论上级号召去支援内蒙古铁路建设的事。于是交完班，连身上油乎乎的工作服都没顾上换，就急匆匆地来找赵大宝。

"师父，支援内蒙古铁路建设的事，你有什么打算？"马喜子一见赵大宝，就迫不及待地问道。

赵大宝见马喜子这么快就来找自己，已经猜出了他的心思，于是也毫无保留、开门见山地告诉他："喜子，不瞒你说，我打算去。"

马喜子听后，用手猛地拍了一下大腿，高兴对赵大宝说道："太好了师父，俺也打算响应号召。这样，俺俩又可以在一起了。"说完，他又像想起了什么，顿了一下，声音也恢复了正常，向赵大宝问道："可是师父，嫂子同意你去内蒙古吗？"

"她同意。"赵大宝答道。

"那你走了，她怎么办？"马喜子又问。

"她说，她要和我一起去。"赵大宝对马喜子说。

"啊！"马喜子听到这里，不由得吃了一惊。

下午，赵大宝和马喜子两人一起来到单位领导办公室，正式递交了去内蒙古支援边疆铁路建设的申请。单位领导是一位五十岁左右的中年人，姓郝，自从太原解放便在这个机务段里工作，所以对每名职工的情况都很了解。此刻，他拿着赵大宝和马喜子两人的申请，在办公桌前良久地沉思起来。最后，他的目光从马喜子的申请上移到了赵大宝的申请上，久久凝视，眉头也微微地皱了起来。

赵大宝看着这情景，心中不由得犯起了嘀咕，他走上前，问道："郝段长，我的申请有什么问题吗？"

那位姓郝的段长听赵大宝这么一问，视线从申请书上收了回来，转而关心地看着赵大宝："大宝，你要去支援边疆铁路建设的心情我能理解，而且，你的政治面貌、各种表现也都符合去内蒙古的条件，可是……"

"可是什么？"赵大宝急忙问道。

"可是，内蒙古那边的冬天比较寒冷，你的腿曾受过伤，我担心你……"郝段长的话，说到这里，便没再往下说。但赵大宝已经明白了他的意思，知道郝段长是担心自己的身体吃不消。想到这里，赵大宝心怀感激地说道："请放心郝段长，我的腿没有问题。"

"我建议你再考虑考虑，内蒙古不比山西，那里的气候和生活条件都需要重新适应。"郝段长语重心长地劝道。

"我已经考虑好了，请批准我去吧。"赵大宝答道。

这一次，那位姓郝的段长没再劝阻，他朝赵大宝投去敬佩的目光，并拍着赵大宝的肩膀，说道："大宝，好样的，我批准你的申请，希望到了内蒙古，你仍旧能够发挥一名优秀司机长的作用，带领火车司机们多拉快跑，为祖国的建设做贡献！还有，保重好你的腿！"

赵大宝一听，脸上瞬间露出了笑容。他像一名战士一样，响亮地回答道："是！"

郝段长看着赵大宝，又看看马喜子，不由得嘱咐道："这次你们去内蒙古支援的集二铁路，是牧民们早已盼望的一条幸福之路，我会尽快安排你们参加第一批培训，早日出发。到了那里，你们不光要会开火车，还要全面掌握铁路行车运输组织方面的知识，不论遇到何种问题，都能独立解决。"

赵大宝和马喜子听了，齐刷刷地点了点头。

赵大宝的申请批准后，霍桂花也向学校提出了申请，当校领导得知她要跟着丈夫一起去内蒙古支援边疆建设时，都暗地里为这个平时文文弱弱的女教师捏了一把汗，也有的老师悄悄劝霍桂花不要去那么遥远而荒凉的地方。但这些，根本动摇不了霍桂花的决心。

## 十五　来到集宁

赵大宝和马喜子他们的业务培训很快结束了，接下来，就要和其他一起报名去支援内蒙古铁路建设的工友们准备前往集宁。临行之前，霍桂花给赵大宝做了一身新棉衣，仅裤子就用了二斤多的棉花，目的是防备丈夫的腿被寒气侵入。而赵大宝，则专门到药店给霍桂花抓了一大包中药。自从五年前送完城防图，霍桂花的身体受损，时不时就需要用中药调理，现在，要去的地方那么远，赵大宝想尽量多带些中药。

收拾行囊的时候，赵大宝和霍桂花不约而同地想到了老石留下的那块蓝手帕。五年来，虽然老石杳无音讯，但他们始终相信，总有一天，他们会相见的，到那时，他们将正式把蓝手帕还给老石，并向老石汇报："城防图的任务，我们已经完成了。"所以，他们将蓝手帕仔细收起来，放入前往内蒙古的行李中。

出发那天，赵大宝和霍桂花早早走出家门，站在房门前，朝东山方向望去，他们永远忘不了，那是史志贵和刘福安以及小六子、孟庆余当年牺牲的地方。然后，他们又深情地朝眼前这座为之奋斗过的城市望去。

"大宝，你说我们会再回来吗？"霍桂花站在门前，若有所思地问道。

"会的，我们一定会回来的，等完成了支援边疆的任务后，我们就回来。"赵大宝拎着行李，对妻子说道。

"不知到那时，我们这座城市会变成什么样？"霍桂花说着，又向远处眺望。

"她一定会越变越美的。"赵大宝说。

两人说着，朝火车站走去。

火车站前，马喜子正在人群中朝他们走来的方向张望，看见师父两口子来了，远远地招起了手。马喜子的身材高大魁梧，赵大宝和霍桂花在人群中一眼就看到了他，同时，还看到了在马喜子的身旁，竟然还站着一脸不高兴、身背行李卷的梁秀秀。

"嫂子——"梁秀秀看见霍桂花，像看到救星一样，忙从人群中挤过去，上前一把攥住霍桂花的手，脸上的表情，也由阴转晴。

"秀秀，你怎么来了？还背着这么大一卷行李。"霍桂花满脸疑惑地问梁秀秀。

"怎么，就只许你们觉悟高，不许我也高一回。"梁秀秀笑着、快人快语地说道。

"怎么，你也要去边疆？"霍桂花惊喜地问道。

"没错，听说你要跟着赵大哥一起去内蒙古支援边疆建设，我也决定跟着喜子去。"梁秀秀的话还没说完，就被迎面走来的马喜子打断了："梁秀秀同志，你能不能不要给俺们的工作添乱了，嫂子去内蒙古，可以给牧民的孩子教书，你去了，能干什么？俺劝你，还是向后转，背着行李赶快回家去。"

"我不回，我一定要跟你去。"梁秀秀说完，把求救的目光投向霍桂花。

"秀秀，你真的想好并做好思想准备，跟我们一起去内蒙古了吗？"霍桂花认真地问梁秀秀。

"是的嫂子，我都想好了，我一定要跟着你们去。"梁秀秀肯定地回答着，并把霍桂花的手，攥得更紧了。

看到梁秀秀如此坚决，霍桂花为难地朝赵大宝看去，赵大宝知道霍桂花从心里是倾向于让梁秀秀跟着一起去内蒙古的，不然，她也不会这般为难。于是，赵大宝劝马喜子："喜子，既然秀秀已经想好了，不如你就答应她一起去吧。"

马喜子看到师父帮梁秀秀说起了话，一下子急了："师父，你……俺……"

梁秀秀看到有人给自己"撑腰"，于是跑过来打断马喜子的话："马喜子同志，难道你师父的话，你也敢不听。"

看到这一幕，赵大宝和霍桂花都笑了起来。在笑声中，马喜子勉强答应了梁秀秀的要求。他们四个人走进火车站，登上了开往内蒙古集宁方向的列车。

集宁是京包铁路上的一座车站，也是集二铁路的起点，赵大宝他们从太原经大同，到达集宁，然后将在那里报到，接受新的工作安排。

尽管在来之前，赵大宝他们心里已经做了充分准备，但真正到了集宁这个塞外小城镇，还是被当地的严寒吓了一跳。那凛冽的朔风夹杂着沙土吹打在每个人的脸上，像刀子划过一样。

马喜子担心师父的腿扛不过这似刀一样的寒风，刚下火车，就私下里问赵大宝能不能扛得住，扛不住就返回山西。赵大宝仍旧是那句老话：没问题，不碍事。

集宁的天气虽然寒冷，但到处是热火朝天的劳动场景，尤其是在平地泉镇新建的集宁北站，各项施工正在紧锣密鼓地进行着，喇叭里也播放着动人的歌声，完全没有冬天的感觉。赵大宝他们一到这里，立刻被这种火热的、鼓舞人心的气氛感染了。一位正在用手推车运水泥的小伙子从他们身旁路过，看到他们也是来支援边疆建设的，自信而骄傲地告诉他们：很快，这儿将建起一座大型的车站，站内将有十多股铁道，能同时停靠十几趟列车。赵大宝听后，仿佛感受到心脏在强烈地跳动，恨不得立刻就投身内蒙古集二铁路的建设中。

报到处就设在车站广场的北侧，从全国各地赶来支援集二铁路建设的职工，将不大的广场挤得水泄不通。

赵大宝和马喜子将霍桂花和梁秀秀安顿在一个避风处，然后朝报到处走去。这一次来内蒙古，赵大宝希望能够继续开火车。虽然自己的右腿曾受过一点儿伤，但这并也不影响他操纵机车。或者，让自己在地面上给火车上煤清渣也行，只要不离开火车，他就心满意足。因为，多年以来，他一直爱着这个庞然大物，在他心里，火车就如同他的亲密兄弟。

他一边这么想着，一边排队往前走着，当听到工作人员喊他的名字时，赵大宝挺直腰板，朝报到的桌子前走去。如果不仔细观察，一般人是看不出他的右腿有一点儿跛。但这小小的毛病被登记处的工作人员看了出来。

这名工作人员很年轻，大概二十岁的模样，平头、长脸、肤净，戴一个黑色粗框的近视眼镜。他盯着赵大宝打量了一下，问道："你以前是司机长？"

赵大宝点点头用洪亮的嗓音回答道："是，我是司机长。"

工作人员又朝他的右腿看去，然后有些为难道："可你的腿……"

赵大宝拍了一下自己的右腿："我这腿，不碍事。"

赵大宝的话音刚落，那名工作人员便脱口说道："这不是你说不碍事就不碍事，这草原上的火车个头都大，你这腿恐怕吃不消。"接着，那名工作人员又低下头，认真地把报到登记本从前翻到后，并在最后一页上勾画了一下，然后抬头对赵大宝说："这样吧，你去锡林呼都嘎车站吧，那里还缺一个扳道员。"

赵大宝听到这里，心里不由得"咯噔"了一下，他那刚才还炯炯有神的目光，一下子暗淡了许多："这……"

"别这个那个了，就这么定了，这是去锡林呼都嘎车站的报到证。好了，下一个，李有栓——"

"来了来了。"人群中有人一边回答着，一边朝登记的桌子前挤来。

赵大宝还想再向眼前的这位工作人员解释一下、争取一下，但他很快便被后面的人挤到了一边。赵大宝拿着报到证，神情黯然地走出了人群。

这一切，都被排在队伍中间的马喜子看到了，当马喜子听到工作人员怀疑师父的腿，并不再让师父开火车，还把师父分到一个听也没听过的地方时，他心里面的火就"腾"地一下冒了出来。他气呼呼地推开前面的人，上前一步来到负责报到的工作人员前，压住怒火，对那名年轻的工作人员说道："同志，俺师父赵大宝在太原时，是一名优秀的火车司机长，你能不能再考虑一下。"

年轻的工作人员抬头看了一眼马喜子，说："不管以前是干什么的，到了这里都得服从安排。"

马喜子一听，本来就压不住的怒火再一次"腾"地向上窜了出来，他一把揪住那名工作人员的衣领，大声说道："那也不能任你安排！好好的一个司机长，让你安排去干扳道员，你这不是欺负人吗！"

那名年轻的工作人员被马喜子一揪，一下子慌了手脚，手中的笔也掉在了地上，黑色粗框的眼镜也歪在了鼻梁上："你，你干什么？快放手！"

马喜子瞪着眼珠子，粗声粗气地问道："哼！你说，俺师父怎么就不能开火车了？"

那名工作人员被马喜子揪得有些喘不过气，他使劲儿干咳着，挣扎着说道："他……他是个跛子，跛子怎么能开火车？"

马喜子一听这话，气得眼睛瞪得越大了，把那名工作人员的衣领抓得也更紧了，他大声吼道："你再说一遍，谁是跛子！"

那名工作人员的脸，此时已憋得通红，他指了指站在人群外的赵大宝："他……他……他是跛子，跛子就不应该来我们这里支援。"

"那好，你把俺也分到那个叫什么嘎的车站吧，我要和司机长在一起。"马喜子说着，像拎小鸡一样把那名工作人员拎起来，然后准备摁倒在地。就在此时，赵大宝也听到了声音，他匆忙拨开人群，朝马喜子他们走来，只见他人还未到桌子前，声音已经传了过来："喜子，快住手！"

见赵大宝过来了，那名被马喜子揪着衣领的工作人员把求救似的目光投向赵大宝。

"师父，这小子真该打！"马喜子愤愤不平地说道。

"放开他。"赵大宝的语气，不愠不怒，因为他知道马喜子这么做，都是为了自己。再说，自己怀着满腔的热情来到内蒙古，就是想驾驶着火车多拉快跑。可现在，没想到……

"师父——"马喜子看了赵大宝一眼，手并没有丝毫松开的迹象。人群中，已经有人在窃窃私语。

"这师徒俩也真蛮横，就这素质还来支援边疆建设。"

"就是，跛子就应该有自知之明，哪能你想开火车就让你开火车。"

…………

赵大宝听着这些私语声，心中感到一阵刺痛。他低着头，上前一把将马喜子的手从那名工作人员的衣领上掰开，然后走出了人群。

那名工作人员一个趔趄差点儿摔倒在地,他站稳后,还想和马喜子再理论几句,却看到马喜子已经"蹬蹬蹬"地走了。

马喜子带着怒气,头也不回地走出离人群很远的地方,然后抱着脑袋,蹲在一棵树下。

赵大宝看到马喜子这个样子,走过来,把手轻轻放到他的肩膀上:"喜子,你听我说。"谁知他刚一开口,马喜子便倔强地把头扭到了一边。

"喜子——"赵大宝又喊了他一声,马喜子将头又扭向另一边。

赵大宝非常理解自己这位徒弟此时此刻的心情,虽然他对自己今后再也不能开火车这个分配也感到极其的遗憾,甚至失落,但他还是稳定了一下自己的情绪,对马喜子安慰道:"喜子,你听我说,咱来内蒙古干什么来了,不就是来支援边疆建设的吗,现在这样安排也挺好,我这腿,确实不适合再开火车了。"

马喜子听赵大宝这么一说,急忙抬起头:"师父,对不起,要不是为了俺,你这腿也不会受伤,如果不受伤,你一定会成为这草原上最优秀的司机长。"

"快别说那么多了,我们这不都好好的吗……"赵大宝刚要再安慰马喜子几句,人群中传来了喊马喜子的声音。

"马喜子——"

"到——"马喜子答应着走了过去,发现原来是报到处的那名工作人员在喊他。看到马喜子,那名工作人员也稍微愣了一下,并本能地抬手护住自己的衣领,但又很快便恢复了正常,他拿出一个报到证,递给马喜子:"你,马喜子,到集宁机务段报到。"工作人员说着斜了马喜子一眼。

"俺要求换岗位,俺要和俺师父去那个什么嘎。"马喜子赌气地说道。

"请服从安排。"那名工作人员推了推黑框眼镜,又挺了挺胸脯,一脸正色地对马喜子说道。

马喜子站在桌子前不离开,他看着那名工作人员,那名工作人员也看着他,两人像冤家碰头了一样,谁也不相让。就在这时,后面的人着急地催促道:"快点,我们还要报到呢。"

马喜子听到后面的声音,对工作人员不满地"哼"了一声才离开。他拿着报到证,来到赵大宝身旁。

赵大宝接过马喜子手中的报到证,一看上面写着"集宁机务段火车司机"的字样,脸上露出了笑容,他说:"喜子,你看,人家的分配其实也公平着哩,你呢,就留在集宁机务段安心开火车,我呢,就去那个什么嘎车站,咱呀,虽然在不同的地方,但一样都是支援边疆建设。"

听完赵大宝的话,马喜子为自己刚才的鲁莽感到有些不好意思。他看了一眼赵大宝手中的报到证,关切地问道:"对了师父,你要去的那个地方,到底是什么嘎呢?"

赵大宝一听,这才想起自己的报到证,他把报到证也拿起来,对马喜子一字一字地念道:"锡—林—呼—都—嘎车站。"

马喜子听师父念得拗口,好奇地从赵大宝手中把报到证拿过来,仔细看了看上面那个陌生的地名,又问道:"师父,这锡什么嘎车站在什么地方呢?离集宁远不远?"

赵大宝听后,摇了摇头,目光,向北望去。

## 十六　一个叫锡林呼都嘎的地方

集二铁路从集宁开始修建，一路向北延伸，经过半农半牧区和全牧区，终点是二连浩特，全长三百多公里。赵大宝他们到来的这个冬天，是集二铁路修建的第二个年头，钢轨刚铺到一个叫温都尔庙的地方。为了早日让沿途的农牧民感受到火车带来的好处，集二铁路采取修建一段、开通一段的办法。这也意味着，火车当时只能从集宁开到相距一百七十五公里外的温都尔庙。赵大宝被分配的锡林呼都嘎车站，在温都尔庙以北，正在修建，尚未通车，所以，有一段路程，需要自己想办法步行前往。不过，好在这段路途不算太远。一个成年人快点儿走，大约半天时间就能走到。赵大宝了解清楚这些情况后，心中并没有多大的担忧。

报到后的第二天下午，正好有一趟车去往温都尔庙，赵大宝和霍桂花便准备动身前往锡林呼都嘎车站。马喜子和梁秀秀到车站为他们送行，想到这一次分别，少说也有个把月见不上面，每个人心里多少都有些不舍。去车站的路上，四个人都不怎么言语，就连平时爱说爱笑的梁秀秀，此时也安静了许多。

站台上，开往温都尔庙方向的 701 次列车正在等着大家上车，这是一趟临时开行的客货混合列车，乘车的旅客从服装上便能分辨出主要有两部分人群，一部分是沿途的牧民，他们穿着各色皮袍，戴着皮帽，身份很是鲜明；另一部分便是修建这条铁路的工人，他们的年龄和着装相对比较统一，基本上都是中青年，着装多为蓝色棉衣、棉帽。

赵大宝和霍桂花随着大家登上列车，把行李安置好，找了个座位坐下。这时，他们看到马喜子和梁秀秀在站台上正朝车上张望，寻找他们，于是赵大宝和霍桂花在靠近车窗的一排座椅上坐下，向车下的马喜子和梁秀秀摆着手。

"喜子，大冷的天，你和秀秀快回吧，我们走了，你遇事要多冷静。"赵大宝叮嘱着马喜子。

"师父，你和嫂子也多保重啊，到了锡林呼都嘎，给俺们捎个信。"马喜子隔着车窗对赵大宝说道。

"放心吧，我们会保重的，相信我们很快就会见面的。"

"嘟——嘟——嘟——"站台上传来了发车的哨子声，在哨声中，701次列车缓缓地开动了，马喜子和梁秀秀随着列车紧跑了几步，想再多看赵大宝他们一眼。赵大宝和霍桂花用手势示意着，让他们快回去。

列车一路向北行驶，赵大宝和霍桂花看着窗外，由于正值冬天，他们想象中的绿色大草原，并没有看到。不过他们相信，那一望无际的绿，很快就会出现。

车上的旅客很多，赵大宝和霍桂花的旁边，坐满了牧民。他们有的是到集宁购买农具的，有的是到集宁推销自家毛皮的。这些牧民大都是第一次乘坐火车，所以新鲜而兴奋。坐在赵大宝对面的，是一位年近六十岁的内蒙古老爷子，他穿着一件深色的皮袍，戴着一顶黑色的皮帽，此时正乐呵呵地搂着一个小男孩，时而指指车厢、时而指指窗外，用蒙古语说着什么。小男孩看上去十二岁左右的模样，穿着一身崭新的绿色皮袍。第一次如此近距离地和草原的牧民们坐在一起，赵大宝不由得多打量了这个小男孩几眼。只见小男孩长得虎头虎脑，圆圆的脑袋，褐色的面孔，浓浓的眉毛下一双乌黑的大眼睛溜圆溜圆，再看小男孩的目光，里面透露出难以掩饰的兴奋。赵大宝心想，这应该是祖孙俩，虽然他听不懂老人在对孙子说什么，但从老人脸上的笑容中，他可以清晰地感受到这位老爷子对火车的喜爱。

看到赵大宝一身铁路工人的装扮，老人也热情地把目光投向他，并由衷地向他竖起大拇指，赞美着什么。当他看到赵大宝听不懂自己的语言时，老人豪爽地哈哈笑了起来，同时低头对怀里的小男孩说道："阿拉坦仓。"并用手指了指赵大宝。

那个叫阿拉坦仓的小男孩，似乎一下子明白了爷爷的意思，他用很不熟练的汉语说道："我爷爷说，谢谢你们修了这条铁路。"

赵大宝听后，脸一红，忙摆手道："不不不，老爷子，我是新来的，要谢，你应该谢谢他们。"赵大宝说完，用手指了指身旁其他的铁路工人。

阿拉坦仓把赵大宝的话用蒙古语告诉了爷爷，老人听后，又呜里哇啦说了些什么。阿拉坦仓扭头对赵大宝说道："我爷爷说，你们都是铁路工人，都应该谢，是你们修了铁路，让我们家的羊毛卖了出去。"

赵大宝刚想再解释，这时，从车厢过道对面传来一个中年妇女的声音，赵大宝顺着声音看了过去，发现过道对面坐着一对蒙古族母女。只见那位妈妈约莫五十岁的样子，她身穿一件蓝色皮袍，胸前挂着一串长长的珠子，珠子有红有绿，间或夹着几颗琥珀一样的黄色，头顶则用一块黑色的头布将头发整齐地包了起来。坐在她身旁的姑娘有十七八岁，梳着两条又黑又长的辫子，穿着一身酱紫色的棉袍，棉袍在腰间用一条粉红色的腰带束着。姑娘的棉袍明显是第一次穿，不但崭新，连大襟上缀着的白色兔毛都一尘不染，有的地方，还隐隐约约能看到折叠过的印痕。

那位妈妈微笑着用蒙古语对赵大宝说着什么,并用手比画着。赵大宝依旧听不懂,窘得朝霍桂花看去。霍桂花悄悄碰了一下他的胳膊,低声告诉他:"我们可以让对面的小男孩给翻译。"

正在这时,那位姑娘开口说话了。她的话,虽说也是汉语,但和那小男孩一样,很不熟练,一句话说了好半天,才说完整。经过仔细听,赵大宝才听懂姑娘说的是:"我额吉说,要不是有了这条铁路,她的命差点儿就没了,所以,谢谢你们修建了这条铁路。"

赵大宝知道姑娘说的额吉,是妈妈的意思,于是他向姑娘指了指身旁的那位中年妇女。姑娘点了点头。

在接下来断断续续的交流中,赵大宝和霍桂花方才知道,这姑娘叫乌兰琪琪格,翻译成汉语,就是指"红色的花"。她的家,在温都尔庙附近一个叫嘎休的地方,半个多月前,乌兰琪琪格的额吉得了阑尾炎,正当全家人束手无策的时候,他们想到了火车,于是急忙把额吉抬上火车,到集宁进行了手术,不久便转危为安。乌兰琪琪格还告诉他们,以前没有火车时,从他们那儿到集宁,坐勒勒车得走四五天,像她妈妈的这种病,不等到医院,人就不行了。所以,他们全家人都很感谢这条铁路。

赵大宝看着眼前这些淳朴的牧民,心中涌出一阵感慨。他暗下决心,今后一定要在集二铁路上,为草原上的牧民做好服务。

701次混合列车到达温都尔庙车站时,已是深夜十一点多。由于前面钢轨还没铺好,火车到了这里,便停了下来。赵大宝和霍桂花随着牧民以及其他修建铁路的工人走下火车,准备找个地方休息一下,待第二天再赶往锡林呼都嘎车站。他们刚一出车门,便被迎面扑来的刺骨寒风吹了个趔趄,嘴里呼出的哈气,也很快便在围巾上、睫毛上以及帽子的帽檐上结出了一层霜花。

"这里真冷呀。"霍桂花不由得说了一句,并把脖子上的围巾系了系。赵大宝一看,忙把自己脖子上的棉围巾摘下来,给她围上。霍桂花推辞不要,但最终没拗过赵大宝,于是两条围巾都围在了霍桂花的脖子上。

"突突突",一阵拖拉机的声音吸引了赵大宝和霍桂花的注意力,顺着声音,他们看到前方线路上灯火通明,机械筑路队的队员和拖拉机手们正在连夜进行施工。赵大宝和霍桂花两人背着行李,不知不觉朝筑路队走了过去。这时,一位拖拉机手看到他俩朝这边走来,便停下拖拉机,朝赵大宝打起了招呼:"嘿,兄弟,你们也是来支援内蒙古建设的吧。"赵大宝笑着上前答道:"是的。"

"你们从哪儿来的?"拖拉机手一看就是个性格开朗、热爱生活的人,他与赵大宝继续攀谈道。

"山西。"赵大宝答道。

"那咱们挨着呢,我是河北的。"拖拉机手说着,从拖拉机上跳下来,摘下手套,从棉衣口袋中掏出一盒烟,又从烟盒中抽出一根,热情地递给赵大宝:"来,抽一根。"

"谢了,我不抽烟。"赵大宝客气地推辞道。

拖拉机手把递给赵大宝的烟收了回来,然后放到自己嘴边,掏出火柴,"哧——"地一下划出火苗,把烟点上,猛吸了一口,接着问赵大宝:"你们分在哪儿了?温都尔庙吗?"随着拖拉机手说话时嘴巴一张一合,白色的哈气和烟雾随之从他嘴里冒了出来。

"不是,我们分在锡林呼都嘎。"赵大宝对他说。

拖拉机手一听,又使劲儿吸了口烟,然后指了指前面,说:"那你们还得往北走,离这儿还有一截子路呢。"

赵大宝和霍桂花顺着他手指的方向,朝前方看去,前面除了一排施工用的照明灯外,四周一片漆黑。这时,那位拖拉机手看了一下站在赵大宝身旁的霍桂花,又问道:"家属也来了,看来是准备扎根这草原了。"

赵大宝和霍桂花收回目光，相互对视了一下，朝拖拉机手点了点头。

"那你们今晚有落脚的地方吗？"那名拖拉机手又问。

赵大宝摇了摇头，说："还没呢。"那名拖拉机手把烟蒂往地上一扔，接着说道："那就别找了。"

赵大宝忙问："为什么？"拖拉机手对他说道："这方圆几十里，连个村子都没有，你到哪儿找住的地方？"赵大宝和霍桂花一听，都愣了一下，脸上也随之流露出一丝无可奈何的神情。那名拖拉机手看了他俩一眼，接着说道："别发愣了，看在我们都是从五湖四海来支援内蒙古建设的兄弟，你们今晚就在我们工棚里凑合一宿吧。"

赵大宝感动地说："那你们怎么办？"

拖拉机手指了指前面的线路，对赵大宝说："我们这几天晚上突击任务，不休息，加紧施工，争取元旦前让前面的牧民也都能坐上火车。"

赵大宝一听，不由得向眼前的这位拖拉机手，还有那些正在施工的人投去了敬佩的目光。

一夜无眠，第二天早上，怒吼了一夜的西北风渐渐停了下来，赵大宝和霍桂花来到车站前面的工地上，与那位热心的拖拉机手告辞。临别时，赵大宝把自己的名字告诉了那位拖拉机手，希望后会有期。那位拖拉机手大概是一连熬了好几个通宵，眼中已经布满了红血丝，他告诉赵大宝，自己叫方友增，是第三筑路队的队员，不久，他们就会将铁路修到锡林呼都嘎，到那时，就可以再见面了。

在方友增的帮助下，赵大宝和霍桂花在温都尔庙车站附近搭乘了一辆去往其拉哈特方向的汽车，因为这辆汽车中途将路过锡林呼都嘎，司机很爽快地答应捎他们一程。

汽车是敞篷的，无遮无挡，不过，对于赵大宝和霍桂花来说，能捎他们一段路程，已经是极好的"待遇"了。

敞篷车驶出温都尔庙车站，赵大宝和霍桂花才发现这个叫温都尔庙的车站周围，并没有庙宇。于是好奇地向敞篷车司机打听，敞篷车司机听说他们是初次到这里来，便告诉他们，真正的温都尔庙在车站北边十多里的地方，由于目前车站还在建设中，所以名字暂时定为温都尔庙站，待将来正式开通时，站名或许还要根据周围的村名或地名做调整呢。

赵大宝和霍桂花一边听着司机讲解，一边坐在敞篷车上看着草原的环境。没多一会儿，赵大宝他们便已置身于辽阔的锡林郭勒大草原了，此时，阳光暖暖地照着大地，大地袒露着它的胸怀，博大而浩渺，像是欢迎来自远方的每一位客人。

太阳升起来后，风儿也渐渐温和了许多，赵大宝和霍桂花愉快地看着眼前的一切，想象春天到来时草原的美丽。敞篷车司机是一位蒙古族小伙，这时，他仿佛感受到了赵大宝和霍桂花他们内心的欢快，于是善意地对他们提醒道："这草原上的天气，变化特别大，说变就变，别看现在天气晴好，说不定一会儿就狂风大作了，风大的时候，满地的石块儿都能吹得跑起来，一个雪堆也都能移出好几十米远，你们往后在这里生活，可得多加注意。"

赵大宝和霍桂花听后，连连感谢敞篷车司机的提醒。

敞篷车沿着地上两道若有若无的车辙印，向前行驶着。赵大宝和霍桂花朝四周望去，发现自温都尔庙出发后，一路上都没看到过正式公路的踪影。正在他们不解之际，司机告诉他们："这儿的牧民们大多靠骑马出行，所以很少有汽车，更不需要公路。"赵大宝和霍桂花听了，恍然大悟，目光也随之又看向远处无边无垠的大地。

虽然此时的草原到处是一片金黄色的枯草，或者连枯草也没有，唯有一片片裸露的戈壁，但它还是让赵大宝和霍桂花感到心跳加快。在这种心跳中，他们看到远方隐隐约约出现了许多珍珠一样的东西慢慢移动。为了满足赵大宝和霍桂花的好奇心，司机朝那片"珍珠"的方向驶了过去。原来，是一群羊在冬日的阳光下悠然地啃着枯草，这还是赵大宝和霍桂花第一次看到这么多的羊，由于一时高兴，他们竟忍不住欢呼了起来。羊群的后面，几个牧民正骑着骏马相互追逐着，看到敞篷车朝羊群开了过来，牧民们也策马奔来。当得知赵大宝和霍桂花是来支援草原铁路建设的铁路工人时，几位牧民都向他俩投来了友好的目光。

离开羊群，敞篷车又继续往前行驶，途中，从草原深处跑出来一群野黄羊，大大小小有几百只。看到它们出现，司机减慢了车速，给黄羊让路。领头的黄羊带着它的群族，蹦跳着从敞篷车前面横穿而过。其中，跟在最后面的几只小黄羊，在敞篷车旁调皮地停了下来，仿佛要与敞篷车赛跑一样，当敞篷车加速准备离开时，这些小黄羊立刻不慌不忙地迈开矫健的四肢，跟着敞篷车跑了起来，不一会儿，这些身材灵巧的小家伙就跑到了敞篷车的前面。

赵大宝和霍桂花看着这些小精灵，忍不住赞叹草原上物种的丰富。敞篷车司机听到后，又善意地提醒他们，除了这些可爱的小动物，草原上也不时会有狼群出现，很危险，让他们今后注意防范。

下午，在一个废弃的羊圈旁，敞篷车停了下来，司机告诉赵大宝和霍桂花，从这里往东再走十多里，便是锡林呼都嘎，自己接下来，还要赶往其拉哈特，所以只能捎他们到这里了。

赵大宝和霍桂花将行李从敞篷车上取下来，临别时，他们向这位蒙古族小伙子一再表示感谢。

## 十七　巴特尔赶着勒勒车来了

敞篷车远去后，赵大宝和霍桂花扛起行李朝东而去。一个多小时后，草原上的风，又开始刮了起来，真像那名敞篷车司机说的一样，刚刚还晴好的天气，渐渐暗沉了下来。不一会儿，风便紧了起来，卷起的沙石在他们身上发出"啪啪啪"的声音。还有一部分风沙，打在他们的脸上，生疼生疼的。霍桂花走着走着，忍不住用手把脸捂住，想挡住这些风沙。可是，脸被双手捂住后，视线也一下子被挡住了，于是，她又不得不把手放下。赵大宝看到后，关心地问："桂花，你没事吧。"

霍桂花对赵大宝说道："我没事，咱们走。"

赵大宝劝道："不行咱们歇一会儿再走。"

霍桂花停下脚步，有些上气不接下气，赵大宝将她扶到一块儿大石头上，让她背对着风坐下，然后从腰间取出水壶，拧开壶盖，递到霍桂花手中："来，喝口水。"

霍桂花接过水壶，轻轻抿了一口，然后将水壶递给赵大宝："大宝，你也喝点吧。"

赵大宝接过水壶，拧紧壶盖，嘴唇干裂着，对霍桂花说："我不渴。"说完，他又转身从挎包中拿出一个用手帕包着的馒头，掰成两块儿，把其中的半块儿给了霍桂花："来，桂花，你是不是饿了，先垫吧一下。"

霍桂花解开围巾，把吹乱了的头发捋到耳朵后边，然后接过赵大宝手中的馒头，使劲儿地咬了一口，嚼了两下便咽了下去。

这时，她看到丈夫把另外半块儿馒头装进了挎包中，急忙说："大宝，你也吃，别光让我一个人吃呀。"

赵大宝说："我不饿。"霍桂花听了，也把馒头收了起来，接着拍了拍衣服上的沙尘，对赵大宝说道："我也不吃了，咱们赶紧赶路吧。"

赵大宝看了看还在刮着的风沙，不由得心疼道："桂花，不急，你再歇一会，咱们再赶路。"

霍桂花理解丈夫的心情，轻轻摆了摆手，对赵大宝说："不用了大宝，我没事，咱们抓紧赶路，争取天黑前赶到锡林呼都嘎。"

看到妻子如此坚持，赵大宝便让霍桂花跟在自己身后，为她挡住些风沙。接着，赵大宝眯起眼睛，朝远处辨别了一下方向后，用手指着前方，对霍桂花说："桂花，锡林呼都嘎站应该就在那个方向，来，咱们走。"

霍桂花此刻根本看不清前方，她跟在赵大宝的身后，用手紧紧抓着他后背上的行李，迎着狂风一步一步往前走。

太阳，很快便落下了地平线，两人时而急促赶路，时而放慢脚步辨别方向。赵大宝不时回头看看霍桂花，并问她能不能坚持住。为了能在天黑前赶到锡林呼都嘎车站，体力已经有些不支的霍桂花硬撑着身子，继续往前走着，并劝赵大宝不要担心自己。

天，就要黑下来了。在夜色中，赵大宝突然看到远处出现了一点点灯光，他的眼前一亮。

"桂花，快看，锡林呼都嘎站！"赵大宝惊喜地喊道。

霍桂花听到丈夫的声音，也忙抬头朝远处看去，确实，在前方，出现了一小片星星点点的亮光，就像夜空的幕布上，挂着几颗眨眼的星星。

灯光的出现，让两人顿时感到精神为之一振，他们忘了之前的疲乏，朝着亮光的方向走去。正在这时，远处传来了一阵"哒哒哒"的马蹄声。薄薄的夜雾中，赵大宝和霍桂花看到一辆勒勒车朝他们而来。

转眼，勒勒车来到了他们的面前。

"吁——吁——"车上，一位身着蒙古族服装的中年男子勒住了马的缰绳，把勒勒车停了下来。在赵大宝和霍桂花惊奇的目光中，只见这个中年男人跳下勒勒车，收起马鞭，挑着马灯，几步来到他们面前，声音洪亮地问道："是赵大宝同志吗？"

赵大宝愣了一下："你是……"

"我是锡林呼都嘎车站的站长巴特尔，温都尔庙车站中午有人给我挂来电话，说你们今天大概傍晚时分能赶到，对不起，我来晚了。"来人答道。

一听是巴特尔站长，赵大宝忙上前握住对方的双手："巴特尔站长，我是赵大宝。"

"你好，大宝同志，早就听说你们要来支援我们草原的铁路建设，欢迎你们呀，我们牧民呀早就盼望着这条铁路能够早日开通。"巴特尔说完，看到站在赵大宝身旁的霍桂花，接着问道："这是你的妻子吧？"

赵大宝忙介绍道："这是我的妻子霍桂花，她是一位老师，和我一起来支援咱们这里的建设。"巴特尔一听，豪爽地笑道："好呀好呀，欢迎霍老师也一起来到我们这大草原。来来来，快上车，回锡林呼都嘎车站，家里已经给你们准备好了热腾腾的奶茶。"

听到巴特尔说"家里"两个字，赵大宝和霍桂花不由得心头涌过一股暖流。

巴特尔将马灯放到一旁，然后亲热地将赵大宝肩上的行李一一取下，放到勒勒车上。并招呼赵大宝和霍桂花上车，待赵大宝和霍桂花坐好后，巴特尔敏捷地跳上车，扬起马鞭。

"驾——驾——"夜幕中，传来了巴特尔赶车的声音和清脆的马蹄声。勒勒车在夜色中朝着锡林呼都嘎车站方向奔跑而去，坐在车上的赵大宝和霍桂花，因为有了巴特尔的接应，此刻心中也轻松了许多，他们甚至觉得，偶尔打在脸上的风沙，也比之前柔和了许多。他们朝着茫茫的夜色望去，内心充满了希望。

不一会儿，他们便来到了锡林呼都嘎车站，勒勒车在车站旁边一排低矮的平房前停了下来。屋子的窗户上，透出橘黄色的灯光。

巴特尔还没等赵大宝和霍桂花下车，便从勒勒车上先跳了下来，他一边摘手套，一边收马鞭，并朝平房中一间亮着灯光的屋子里大声喊道："高娃，高娃，快出来，客人到了！"

赵大宝听巴特尔这么一喊，不好意思地对巴特尔说："巴特尔站长，我们不是客人，我以后就是咱车站的一员了。"

巴特尔听了，冲赵大宝哈哈地笑道："你们从那么远的地方来支援我们，不是客人是什么，你们就是我们的客人，是我们大草原的客人。"

"可是——"两人正说着，那间亮着灯光的屋子门帘被挑开了，只见在屋内灯光的映衬下，一位身着蒙古族服饰的中年女子笑容满面地从屋内走了出来，来到他们的面前。

巴特尔把赵大宝往前一拉，指着向他们走过来的中年女子说道："来，大宝，我给你们介绍一下，这是我媳妇高娃。"说着，他把目光又转向高娃："来，高娃，给你介绍一下，这是从山西来的赵大宝同志，还有……"巴特尔说到这里，又介绍起霍桂花："这是大宝同志的妻子霍桂花老师。"

高娃朝赵大宝和霍桂花礼貌地点着头，并弯了弯腰，说道："你们好，早就盼着你们了。"

赵大宝和霍桂花也礼貌地回应着高娃。

这时，巴特尔又对大家说道："都别站在屋外了，快进屋暖和暖和再说。"

巴特尔说着从勒勒车上取下赵大宝的行李，高娃则领着赵大宝和霍桂花走向一间屋子。屋门不高，进门的时候，巴特尔和高娃提醒赵大宝夫妇把头低下一点，以免碰到门楣。

赵大宝和霍桂花刚走进屋内，便感到暖流阵阵。他们不由得仔细打量起了这间屋子。屋子不大，有二三十平方米，最显眼的要数左侧的土炕，土炕上已铺上了一层草垫子。除了土炕外，摆在屋子正中间的一张四方桌也比较明显，大概是刚安放到这里的，看上去还有些新。四方桌旁，是一个土炉子，此刻，炉膛里的牛粪正燃得噼里啪啦作响，不时窜出一些火星。靠墙角的地方，放着一口水缸和两只木桶。

正当赵大宝和霍桂花看得入神，巴特尔走过来对他俩说："大宝、霍老师，以后这就是你们的家了，你们看看还需要什么，给高娃说，让她帮你们再准备准备，添置添置。"

赵大宝看着巴特尔："那你们……"

巴特尔似乎明白赵大宝想问什么，他笑着说道："我们就住在隔壁。"巴特尔边说边走到土炕前，把手中的行李放到炕沿儿上，然后有些歉意地接着说道："大宝呀，你们莫嫌弃啊，我们这里肯定比不上你们在山西的条件，委屈你们了。"巴特尔说着，转身来到炉前，检查了一下炉火，又夹了几块儿牛粪放进去，顺手捅了起来。

赵大宝这时忙接过巴特尔的话，说道："巴特尔站长，看你说的，这已经很不错了。"

巴特尔抬起右手，打断赵大宝的话："以后别叫我站长站长的了，就叫我巴特尔。"

赵大宝："这——"

巴特尔："这什么！就这么定了。"他说完又是一阵爽朗的笑。那笑声仿佛很有感染力，引得赵大宝和霍桂花，还有高娃，也都跟着笑了起来。

灯光下，霍桂花和高娃把一捆行李卷打开，将被褥和铺盖铺到土炕上，然后又将脸盆、茶缸等归置好。当这些东西摆放好了后，屋子里顿时充满了一股温情，也有了家的味道。

这时，坐在凳子上的巴特尔站起身，对赵大宝说道："大宝，你和霍老师先歇息一下，你们走了一天的路，一定也累了，我和高娃去准备点儿吃的。"

赵大宝忙起身说道："巴特尔站长，不用麻烦了，我们带有干粮。"

巴特尔一听，收起脸上的笑容，佯装生气的样子道："刚才怎么说的，不要再站长站长地叫我了，叫我巴特尔。"

赵大宝不好意思地说道："那好吧，巴特尔。"

巴特尔听了，又恢复了刚才的笑脸，对赵大宝说："好了大宝，别客气了，你就听我们的，和霍老师先歇一会儿。"

赵大宝只好感激地点点头，他和霍桂花目送着巴特尔和高娃从小屋中离开，接着，霍桂花继续收拾起了屋子，赵大宝则学着巴特尔的样子，检查起了炉火，并往炉子中夹了几块儿牛粪。

炉子上的水被烧得嗞嗞作响的时候，屋外传来了巴特尔的声音："大宝，饿了吧。"说着门帘从外面被挑开，赵大宝和霍桂花一看，只见巴特尔手里拎着一袋子东西先走了进来，接着高娃端着一个大盘子，盘子中盛着一壶奶茶、一盘黄油、几块儿奶豆腐和两碗热腾腾的面条，跟着巴特尔一起走进了小屋。

"真是太给你们添麻烦了。"赵大宝和霍桂花说着忙走上前接过他们手中的东西。

巴特尔放下门帘，对赵大宝和霍桂花说道："你们太客气了，这不都是我们应该做的吗，你们能从那么远的地方来支援我们，就是我们的贵客。今天呀，让你们尝尝我们大草原的奶茶和点心。对了，还专门给你们准备了山西的面条，不过，这面条做得肯定不如山西的好，你们将就一下。"

霍桂花感激地从高娃手中接过盘子，两个女人来到屋子中间的方桌前。

这时，巴特尔指了指手中的袋子，告诉赵大宝说："大宝，这是牛粪，我们牧民都用这烧火取暖，你和霍老师要是用不惯，我明天想办法给你们弄点炭火来。"

赵大宝接过巴特尔手中的袋子，连声说道："用得惯，用得惯。"

四个人来到桌前坐下，霍桂花转身准备去关门，可当她来到门口，却意外地发现门帘外面竟然探进来了一个小脑瓜。只见这个小脑瓜不大，正用一双宝石般的眼睛朝屋内看来。

霍桂花像是看到了一件稀罕宝贝一样，心里微微一颤。她一把将门帘挑开，只见一个三岁左右、身穿紫红色棉袍的小男孩出现在了她的面前。霍桂花惊喜地望着眼前这个虎头虎脑的孩子，忍不住一把拉住他的小手，接着抱在怀里，亲切地问道："你是谁家的孩子呀？"

还没等小男孩说话，高娃听到了霍桂花的声音，便走了过来，对着霍桂花眼前的小男孩说道："巴图，快下来，这不懂事的孩子。"

那个被唤作巴图的小男孩，听到高娃的声音，"哧溜"一下从霍桂花的怀中滑了下来，他跑向高娃，稚嫩地喊道："额吉。"

"巴图？"霍桂花不解地看了高娃一眼，又把目光转向那个小男孩。

高娃把小男孩领到霍桂花面前，对她说道："霍老师，这是我儿子巴图，不懂事，你莫见怪。"

霍桂花听了，方才明白这个叫巴图的小男孩，是巴特尔和高娃的孩子，于是又忍不住把巴图揽到自己的身边，并牵着他的小手，来到炕头，从包袱中拿出几颗包着彩色糖纸的糖块儿，塞到巴图手中："来，巴图，快拿上。"

巴图大概是第一次见到像赵大宝和霍桂花这样汉族打扮的陌生人，于是犹豫了一下，没有接霍桂花手中的糖块儿，而是转身躲到了高娃的身后。不过，他那双闪着宝石般光亮的眼睛却始终盯着霍桂花手中的糖块儿。霍桂花凑上前，蹲在巴图面前："来，巴图，拿上。"

巴图抬头看着高娃，像是在征求她的意见。高娃慈爱地说道："拿上吧，快谢谢阿爸嘎博日根（婶子）。"

巴图听后，伸出小手，来到霍桂花面前，奶声奶气地说道："谢谢阿爸嘎博日根。"然后从霍桂花手中接过糖块儿，小心翼翼地剥开其中的一颗，又伸出舌尖，轻轻舔了一下，脸上露出了天真无邪的笑容。接着，他举着糖块儿，在屋中调皮地跑来跑去，嘴里发着"哦——哦——哦——"的欢快声。

屋子里，到处洋溢着欢乐和温情。霍桂花看着巴图，仿佛看到了自己的孩子一样。她笑着、笑着，眼眶湿润起来。许多年后，当她被接回山西，住进政府为她安排的医院，她依旧能清楚地回忆起那个难忘的夜晚，回忆起与牧民们在一起的日子。

## 十八　火车开进了大草原

赵大宝到达锡林呼都嘎的第二天，巴特尔带着赵大宝来到火车站。站房内，几名身着蒙古族服饰的职工正在来来往往地搬运着设备，巴特尔对大家说道："大伙停一下，停一下。"几名正在搬运设备的职工停下了手中的活，看着巴特尔以及他身旁的赵大宝。

"我给大家介绍一下，这位是赵大宝同志，他是从山西省城来咱们这里支援集二铁路建设的，分在咱们锡林呼都嘎车站，今后将和大家一起工作，请大家欢迎。"巴特尔对大家说道。

巴特尔话音刚落，几名职工就一起向赵大宝鼓起了掌。赵大宝不好意思地一再点头致谢。待大家散开后，他忙对巴特尔说："我来咱们锡林呼都嘎站，就是一个小小的扳道员，你怎么弄得我像个干部一样。"

巴特尔听了，笑着对他说："你要是个干部，我倒是要把你退回去了。"

"哦，为什么？"赵大宝不解地看着巴特尔。

"因为我们这里需要的是一位对行车、线路、运输、调度样样都精通的专业人才，不是搞管理的干部。"

"哦，可我不是你说的那个全才。"赵大宝解释道。巴特尔听他这么一说，语重心长地说道："大宝，昨晚我和你交谈，已经对你以前的工作有所了解，你作为一名司机长，可以说已经掌握了一大半的铁路知识，而且在来我们这里之前，你又接受过全面的铁路知识培训，所以，如果你不是我们需要的人才，那是什么？"

赵大宝一听，谦虚地笑了起来，他对巴特尔说："那好吧，我一定不辜负你的信任。"

"这就对了，"巴特尔拍拍他的肩膀，接着说道："再有半个来月，钢轨就能铺到咱们锡林呼都嘎了，到那时，火车也就跟着开过来了，所以，你要在这半个月里，把你掌握的所有铁路知识，都传授给车站的工友，争取在火车开来时，咱锡林呼都嘎站能一次顺利开通。"巴特尔说到这里，停顿了下来，他用热烈的目光注视了赵大宝一会儿，又接着说道："牧民们对这条铁路的期盼，相信你在来的路上都已经感受到了，所以你一定要记住，在这里，你不要只把自己看作一名扳道员，而是要有更多的作为，让咱草原的物资能早日运到北京，运到全国。"

赵大宝被巴特尔的这番话深深打动了，他看着眼前这个身高一米八的草原大汉，看着他那宽厚的肩膀和古铜色的面孔，以及满眼的信任，心中再也不为没分配到机务段开火车而遗憾了，他认真地点了点头，对巴特尔说："放心吧站长，我一定尽我所能，把掌握的知识都传授给大家。"

"怎么又叫站长了。"巴特尔责怪赵大宝道。

赵大宝愣了一下，不好意思地笑了笑，巴特尔也随之哈哈一笑，带他走进了行车室。

行车室是一个车站的核心，所有的关键设备都在这里。此时，正有两名职工在这里调试设备，大概是遇到什么技术难题，正一脸愁容地琢磨着，赵大宝走进行车室，就像一名战士走进战场一样，他来到那两个职工面前，接过他们手中的工具，认真地帮他们检查起来，并不时讲解着原理，两名职工听得连连点头。巴特尔看到后，放心地离开了。

从温都尔庙方向延伸过来的钢轨，很快就铺到了锡林呼都嘎车站。赵大宝在筑路的人群中，看到了方友增的身影。他们像是分别了许久的好友一样，热情地拥抱、打着招呼。赵大宝发现，方友增的眼中，依旧布满血丝，于是关心地询问他的身体。方友增告诉他，这是近期连续熬夜铺钢轨造成的，没什么事。

晚饭时，赵大宝找到方友增，邀请他到家中做客。巴特尔得知他们相识的过程后，猛地想起赵大宝和霍桂花到锡林呼都嘎报到的那天，就是这个河北口音的年轻人给他打的电话，这才有了他赶着勒勒车在半道接上了赵大宝夫妇的一幕。于是他也极力邀请方友增一起吃顿饭。但由于筑路队晚上有施工任务，方友增未能接受他们的邀请。不过，方友增和他们相约，待集二铁路全线通车后，一定再到锡林呼都嘎来，和赵大宝、巴特尔欢聚、畅饮，一醉方休。

就在筑路队为锡林呼都嘎车站铺设钢轨的时候，赵大宝也忙了起来。白天，他带着车站职工熟悉各种设备和实际操作方法。晚上，给大伙儿办起了培训班，讲解各方面的理论知识以及遇到故障的处理方法。

锡林呼都嘎车站很快就要迎来开通的日子了，这是一个令人激动的日子，巴特尔告诉赵大宝，附近的牧民到时候也要来车站看大火车。

临近开通的前夜，方友增来和赵大宝与巴特尔告别，他们的筑路队将继续向前，一直把钢轨铺到国门前的二连浩特。临别时，他们再次相约，待集二铁路全线通车后，一定相聚、畅饮，一醉方休。

也是这一夜，茫茫的大草原上，一场暴风雪突然来袭，赵大宝和巴特尔以及车站的职工，一个都没回家，他们全都守在车站，随时应对可能发生的情况。

猛烈的暴风雪，呼啸着扑向大地，在锡林呼都嘎车站刚刚铺好的钢轨上形成了一个个漩涡，漩涡过后，留下一个个雪堆和沙堆。天亮时分，暴风雪逐渐减弱并离去，赵大宝立即带着大家深一脚、浅一脚地踩着积雪，来到车站两端，检查信号机，并组织大家清理道岔上的积雪。当时，车站职工都不清楚道岔里的积雪如何清理，更不清楚道岔积雪会造成什么样的后果。当赵大宝告诉他们，道岔里的积雪如果不及时清理出来，就会造成列车颠覆，他们才意识到问题的严重性，于是急忙照着赵大宝的样子，一个个双膝跪在雪地里，用手去刨、去抠道岔缝隙中的积雪。

锡林呼都嘎站要开通火车的消息，早就被周围的牧民们得知了，一大早，远远近近的牧民们或骑着骏马，或驾着勒勒车便陆陆续续朝车站而来，他们都想目睹那像火龙一样的庞然大物开过来时的情景。

中午十点多钟，一列火车喷吐着洁白的蒸汽，旋转着巨大的车轮，鸣响着高昂的汽笛，挂着几节车厢，从南边向着锡林呼都嘎站开了过来。

一些牧民看到后，抑制不住喜悦的心情，他们迎着火车、甩开马鞭、策马与火车并排奔跑着。他们时而跑到了火车的前面，时而与火车平行向前，时而又落到了火车的后面，远远望去，就像一群骏马在草原上簇拥着一列火车一样……

火车进站，停了下来，前来观看的牧民跳下骏马，放下缰绳，收起皮鞭，一齐朝火车走来。当确定这个庞然大物很"友好"时，他们一拥而上，欢笑着上前摸摸这里，拍拍哪里，还有的牧民，把脸颊贴到了火车上。

"辽阔的大地上，铁路在闪着亮光，穿过山河、穿过戈壁，长又长的列车奔忙……"这时，人群中传来了阵阵歌声，人们循声望去，只见一位年岁稍长的牧民正弹着一把马头琴，对着火车深情歌唱。在熟悉的旋律中，大家不由得随着老人一起哼唱了起来："辽阔的大地上，铁路在闪着亮光，穿过山河、穿过戈壁，长又长的列车奔忙……"

歌声悠扬而欢快，在歌声中，赵大宝看到牧民们的脸上都洋溢着幸福的笑容。

"师父——"正当赵大宝沉醉在大家的喜悦中时，身后传来了一个熟悉的声音。他回头一看，是马喜子从火车上走了下来，他激动地喊道："喜子——"，然后几步便迎了上去。

马喜子也紧跑了几步，来到赵大宝面前，两人一见面，像是有说不完的话。

"师父，你还好吗？嫂子好吗？你们在这里习惯吗？"马喜子一开口，就有许多的问题想问。

"我很好，你嫂子也很好，她常常念叨起你和秀秀，你们怎么样？"赵大宝也十分想知道马喜子近段时间的情况。

"俺们都很好，就是天天想你们，挂念你们，所以今天特意来看看你。"

"怎么这么巧，今天锡林呼都嘎站的第一趟火车竟然是你开来的？"

"师父，是俺向单位领导申请的，要求今天的第一趟列车由俺来开，俺早就盼望着这一天了。"

"喜子，你真是好样的。"

"对了师父，这是秀秀给你和嫂子买的一些日用品，你们在这里还需要什么，告诉俺，俺下次给你们捎来。"马喜子说完，打开身上的挎包，取出一包东西交给赵大宝。

"放心吧,我在这儿有巴特尔,什么都不缺,谢谢你和秀秀。"赵大宝接过马喜子手中的东西,说道。

"巴特尔?他是谁?"马喜子问道。正在这时,巴特尔从欢乐的人群中也挤了过来,赵大宝看巴特尔过来了,立刻给他们互相介绍起来:"巴特尔,这是马喜子,今天的这趟火车就是他开过来的。"他说完后,又对马喜子说:"喜子,这是巴特尔站长,也就是我说的那个常常照顾我和你嫂子的那个人。"

马喜子一听,忙感激地握紧巴特尔的手说:"你好,巴特尔站长,谢谢你照顾俺师父他们!"

巴特尔挥了一下手,对马喜子笑着说道:"不用谢,都是一家人。不过,我应该谢谢你把火车开到了我们锡林呼都嘎站,你看,牧民们多高兴啊!"

马喜子一听,忙接过话说道:"这火车本来应该是由俺师父开,他是俺们那里最优秀的司机长,要不是他在战场上……"

马喜子的话刚说到这里,便被赵大宝打断了:"喜子,别说了。"

巴特尔微微有些吃惊地看着马喜子,问道:"你是说你师父上过战场?"

"那可不,俺师父不但上过战场,还——"马喜子还要往下说时,又被赵大宝制止住:"喜子,别说了。"

这时,一群欢乐的牧民从他们身旁走过,将巴特尔和赵大宝他们冲散了。趁这工夫,马喜子极不情愿地问赵大宝:"师父,为啥不让俺说?"

赵大宝小声道:"咱来这里是支援建设的,又不是来摆功劳的。"说完,赵大宝来到巴特尔跟前:"巴特尔,走,我们去那边看看。"然后,把一个背影留给了马喜子。

"大宝,等今天火车开通后,我计划向上级建议由你来当副站长。"巴特尔边走边说。

"巴特尔，这可使不得。"赵大宝忙脱口说道。

"可这太委屈你了，你受过系统培训，对铁路各方面的知识又都了解，对车站贡献也最大，你目前的岗位，大材小用。"

"不存在委屈不委屈，只要草原上的牧民需要，只要咱集二铁路需要，我干什么都行。"

"那好，扳道员的岗位，我会另外派人去做，你就在车站帮我把行车运输负责好，这样我心里踏实点儿。"

"这……"

"大宝同志，请服从安排，到了锡林呼都嘎站，就得听我的。"巴特尔假装愠怒地对赵大宝说。

"好吧，我听你的。"赵大宝痛快地答应道。

巴特尔见赵大宝答应了安排，用无比信任和欣赏的目光看着赵大宝。在巴特尔的心里，他对这个被分配到锡林呼都嘎站的山西人，越来越喜爱了。

锡林呼都嘎站前面的轨道，尚在铺设中，因此，火车到了这里，便准备返回集宁了。年轻的牧民阿木古冷、达木林等人意犹未尽，这些对任何新鲜事物都充满好奇的草原青年，还想再亲身乘坐火车，感受一下这个庞然大物在行驶中的力量。于是，他们结伴找到巴特尔，说出了心中的愿望，巴特尔听后，一口答应了他们的请求。

几个年轻人雀跃着登上了火车，赵大宝叮嘱马喜子在路上把这些牧民照顾好，马喜子二话没说，像一个战士一样，双脚并拢，身子笔直地答应了一声："是！俺保证完成任务。"惹得大家都哈哈哈笑了起来。

阿木古冷、达木林等几位牧民登上了火车，车厢的窗口，很快映出了他们那一张张欢乐的、纯朴的笑脸。此时，机车已经掉转好了方向，马喜子开着火车，载着牧民，空哧空哧地朝来时的方向而去。

列车驶出了锡林呼都嘎站，朝远处而去。赵大宝从那响亮的汽笛声中，分明感受到一粒希望的种子，正在草原上破土而出。他相信，这粒种子，必将长成参天大树。

那一晚，巴特尔和高娃捧着一壶奶酒和两个银碗来到赵大宝家，后面，依旧跟着可爱的小巴图。

"来，大宝，今天高兴，咱们喝两杯。"巴特尔一进门便说道。赵大宝平日不怎么喝酒，在山西时，也就和孟庆余喝过几次，但都因不胜酒力，抿两口意思到了就行。来到锡林呼都嘎的第一个晚上，巴特尔也曾以奶酒接待他，但没喝多少，他便有些醉了。今日见巴特尔又端来了奶酒，知道盛情难却，不能推辞，于是欣然接受。

高娃和霍桂花在桌上摆好酒壶与银碗，便带着小巴图到炕上去说话。两个女人虽然一个是汉族，一个是蒙古族，但经过这段时间的相处，已经彼此喜欢。霍桂花喜欢高娃身上的纯朴、善良与勤劳，高娃则喜欢霍桂花身上的端庄、温和与知性，而且，她跟着霍桂花，学到了不少汉字，用汉语交流时，已经越来越顺畅了。

而小巴图，则在她俩中间乖乖地坐着。他年纪虽小，但自从霍桂花来了后，他已经能够像模像样地背诵骆宾王的那首《咏鹅》了。每当他用稚嫩的声音和不流利的汉语背完"鹅，鹅，鹅，曲项向天歌，白毛浮绿水，红掌拨清波。"时，霍桂花都会把他搂在怀里，夸赞他将来一定能考到北京去。

巴特尔和赵大宝虽然才认识一个来月，但早已亲如兄弟，此时，他们二人在桌前坐下，巴特尔给赵大宝斟满酒。赵大宝一闻，和上次一样，是用牛奶制成的奶酒，只是味道比上次更浓烈。赵大宝自从上次喝了奶酒后，还专门留意了一下这种奶酒的制作方法，他知道，这种酒制作起来，比较复杂，光酿造酒曲，也就是当地牧民所说的"胡仁格"，就颇费周折。需要先把脱了皮的糜子弄干净，入锅煮至七八成熟，捞出晾凉，再用干净纱布严严实实地包两层，放入瓦罐反复用冷水消毒洗净。然后倒入新鲜冷牛奶，再把用纱布包好的糜子放入罐中，灌口用两层净布盖住，放到一个恒温的地方，每天搅动两次，每次搅动一千下。如此这般往复，大概一周后，酒曲形成，接着每天再往罐中加一定的新鲜冷牛奶，继续每天搅动一千下，几天后，酒曲方能完全酿造好。而这一切，都需在夏天和秋天来完成，春冬两季是不适合的。酒曲酿造好了之后，才能进入酿酒阶段，先是把奶曲倒入锅内煮，使其变成蒸汽后再凝聚成液体，这些液体就是最初的奶酒，蒙古语唤作"呼日吉"。头锅酒的浓度不高，酒精度一般在十五度，这些头锅酒经过二次蒸馏，浓度可就会大大提高，一下子就达到了七十五度左右，蒙古族人把这种酒叫作"希拉吉"，也就是二锅头，这种浓度的酒，一般酒量大的人，也就是一碗的量。上一次，巴特尔用的是十五度的"呼日吉"接待的赵大宝，而今晚，巴特尔给赵大宝带来的，则是被叫作"希拉吉"的七十五度奶酒。赵大宝知道今天是锡林呼都嘎站开通火车的第一天，也是巴特尔最高兴的一天，他理解巴特尔的心情，所以，当巴特尔告诉他，这是"希拉吉"时，他没有犹豫，端起银碗，与巴特尔对饮起来。只不过，巴特尔是大口喝，赵大宝是小口喂。

几口奶酒下肚，两人像知己一样，谈天论地，从山西太原谈到内蒙古锡林郭勒大草原；又从锡林郭勒大草原谈到远在千里之外的山西太原。巴特尔告诉赵大宝，自己从前就是这锡林郭勒草原上的牧民，一年前，集二铁路开始修建，铁路部门开始招工，他得知后，特别期盼这条铁路能早日开到家门口，能为更多的牧民们服务，所以报名参加了招工，参加了学习培训，并在学习结束后，主动要求回到锡林呼都嘎站工作。赵大宝也告诉巴特尔，自己在山西开了多年火车，来内蒙古后，由于腿有问题，离开了火车，来到了锡林呼都嘎站。巴特尔关心地问他的腿是不是关节炎，需不需要找位蒙医给看看。赵大宝说不是关节炎，但他也没告诉巴特尔，这腿是在朝鲜战场上受的伤。两人喝着、聊着，聊到投缘处，巴特尔悄悄问赵大宝，怎么还不和霍老师生个孩子，需不需要找个蒙医给瞧瞧。赵大宝听了，忙摇了摇头，说不用不用，眼中却悄悄泛起了红。他俩就这么聊着，聊到动情处，巴特尔竟拉住赵大宝的手，然后让高娃她们都过来，接着把小巴图拉到赵大宝和霍桂花的身旁，说："大宝、霍老师，我想让你们给我儿子做干爸干妈，不知你们肯不肯给我这个面子。"

赵大宝一听，忙站起来对巴特尔和高娃说道："你们千万别这么客气，能给巴图做干爸干妈，是我们的荣幸，我们求之不得。"

"那咱们就这么说定了。"巴特尔借着酒意，说出了心里话。

"一言为定。"赵大宝说。

"今天有些晚了，择日我让高娃准备些礼物，然后让巴图正式跪在你们面前，磕头认亲。"巴特尔说完，不等赵大宝接话，便又举起银碗："来，大宝，我们接着喝。"说着，巴特尔一仰脖子，高兴地将碗中剩下的奶酒一饮而尽。

那一夜，赵大宝在"希拉吉"的酒劲儿中，睡得特别香。在睡梦中，他梦到了史志贵、刘福安、布天佑和小六子，还有孟庆余。孟庆余见到他，始终不说话，只是冲他微微地笑着。最后，他梦到了联络员老石，他激动地上前握紧老石的手，郑重地向老石汇报道："城防图的任务，太原南站地下党支部已经完成！"老石听了，也微微点点头，朝他笑着，然后和史志贵、刘福安、布天佑、小六子、孟庆余一起向远处走去。

清晨醒来，赵大宝在似睡非睡中，回忆起了昨夜梦境中的一幕幕，然后起身从炕头的柜子中，轻轻取出那块蓝手帕，陷入了回忆。这时，霍桂花听到动静，翻身看到半坐半靠在炕头的赵大宝，轻声问道："怎么了？"

"我梦见他们了。"赵大宝仍旧沉浸在梦境中。

"谁？"霍桂花披上衣服，坐了起来，关心地看着赵大宝。

"志贵、福安、天佑、小六子、孟庆余，还有……"赵大宝说到这里，停了下来。

"还有谁？"霍桂花问。

"还有老石同志。"

"哦——"

"我向他汇报了城防图任务的完成情况，可他没有说话。"

"你别想那么多了，老石可能到其他地方工作去了，这手帕，咱们先替他保存着，等到有朝一日见了他，再当面向他汇报，并把这半块蓝手帕交给他。"霍桂花说完，将手帕从赵大宝的手中拿了过来。

## 十九　暴风雪夺走了拖拉机手的生命

　　锡林呼都嘎站开通不久后的一天，巴特尔告诉了赵大宝一个不幸的消息，正在前方筑路的拖拉机手方友增在前一晚的暴风雪之夜中，为了保护国家财物，不幸牺牲。当赵大宝从巴特尔口中听到这个消息时，心情沉重极了，他告诉巴特尔，自己想去筑路工地上参加方友增的追悼会，巴特尔答应了他的请求，并决定，陪着赵大宝一起去。

　　方友增的追悼会在三天后举行。那天清晨，巴特尔让附近的牧民阿木古冷和达木林早早送来两匹马，一匹自己骑，一匹给赵大宝。赵大宝从未骑过马，但由于一心想赶去参加方友增的追悼会，再加上阿木古冷和达木林为他挑选的这匹马特别温顺，所以在巴特尔的指导下，竟没费什么工夫，便稳稳地骑在了马背上。

　　听说赵大宝和巴特尔要去参加一位筑路工人的追悼会，阿木古冷和达木林也跟着他们一同前往。路上，遇到了宝音达来和阿优尔吉两位牧民，他们是一个牧业互助组的，平时形影不离，此时听阿木古冷和达木林说明事情的原委后，也策马跟了上来。

　　方友增的追悼会非常简朴，一众工友站在他的灵柩前，沉默哀悼。他平日驾驶的那辆拖拉机，正孤寂地停放在一旁，仿佛在等待着主人的归来。赵大宝站在人群中，看着灵柩前方友增的遗像，仿佛又看到了那个热心的拖拉机手，泪水瞬间模糊了视线。

　　追悼会结束后，按照方友增家属的意见，他的遗体将要运回河北老家。于是，大家纷纷帮忙，将方友增的灵柩抬到一辆卡车上。

卡车缓缓地开动了，工友们紧跟着卡车或走或跑了一段路程，向方友增做最后的告别。人群中，赵大宝骑上马，跟随汽车而去，他想再多送一程这个热心的兄弟。巴特尔看到后，也骑马追了过来。接着，后面又传来了一阵马蹄声。

卡车渐渐驶远了，赵大宝勒住马的缰绳，停了下来，他目送着汽车，目送着方友增的灵柩。这时，他的耳畔传来了一阵悠扬而哀伤的歌曲声，赵大宝回头看去，原来声音是从紧跟在他和巴特尔身后的阿木古冷、达木林、宝音达来、阿优尔吉那几个年轻的牧民口中传来的，只听他们唱道："你的热血渗入浩瀚的戈壁滩，将变作鲜花开满察哈尔草原……你的鲜血不会白流，你的愿望肯定会实现……"

巴特尔告诉赵大宝："这是草原牧民悼念一位牺牲的英雄而传唱多年的歌，为修建集二铁路牺牲的铁路工人，在这些牧民的心目中，也是顶天立地的英雄，所以，方友增配得上这样的歌声。"

赵大宝在歌声中，又向那远去的卡车望去，此时，卡车在茫茫大地上，变成了一个黑色的小点儿。

晚上回到家中，赵大宝将方友增牺牲的事情告诉了霍桂花。霍桂花正在收拾屋子，听说方友增牺牲的消息后，感到有些突然，因为她没想到，在和平年代，身边也会有人牺牲。

春节，转眼便到了。年三十那天，马喜子和梁秀秀从集宁赶到了锡林呼都嘎站，他们带着大包小包，像是要把家搬来一样，来到赵大宝的家中。梁秀秀一看见霍桂花，把手中的行李塞给马喜子，然后不管不顾地跑上前搂住了霍桂花。如果不是马喜子阻拦，她恨不得再亲上霍桂花两口，虽然刚两个月没见面，但她们对彼此的思念,却藏也藏不住。马喜子看着她们的亲热劲儿,在一旁不停地提醒梁秀秀注意身体,这时赵大宝和霍桂花才知道梁秀秀已经有了两三个月的身孕。他们不由得发出惊喜的声音,祝贺起马喜子和梁秀秀。

这是马喜子第一次走进赵大宝在锡林呼都嘎车站的家,一阵寒暄过后,马喜子环顾起了这间屋子,并轻轻皱了皱眉头,对赵大宝说:"师父,你们这住处也太简陋了吧。"

赵大宝一脸乐观地对他说:"小站条件比不上你们城镇,这屋子,我觉得还行。"

马喜子又看了一下屋子,嘟囔道:"行什么呀,这可比俺在集宁的宿舍差远了。对了师父,你不行就找一下组织吧,要么回集宁工作,要么重回山西太原老家工作,现在集二铁路上的大部分车站已经顺利开通,上面有政策,愿意回山西工作的,可以申请,马上办理。何况,你还立过功,至于嫂子,那就更不用说了,功劳就更大了,估计组织知道了你们的事情,得重新安排你们工作。"

赵大宝听马喜子又提起以前的事,忙打住马喜子的话:"你说什么呢,你忘了咱到内蒙古干什么来了,以后,别老是把功劳挂在嘴上,不然,小心我揍你。"

"可是——"

"别可是了,咱们国家现在还不富裕,正在搞建设,咱们不能给国家提要求、添麻烦。再说,就咱那点儿功劳,和志贵、福安他们比起来,差个天地。"

马喜子一听,也点了点头。

这时,梁秀秀也正和霍桂花亲热地说着话,拉着家常,不一会儿,只见梁秀秀从随身的背包中,拿出瓜子、花生、点心、糖块儿,还有几张年年有余的窗花,放到炕头。最后,她神神秘秘地拿出一个紫红色的木盒子，一本正经地递给霍桂花，让霍桂花猜猜木盒里装的是什么。霍桂花有些纳闷儿地接过盒子，在梁秀秀的注视中，轻轻地打开盒盖，看到里面装的竟然是一对银手镯和一副做工考究的银项圈。霍桂花一下子明白这正是她和赵大宝托马喜子办的那件事，于是欢喜至极，低头朝银手镯看去。只见那银手镯虽然没有什么纹饰，但款式美观大方。再细看那银项圈，不但样式好看，上面还坠着一个核桃般大小的长命锁，长命锁四周雕着生动的吉祥八宝，中间凹凸有致地刻着"长命富贵"四个字。

"怎么样嫂子，我和喜子专门托人从北京帮你买的，你满意吗？"梁秀秀一脸兴奋地问道。

"秀秀，这真是太漂亮了，看得我都眼花了，让你和喜子费心了。"霍桂花说完，又捧着银手镯和银项圈，来到窗户前，借着从窗外射进来的光线，细细端详。

"嫂子你太客气了，你和赵大哥交代的这点儿小事如果我们再办不好，那还算人吗。"梁秀秀说话依旧快人快语。

两人正说着，冷不丁马喜子在一旁大着嗓门插话道："梁秀秀，你说谁不是人了？"

"没说你，你是人。哈哈哈。"梁秀秀说完，忍不住笑了起来，赵大宝和霍桂花看到后，也都跟着笑了起来。

正当屋子里笑声不断的时候，巴特尔从门外走了进来："嗨，今天有什么喜事，你们笑得这么开心。"

"巴特尔站长！"马喜子一看巴特尔来了，高兴地喊道。

"喜子，你怎么来了？"巴特尔看见马喜子，也高兴地伸出双臂，上前热情拥抱着。

"这不春节了吗，俺想陪俺师父他们一起过个年。"

巴特尔一听，脸上又露出了高兴的笑容，他说道："喜子，我们真是想到一起了。我也正准备和你师父一起过年,正好你们来了,那咱们三家一起过,你觉得怎么样!"还没等马喜子开口说话,梁秀秀在后面开心地说道:"我举双手赞同!"

巴特尔循声一看,愣了一下:"喜子,这位是——"

"巴特尔站长,这是俺的内人梁秀秀。"马喜子笑着介绍道。

"内人?"巴特尔把不解的目光投向赵大宝。

"巴特尔,内人就是妻子,这位梁秀秀是喜子的妻子。"赵大宝笑着向巴特尔解释道。

"哦,我明白了,看来你们的汉语,我学得还是太浅了,以后请多多指教。"巴特尔谦虚地说道。

这时,梁秀秀走到大家面前,她先白了一眼马喜子,接着把目光转向巴特尔:"巴特尔站长,不是你学得浅,是马喜子同志有时候太爱装斯文,你的汉语水平,已经很高了。"说完,梁秀秀还给巴特尔竖了一下拇指。巴特尔一看,哈哈哈地笑了起来。在笑声中,巴特尔说:"不,不,我还差得很远,要学的东西还很多。"他说到这里,看了一下大家,接着说道:"好了,既然你们都没意见,那就这么定了,咱们一起过春节,我现在就去告诉我的……内人,对,内人。"巴特尔说完,高兴地一挑门帘,出去了。

屋子里,又是一阵欢声笑语。

没多久,高娃便带着巴图,端着丰盛的食盘,来到了赵大宝家。她一进门,梁秀秀便迎了过来:"你是高娃吧,我叫梁秀秀。"

高娃一下子被这个性格开朗的汉族女子逗得抿嘴笑了起来。跟在高娃身后的小巴图,此时也挤进门,瞪着黑溜溜的眼睛好奇地看着眼前的梁秀秀。

梁秀秀向高娃介绍完自己,低头一眼看到了小巴图,她忙弯下腰,用手摸着小巴图的脑袋,亲切地说道:"你是小巴图吧?"巴图看到梁秀秀和自己说话，一时有些怯生生，往日虎头虎脑的样子也失去了一半，他站在那里，没点头，也没摇头，依旧打量着梁秀秀。这时，霍桂花走了过来，她嗔怪地对梁秀秀说："瞧你这大嗓门，把我们巴图吓着了。"然后又伸出手，对巴图说道："来，巴图，秀秀阿姨不是老虎，她不吃人。"巴图听后，张开两只小手，嘴里喊了声"干妈"，便跑过去，一头扎进了霍桂花的怀里。梁秀秀转过身一看，假装生气道："小巴图，我从集宁给你带了好多好吃的，看来，你根本不需要，我又得带回去了。"

小巴图一听，不自觉地从霍桂花怀里探出半个身子，朝梁秀秀看去。梁秀秀拿出几颗用彩纸包裹的糖块儿，在小巴图的眼前晃了一下。小巴图立刻被吸引了过去。梁秀秀一看，十分开心，准备再接着逗小巴图一阵子，不想霍桂花发话了："秀秀，快把你的那些糖块儿给我们小巴图。"梁秀秀一听，打趣道："你就这么喜欢你这干儿子。"霍桂花笑着对梁秀秀说道："那当然，今晚我们就正式认亲了。"

除夕之夜，赵大宝家的小屋内，充满了欢乐的笑声。巴特尔尊重赵大宝与马喜子两家人的汉族习惯，剁肉馅、擀面皮、包饺子，不一会儿，一大盘热气腾腾的羊肉饺子就端上了桌。大家吃着饺子，品着美食，聊着生活，这欢乐的气氛，让每一个人的脸上都散发着亮光。差几分钟零点的时候，他们一起涌出门外，用竹竿挑起一长串鞭炮，在噼噼啪啪的爆竹声中，大家捂着耳朵，高兴地在屋子前跑着、笑着、祝福着。

爆竹声过后，大家又回到屋内，接着按汉族的习俗一起守岁。待大家坐定后，小巴图在巴特尔和高娃的教导下，很认真地跪在赵大宝和霍桂花面前，将巴特尔和高娃准备的礼物捧到他们二人面前，并向他们说着拜年的吉祥话。此时，赵大宝和霍桂花也从木盒中，将那银手镯和银项圈拿出来，戴在了小巴图的手腕上和脖子上。柔和的灯光下，那闪着银光的项圈，映得小巴图像是从年画里走出来的娃娃一样。巴特尔和高娃看到银项圈后，眼中流露出惊喜，对赵大宝和霍桂花连声说这礼物太贵重了。梁秀秀则在一旁羡慕道："嫂子，我和喜子的孩子将来也要认在你和赵大哥跟前，让你们给孩子当干爸干妈。"霍桂花听了，拉着梁秀秀的手，连说了好几个"好"字，大家听了，又都开心地笑了起来。

冬去春来，草原上有的地方，已经出现了浅浅的绿，只是近看这绿意，还不十分明显，就像唐朝诗人韩愈笔下描写的那句"草色遥看近却无"一样，远望草色依稀连成了一片，近看却显得还有些稀疏零星。但春天，毕竟还是来到了，草地也逐日绿了起来，到了五六月份，之前冬天满眼枯黄的大草原，已呈现出它独有的勃勃生机。在这美好的季节，集二铁路也在向北延伸着，在草原的深处，像条银色的飘带镶嵌在绿色的地毯上一样。

这条银色的飘带，一直向北飘去，飘到哪里，火车就开到哪里。每当火车开过来时，沿途的牧民都会从蒙古包中走出来，欣喜地张望；放牧的人也会停下手中的牧鞭，勒住骏马的缰绳，驻足凝望。

锡林呼都嘎车站，也迎来了更多的牧民，火车载着他们，到土牧尔台、到白音察干、到集宁，买来了挤奶器、剪羊毛器、打草机、茶叶，甚至上好的绸缎。

阿木古冷、达木林、宝音达来、阿优尔吉这几个永远精力充沛的年轻人，更是经常坐火车出去选购自己互助组所需的东西，甚至还带回过几只优质的种羊。久而久之，他们与赵大宝成了很好的朋友。

在这个草原上万物生长的季节，霍桂花也在巴特尔的引荐下，到附近的一所草原小学去代课。她温和的声音，让草原上的孩子们觉得像是百灵鸟在歌唱，像是春天的风儿在吹拂，像是草原上的花儿在呢喃。孩子们都喜欢跟着她学习更多的汉字，学说更多的汉语。霍桂花也非常喜欢这些草原上的孩子们，这一点，除了这是她作为一名教师应该具备的品质外，更多的因素，是缘于她在这些孩子们的身上，看到了一股朝气、一种希冀、一抹清新。孩子们那如湖水一般清澈的眼睛、如阳光一般灿烂的笑容、奔跑起来似小马驹一样的身影、课堂上对知识专注求索的神情，都让霍桂花时时提醒自己，一定要尽最大努力，教好草原上的这些孩子们。

除了正常的课程，霍桂花用汉语教孩子们背诵一些儿童诗歌，比如《金色的海螺》，就深受孩子们喜爱。孩子们常朗读道：少年收起了渔网，吹着清清的哨声，他走过闪光的沙滩，沙滩上留下很多脚印。少年忽然看见，一片金光闪亮，有一条红色金鱼，搁浅在白色沙滩上。小银嘴，一张一合；红金腮，一鼓一收……

这些诗歌成了孩子们上学和放学路上最爱背诵的文字，他们潜移默化地接受着更多的汉语知识。

除此以外，霍桂花给孩子们讲了许多的故事，引导孩子们形成正确的思想。有一次，当她给孩子讲述蒙古族作家敖德斯尔笔下的小冈苏赫的故事时，一个叫桑布的学生从座位上站起来，认真地说道："老师，我们今后也要像小冈苏赫一样，在新生活中，做草原上的小英雄，我们更要珍惜胸前的红领巾，因为他是烈士的鲜血染红的。"

孩子们的变化，让牧民们渐渐得知霍桂花的名字。一天放学的时候，霍桂花顺路将自己的学生度贵玛和其木格一对小姐妹送到家门口，正要离去时，从蒙古包里走出了她们的妈妈娜仁。娜仁捧着一壶奶茶，诚挚地邀请霍桂花到家里品尝。霍桂花看到娜仁眼中充满盼望，便没有拒绝，她在度贵玛和其木格小姐妹的簇拥下，走进了蒙古包。

娜仁的奶茶做得极其鲜美，霍桂花在娜仁往银碗里倒奶茶的时候，就已经闻到了一股香甜的味道。娜仁倒好奶茶后，双手端起银碗，捧到霍桂花面前。霍桂花礼貌地弯下身子，接过银碗，慢慢品尝了一口，果真非常细腻香甜。正当她想向娜仁表示感谢时，坐在她身旁的度贵玛和其木格告诉她，她们的阿布（父亲）和额吉也想跟着她学汉语。霍桂花一听，放下奶茶，轻轻拉住娜仁的手，说道："放心吧，我一定教会你。而且，如果还有其他牧民想学，我也可以一起教他们。"

娜仁听了，感激地注视着霍桂花，用不太流利的汉语说道："谢谢，谢谢。"

吃晚饭的时候，霍桂花把娜仁想学汉语的事告诉了赵大宝。赵大宝听后，支持霍桂花的决定，甚至建议霍桂花可以为牧民们办一个流动的汉语学习班，每天晚上到牧民集中的地方去教大家学习汉语。因为随着集二铁路的开通，许多牧民外出时，语言沟通存在很多障碍。

霍桂花见丈夫与自己想到了一起，不由得会心一笑。没几日，霍桂花便带着一块小黑板和几本书，来到了牧民中间，向他们讲授汉字和汉语知识，度贵玛和其木格的爸爸、妈妈，以及高娃、阿木古冷、达木林、宝音达来、阿优尔吉，还有附近的许多牧民，都成了霍桂花的学生。

## 二十　草原盛会"那达慕"

七月，草原一年中最美的时节转眼便来到了，羊群在翡翠般的草原上慢慢移动，鸟儿也在蔚蓝的天空中自由歌唱。草地上，黄色的金子花、蓝色的马莲花和粉色的野百合遍地盛开，随着夏风的吹拂，散发出阵阵沁人心脾的清香。锡林呼都嘎站开通火车也有半年了，在这半年的时间里，牧民们的生活在发生着变化，火车不仅运来了吃的、穿的、用的，还把当地牧民家的皮毛、肉类运了出去。阿木古冷、达木林、宝音达来、阿优尔吉的互助组，也大胆地引进了一批优质的种羊。一次，巴特尔带着赵大宝到牧民家去走访，了解牧民对铁路运输的需求时，路上恰好遇到阿木古冷他们正在放牧，只见在那无边的草地上，阿木古冷他们引进的优质羊，正低头吃着鲜嫩的草，微风吹过，藏在草丛中的羊露出了珍珠一样的白。而草原的上空，正飘荡着阿木古冷他们的歌声："蓝蓝的天上飘着那白云，白云下面覆盖着羊群，羊群好像是斑斑的白银，撒在草地上是多么爱煞人……"再往远看，其他有羊群的地方，也同样如此。

赵大宝被此情此景深深地迷住了，他不由得对巴特尔说起南北朝时期那首描写草原的著名诗歌《敕勒歌》："敕勒川，阴山下。天似穹庐，笼盖四野。天苍苍，野茫茫。风吹草低见牛羊。"巴特尔听了后，指着远处的羊群对赵大宝说："以后，草原上的这些羊，都要通过咱们的火车运出去，运到全国各地，然后再把牧民们需要的物资运进来，帮助他们继续发展牧业，咱们一定要做好运输服务呀。"

赵大宝听了，浑身一热，朝巴特尔点了点头。

一年一度的草原盛会"那达慕"就要召开了，牧民们骑着骏马到处传播着这个喜讯。

一天傍晚，阿木古冷、达木林、宝音达来、阿优尔吉来到锡林呼都嘎站，找到赵大宝，真诚地邀请他和霍桂花第二天到温都尔庙感受"那达慕"大会的盛况。赵大宝早就从车站蒙古族工友那里得知"那达慕"大会的热闹，知道这是蒙古族人民庆祝丰收喜悦的传统节日，也很想去亲身感受一下这个草原民族独特的盛会，但是他担心自己走后，影响车站工作，于是婉转谢绝了阿木古冷他们的好意。晚上，巴特尔从阿木古冷那儿得知此事，来到赵大宝家，对赵大宝说："明天你和霍老师就放心去吧，车站这儿，有我在，你尽管放心。"

赵大宝还想谢绝，巴特尔却不容他多说。

第二天清早，阿木古冷、宝音达来和阿优尔吉各自骑着一匹马，身后牵着两匹马，来到了赵大宝家门前。

"怎么不见达木林？"赵大宝好奇地问阿木古冷他们。阿木古冷神秘地一笑，对他说："达木林今天将参加赛马比赛，他希望能邀请您和霍老师到现场为他加油助威。"

赵大宝一听，指了指阿木古冷他们，恍然大悟，接着双方都不由得笑了起来。

霍桂花在赵大宝和阿木古冷的帮助下，骑上了一匹枣红色的骏马，在此之前，她从没骑过马，甚至很少接近马，所以，骑在骏马上的她，心中多少有些慌乱，于是紧紧攥住赵大宝的手不敢撒开。阿木古冷这时走过来，对她说："霍老师，这匹马，可以说是全草原最温顺的马儿了，您就放心地骑在它的背上，让它驮着您到您想去的地方吧。"

阿木古冷的汉语不十分标准，混合着蒙语发音，但听起来，却十分好听。

霍桂花听阿木古冷这么一说，慢慢松开赵大宝的手，抓着马儿的缰绳试了试，果然，这匹枣红色的马儿仿佛很通人性似的，温顺地听从霍桂花的指挥。

看到霍桂花已不再害怕，赵大宝骑上了旁边的一匹马。这时，巴特尔从家里走了出来，上前对阿木古冷他们叮嘱道："阿木古冷，我把大宝兄弟和霍老师就交给你们了，路上一定小心，注意安全。"

"放心吧站长！有我们在，不会让大宝师傅和霍老师出现一点闪失。"说完，他一甩鞭，对座下的马儿说道："驾——"接着一马当先，骑着马跑在了最前面。

其他四匹马像是得到了口令一样，跟在阿木古冷的后面，一起撒开蹄子，朝温都尔庙而去。草地上，留下一串"哒哒哒"的马蹄声。

温都尔庙建在一片连绵起伏的丘陵上，位于锡林呼都嘎站的南边，两地相距不是太远，大概二十来公里的样子。路上，阿木古冷向赵大宝和霍桂花简单介绍了这座庙的来历。原来，这庙以前是当地王公贵族的王宫，也是开展法事活动、举行各类庆祝仪式的场所。由于它高大巍峨，富丽堂皇，所以在以蒙古包为主、缺少石头和木料的草原上，用砖木建造起来的这座温都尔庙，无疑醒目至极，也因此被方圆百里的牧民比喻为"草原上一朵花"。当地政府每年也都会在这里举行"那达慕"，一是听取工作报告；二是举行各种活动，比如角斗、跳鬼、赛马、射箭；三是牧民们可以在集会上互相交换和购买自己所需要的东西，以欢度他们的丰收。

去温都尔庙的路上，赵大宝看到不少牧民穿着崭新的绸缎衣服，骑着骏马，赶着勒勒车也和他们向同样的方向而去，一看就是去参加"那达慕"大会的。

一个小时后，他们来到了温都尔庙的"那达慕"现场，只见会场上，牧民们正和百货公司的流动组、合作社的员工进行着各种交易，他们用毛皮换取自己心爱的日用品，脸上露出祥和而幸福的笑容。

阿木古冷他们带着赵大宝和霍桂花来到赛马现场。赛马是"那达慕"大会上最令人瞩目的项目，尤其是当赵大宝得知达木林今天要参加赛马时，更是想目睹一下这项赛事的风采，也更想为达木林鼓劲儿加油。

他们进入比赛现场的时候，比赛还没正式开始，赛马的选手正牵着心爱的马儿，在一个点燃的香炉前顺时针绕行，三圈过后，陆续上马来到比赛起点，等待发令员发令。

赵大宝在骑手中，很快便发现了达木林，达木林也在人群中看到了他们，他们高兴地向对方挥着手。

达木林座下的马儿，今天装扮得十分漂亮，只见那白色的马儿，尾巴微微上翘，末端被染成了火红色，并系上了一根红绸条。马儿的鬃毛，也被整齐地扎了起来，据说这样可以避免它在奔跑中影响参赛选手的视线。马背上的鞍子此刻也不见了，取而代之的是一块用软面布料做成的蝴蝶形坐垫。

坐在马背上的达木林，身上的服饰看上去既轻盈，又鲜艳。他的脚上蹬着一双高筒蒙古靴，腰部系着一根彩色新腰带，头上裹着一块红色小方巾。衣服的背后和裤子的膝盖上，绣着一团团的吉祥结。再看周围其他马儿和参赛选手，也都和达木林一样。

比赛开始了，只见发令员一声令下，二十多名选手个个精神抖撒，骑着自己的骏马如箭一般冲出起跑线，你追我赶起来，赛场上，顿时有了一种万马奔腾的感觉，一匹匹马儿迈开矫健的四肢，如腾飞起来了一样。周围观看的人群中，也随着马蹄声，响起了此起彼伏的"加油"声。赵大宝和霍桂花在人群中，也高兴地为达木林助威，口中不断地喊道："达木林，加油！"

当第一匹马儿飞奔到终点的时候，赛场上响起了《快骏马》的歌曲声。达木林是第三个到达终点的，阿木古冷高兴地告诉赵大宝和霍桂花，这个成绩已经很不错了，达木林和他的马儿会受到很高的奖赏。果然，在接下来的颁奖环节中，德高望重的大赛举办者不但用酸奶为达木林的马儿点福，还给他们送上最美好的祝词："那达慕盛会中得到荣誉，这是独一无二的宝驹……喝的是清静的圣水，吃的是天然的精草，得到了主人精心驯养，万马群中夺得了光环。"

赛马结束后，达木林激动地从赛场跑了出来，一把拥抱住赵大宝，感谢他和霍桂花来为自己加油助威，让自己勇气倍增。当旁边的骑手得知赵大宝是一位来支援集二铁路建设的汉族铁路职工时，都羡慕达木林有这样的朋友，并向赵大宝投来了友善而钦佩的目光。

这一年的年底，集二铁路全线开通，火车从集宁驶出后，经过七苏木、土牧尔台、乌兰花、德日斯图、锡林呼都嘎等车站，一直开到了我国边境线上的二连浩特。接着，又从二连浩特经过查干特格、夏拉哈马、郭尔奔敖包、赛汗塔拉等车站开回集宁。之前的温都尔庙车站，此时也有了正式的名字，叫朱日和车站。

一天，马喜子和梁秀秀抱着出生不久的女儿从集宁来到锡林呼都嘎，一是来看望赵大宝和霍桂花，二是想让他们帮着给孩子起个名字。当几个人围着这个粉粉嫩嫩的女婴庆贺和赞美时，霍桂花爱不释手地抱起孩子，向大家提议道："我看这个孩子，就叫团结吧。"

"团结?"大家看着她。

"是,团结,纪念我们来到草原,与蒙古族牧民团结得如同一家人一样,你们觉得怎么样?"霍桂花边解释边征求大家意见。

"好!这名字太有意义了,就叫团结!"梁秀秀高兴地第一个拍起了双手,表示赞成,紧接着马喜子和赵大宝也连连称赞这个名字起得有意义。

"霍老师,你和赵大哥不要光顾着支援草原铁路建设,也赶紧趁着年轻生个孩子,这样咱们就更热闹了。"梁秀秀把团结抱回怀里,自作聪明地提议道。

梁秀秀的话,让霍桂花微微愣了一下,脸上的笑容也一时僵在那里。马喜子使劲儿掐了一下梁秀秀,并狠狠地瞪了她一眼,梁秀秀这才知道自己失了口,心中连连自责起来。因为当初成亲之时,马喜子就告诉过她,霍桂花在太原解放时,为了送城防图,失去了自己的孩子,而且一辈子也不能生孩子了。她暗暗为刚才的失言感到后悔、不安。

随着火车开通时日增多,更多的牧民坐上火车,去集宁、去呼和浩特,甚至有的要办喜事的人家,还专门乘坐火车到北京去为一对新人购买结婚用品和绸缎衣服。

除此以外,火车运来了大量日用品和水泥、砂子、砖瓦、木料,牧民们用这些材料建起了牢固的牛棚、羊圈,再也不用担心冬天那猛烈的暴风雪将牲畜冻死冻伤了。

集二铁路日益繁忙起来,赵大宝所在的锡林呼都嘎站,也不例外。阿木古冷、达木林、宝音达来和阿优尔吉等牧民,去集宁的次数,似乎比以前更多了。

看着牧民对火车的喜爱,赵大宝感到由衷高兴,他为自己的劳动感到光荣。虽然这项劳动很普通,与驾驶着火车运输物资直接服务牧民外出没法相比，但在锡林呼都嘎站，他仍然找到了自身的价值。尽管这个价值不是那么突出、不是那么显眼，就像广袤草原上的一棵小草一样，但他依旧用自身的那一点儿绿，扮靓草原。

一天，一列从集宁开来的火车进站，赵大宝正在车站帮助上下车的牧民搬运东西，这时，阿木古冷、达木林、宝音达来和阿优尔吉从下车的人群中朝他走了过来。

"嗨，大宝师傅，你好！"几个人满脸兴奋地上前和赵大宝打着招呼。

"你们好，小伙子们！"赵大宝也热情地和他们打着招呼，当看到阿木古冷他们一脸兴奋的样子时，赵大宝忍不住问道："什么事情，让你们这样高兴。"

阿木古冷上前先给了赵大宝一个拥抱，然后冲达木林说道："快，把东西给大宝师傅拿出来。"

"什么东西？"正当赵大宝一脸疑惑的时候，达木林从肩上的背包中，掏出两块儿长方形的东西，不由分说便塞到了赵大宝的手中："大宝师傅，这是我们送给你的。"

赵大宝低头一看，是两块儿上好的砖茶，于是急忙推辞："阿木古冷，这个我不能要，你们快收回去。"

"大宝师傅，这是我们专门送给你的，如果你当我们是朋友，就收下吧。"阿木古冷一脸真诚地说道。

"是呀，这是我们专门送给你的，你就收下吧。"达木林、宝音达来和阿优尔吉在一旁也跟着说道。

"不，不，不，我们是永远的朋友，但这砖茶我不能收。"赵大宝继续推辞着。

就在他们你推我让之际，巴特尔走了过来："什么事，看你们几个推来推去的。"

阿木古冷一看巴特尔来了，急忙上前说道："站长，我们想送给大宝师傅两块儿砖茶，可他不肯收下。"

巴特尔一听，接过砖茶看了看，笑着对赵大宝说："大宝，不要回绝阿木古冷他们的一片好意，要知道，在草原上，这是极不礼貌的行为。"

"可是，咱们中国有句古话，叫无功不受禄，我什么都没做，怎么能收他们的东西。"赵大宝对巴特尔解释道。

"谁说你什么都没做，阿木古冷，你们来给大宝说说，他都做了些什么。"巴特尔扭头对阿木古冷说道。

阿木古冷来到赵大宝跟面前，诚恳地说道："大宝师傅，自从这条铁路开到我们锡林呼都嘎后，我们不但坐着火车走出去见了世面，开了眼界，还有最重要的一点，就是我们牧民们的牛、马、羊和乳酪、毛皮都卖了出去。"

"可你们以前不也能卖出去吗？"赵大宝奇怪地问。

"没错，我们以前也能卖出去，可那时卖的是什么价钱呀！"阿木古冷眼中充满了一丝丝的怨意。

"什么价格？"赵大宝关心地问。

"那时，一些商人看中我们这儿交通不便，牧民与外界没有联系，用一块儿粗制的砖茶，或者一个西瓜、一小瓶白酒就把我们一头成年的绵羊换走了。"

"那现在呢？"

"现在，火车通了，我们同样的一只羊，可以卖到十五块钱，这些钱，可以买七八块这样上好的砖茶。"

赵大宝听到这里，不由得感叹道："这差别还真是大呀！"

"是呀，这些都离不开你们从外地来支援我们草原铁路建设的同志，所以我们今天去集宁，谈完一笔买卖，正好买几块儿砖茶，送给你两块儿。"阿木古冷说着，把茶砖又放到了赵大宝的手中。

"这……"赵大宝虽然发自内心为阿木古冷他们感到高兴，但还是觉得不应该收这两块儿茶砖。这时，巴特尔上前说道："大宝，别这了那了，快收下，这样才有礼貌。"

赵大宝看看巴特尔，又看看阿木古冷他们，他们每个人的脸上，都充满了真诚，于是，他对大家说道："好吧，我收下，我收下。"

站台上，传来了大家的笑声。然后，阿木古冷他们走出车站，翻身上马，向草原驰骋而去。望着他们的身影，赵大宝喃喃地说道："真没想到呀，集二铁路给牧民带来的变化这么大。"巴特尔在一旁听后，补充道："你没想到的还多呢，如今，咱这条铁路，已经被牧民朋友们比喻成新的'草原上一朵花'啦。"

"草原上一朵花！多美的比喻呀。"赵大宝禁不住又感慨道。

## 二十一　收养上海孤儿

就在赵大宝随着集二铁路全线开通，越来越忙碌的时候，霍桂花也和学校的孩子们结下了深厚的感情。她把在山西当老师时掌握的所有知识，都倾囊教授给了草原的孩子。到了放学的时候，她又会把孩子们一一送到家门口。路上，孩子们围着她，奔跑着、追逐着，并用汉语背诵着新学到的课文：

马儿来了，

马儿来了，

你到哪里去？

我到北京去。

你到北京做什么？

我要去看毛主席……

娜仁此时也已经可以用汉语和霍桂花交流了，她常常在霍桂花路过自己家门口的时候，邀请霍桂花到家里坐一会儿，喝一杯奶茶，吃一点儿奶酥，顺便再请教几个汉字，几句汉语。阿木古冷他们放牧归来的时候，也坚持到霍桂花的流动课堂去听课。高娃因为有得天独厚的便利条件，每天一有时间、一有问题，都会马上来向霍桂花请教。锡林呼都嘎周围，尝试着用汉语交流的牧民越来越多了。

一晃，几年过去了，草原上的草，黄了又绿，绿了又黄，羊群和牛群在这四季交替和色彩变化中，也越来越壮大。各个互助组的羊群，也都从之前的几百只，发展到上千只。每逢节日到来，牧民们身上的皮袍，也都逐渐被色彩更鲜艳、质地更考究的绸缎品代替。从这一点上，足可以看出牧民的生活变化。赵大宝和霍桂花也更加深深地爱上了这里。

马喜子和梁秀秀在团结五岁那年的冬天，又生下了一对双胞胎小子，霍桂花得知后，专门给一对孩子做了两身衣服，并趁着马喜子有一次开车路过锡林呼都嘎站的时候，到车站将衣服交给了马喜子。一向粗枝大叶的马喜子，在不经意间，隐隐觉察到了霍桂花仍在想念她那失去的孩子。他的心，像针扎了一样，不由得一痛。

马喜子回到集宁的那个晚上，家里便传来了一阵"叮叮咣咣"的摔东西声和争吵声。

"秀秀，你听俺说——"屋子里传来马喜子的声音。

"我不听，我不听——"一阵女人的哭泣声传了出来，是梁秀秀的声音。

"秀秀，当年要不是师父在战场上替俺去冒险，咱能有今天？"

梁秀秀的哭泣声渐渐大了起来："那也不能让我把孩子送给他们，这可是我身上掉下来的肉啊，你这个狠心的。呜呜呜——"

"你听俺说秀秀，师父一辈子都不可能有孩子了，咱送给他们一个，不是还有一个吗，再说，还有团结。"

屋子里又传来了梁秀秀边哭边摔东西的声音："我不听，我不听——"

"秀秀，你摔吧，要是摔东西能让你心里好受点儿，那你就多摔几下。"

又一阵哭声和摔东西的声音过后，屋内传来梁秀秀越来越弱的抽泣声。

第二天吃午饭的时候，从集宁驶来的火车，在锡林呼都嘎站停了下来，车上，走下来了一个身材魁梧健壮的人，此人正是马喜子。

只见他的身上，并没带什么行李，唯独在他的怀里，抱着一个厚厚的棉褥子。他走出车站，来到赵大宝家门口，犹豫了片刻，敲响了门。

开门的是霍桂花，她一看是马喜子，有些意外："喜子，好端端的你怎么来了？来，快进屋，正好一起吃饭。"这时，赵大宝听到声音，也走了过来，两人一起把马喜子让进屋内。

马喜子站在屋内，站也不是，坐也不是，和平时判若两人。

这时，霍桂花注意到了马喜子怀里的棉褥子："喜子，你怀里抱的是什么？"

"俺，俺，俺……"马喜子说话吞吞吐吐起来，他的眼睛不敢看赵大宝，也不敢看霍桂花，而是直盯着脚下的地板。

"你怎么了？"霍桂花说着走上前，掀开他怀里的棉褥子，突然，霍桂花眼前一亮，惊喜地喊出了声："呀，孩子……"赵大宝听到霍桂花的声音，也忙走过来，只见在棉褥子里，裹着一个胖嘟嘟的婴儿，睡得正香。

"喜子，怎么回事？"赵大宝目光变得微微有些严厉。

马喜子躲闪开赵大宝的目光，低头将孩子交到霍桂花面前："嫂子，这是俺开车时在路上捡的，你和师父没孩子，所以俺就给你们抱来了。"

"真的？"霍桂花满脸惊喜地问。

"真的。"马喜子回答道。霍桂花听到这儿，情不自禁地一把从马喜子手中把孩子接了过来，她在孩子胖嘟嘟的小脸上亲了又亲，然后转身坐到了炕上，亲昵地看着这个孩子，接着又自言自语道："你说这么可爱的孩子，谁就忍心把他扔了呢。"

赵大宝早就看出马喜子在说谎，他把喜子拉到门外，小声盘问起来："喜子，你老实交代，这孩子从哪来的？是不是你偷的？

拐的？"

马喜子急忙向他摆手、辩解："师父，没，俺没偷，也没拐。"

"那你说，这孩子不是偷的，是从哪里来的？"

马喜子一看，这事根本瞒不过师父，于是低头如实说道："师父，这是俺和秀秀生的双胞胎中的老二。"

赵大宝一听，狠狠地瞪了马喜子一眼："你真糊涂——"

马喜子见赵大宝有些生气，急忙说道："师父，俺和秀秀商量好了，这孩子给你们，我们已经有团结和双胞胎中的老大了。"

赵大宝气得不知该怎么说才好，他指着马喜子："喜子，你，你这是胡闹！"

这时，霍桂花隐隐听到赵大宝和马喜子在门外的争论声，她走到门口，仔细一听，立刻明白了事情的真相。她恋恋不舍地看了看怀里的孩子，刚才的喜悦之情也渐渐褪去，接着，挑开门帘，走了出来："喜子，你——"

赵大宝和马喜子一转身，这才发现霍桂花从屋里走了出来。

马喜子忙上前道："嫂子——"

霍桂花看着马喜子，说道："喜子，谢谢你和秀秀的一番好意，这孩子……"霍桂花说到这里，又看了看襁褓中的孩子，接着说："这孩子，我们不能要，快给秀秀抱回去吧。"

马喜子笨拙地站在了那里，不知该说什么。


巴特尔和高娃几乎每天晚上都要到赵大宝家小坐一会儿，这几乎成了他们多年的一个习惯，似乎每天不坐在一起攀谈一会儿，生活中就少了点儿什么。这一天，巴特尔和高娃既神秘又掩饰不住一脸的高兴之情走了进来，赵大宝和霍桂花一看，问他们有什么喜事。巴特尔冲高娃一指："让她说！"高娃仿佛就等着巴特尔"发号施令"了，现在见巴特尔让自己说，又迫切、又欣喜地对霍桂花说道："霍老师，你听说了吗。"

"听说什么？"霍桂花被高娃说得一脸糊涂。

"咱草原上，从上海送来了一批孤儿，大家都正在领养呢。"

"哦，我听说了。"

"那你和赵大哥要不要也领养一个？"高娃关切地问道。

"你是说，我们这些外地来的人，也能领养？"霍桂花有些惊喜道。

"能，我今天专门去了一趟旗里，打听了一下这个事，除了我们草原的牧民，像你们这样来草原上支援建设的人，也能领养。"

"真的？"

"真的。"

"那太好了！"霍桂花一把拉住高娃的手，然后扭头对赵大宝说："大宝，我们也领养一个好不好，这下我们也有孩子了。"赵大宝听了，也有些激动起来，他问巴特尔："巴特尔，这是真的吗？"

巴特尔笑道："是真的大宝，明天我从咱们车站给你开个证明，你和霍老师拿上证明，让高娃陪着，到保育院去办理一下领养手续。"

"那太好了，谢谢你们！"赵大宝一拍大腿，高兴地说道。

第二天，赵大宝和霍桂花拿着巴特尔从车站开具的证明，在高娃的陪伴下，坐上阿木古冷驾驶的勒勒车，来到温都尔庙保育院。当保育院的负责人看了赵大宝和霍桂花的证明后，告诉他们，政府每天会给每个孩子供应两斤牛奶，每月供应七斤白面，并问他们有什么困难吗？赵大宝和霍桂花一起摇头，表示没有任何困难。这时，那位负责人带着他们朝孩子们生活的那间大屋子走去。

霍桂花还没进屋子，就已经迫不及待地踮起脚尖，伸着脖子，朝那间屋子望去。屋里的保育员听到了声音，从里面把屋门打开，门刚一开，霍桂花就走在前面，跟着那位负责人进了屋子。

屋子里，二三十个小家伙正在做游戏，看到有人进来，他们停下游戏，歪着小脑袋瓜一齐朝门口看了过来。

这是一群十分可爱的孩子，虽然他们来自遥远的南方，但在保育院阿姨们的精心照顾下，根本没有对北方这片大草原产生陌生。他们是那么无忧无虑，开心快乐。此刻，保育员阿姨正领着他们，拍着小手，做着游戏。

霍桂花看着眼前的这群孩子，他们中有大的，有小的，大的七八岁，小的两三岁。

"赵同志，你和霍老师看看，想领养哪一个，咱们办一下手续，不着急，你们先慢慢考虑。"一旁，保育院的那位负责人对他们说道。

霍桂花看着眼前这些孩子，他们都是那么讨人喜爱，该领养哪一个呢？

正在霍桂花犹豫不定之际，从小板凳上站起了一个小女孩。这个小女孩三四岁的模样，梳着两个小羊角辫，她慢慢走到霍桂花面前，抬头看着霍桂花，然后，怯生生地拉住霍桂花的一个衣角。

霍桂花低头看着这个走到自己身旁的孩子，瞬间一种巨大的母爱涌遍她的全身。她蹲下身子，一把搂住这个小女孩，小女孩仿佛感受到了她的爱，也慢慢搂住了霍桂花的脖子。这时，霍桂花注意到小女孩的衣服上，缝着一个布条，她展开布条一看，上面写着：编号一〇六六，出生年月一九五六年三月二十日，出生地常州。

"就她，我们就领养她，一〇六六号。"霍桂花对保育院的负责人说道。

由于有巴特尔开具的证明，领养手续很快就办好了，赵大宝和霍桂花抱着小女孩，坐上勒勒车，愉快地朝锡林呼都嘎而去。

一〇六六号小姑娘很快来到了霍桂花的家中，为了欢迎她的到来，霍桂花像过年一样，让马喜子和梁秀秀从集宁买来好多东西，有吃的、穿的、玩的。巴特尔和高娃也给他们家送来了好多用品，娜仁也捧着最新鲜的牛奶赶了过来。大家围坐在一起，看着这个身体有些瘦弱但无比乖巧的小女孩。

"霍老师，给这孩子起个名字吧。"大家对霍桂花说道。

霍桂花想了一下，说："这孩子是从上海送到草原来的，是国家的孩子，我们要给她起一个蒙汉两个民族都适合的名字。"

"那叫什么好呢？"大家问道。

"叫明珠，你们觉得怎么样？"霍桂花的话音刚落，就得到了大家的一致赞同。在赞同声中，梁秀秀把明珠抱到腿上，问道："明珠，你觉得这个名字怎么样？喜欢吗？"明珠看着她，扑闪着黑色的眼睛，却不说话。

"她不会是个哑巴吧？"梁秀秀说道。

"不许胡说，我们明珠不是哑巴。"霍桂花纠正梁秀秀道。

"那万一是个哑巴呢？你看她从进到这个家门，就一直没开过口。"梁秀秀担心地说。

"是个哑巴我也要把她养大成人。"霍桂花说着，把明珠从梁秀秀怀里抱了过来。

明珠在霍桂花家开始了新的生活。霍桂花几乎走到哪里，都会把明珠抱在怀里，背在背上。但一天过去了，一周过去了，一月过去了，明珠始终没有开口说过话。每当霍桂花上课的时候，她就静静地坐在教室后面；每当霍桂花做饭的时候，她就乖乖地坐在炕沿儿上。随着时间的推移，霍桂花也不由得有些担忧起来。这种担忧，并不是怕明珠真的是一个哑巴将来拖累了自己和赵大宝,而是担忧明珠在成长过程中有什么问题自己没有及时发现,因而耽搁了最佳治疗阶段。她认为,自己既然领养了这个孩子,就应该对这个孩子负责任。于是,一天晚上,她和赵大宝商量了一下,决定第二天带明珠到集宁医院做个全面检查。

医院的检查很快就有了结果,明珠除了体格偏瘦以外,各方面一点儿问题都没有。也就是说,明珠是一个身体健康的孩子。这让霍桂花悬着的一颗心,放了下来。

秋去冬来,不久,大雪纷纷的冬天就要来了,霍桂花给明珠做了两身厚厚的棉衣,一身是草原孩子们常穿的棉袍,一身是汉族孩子常穿的棉衣棉裤。棉袍是粉色的,前襟和衣领处缀着一圈柔软的兔毛。棉衣棉裤则是红色和蓝色的。虽然明珠至今还不开口说话,但她看霍桂花的眼神,越来越有笑意,肢体上与霍桂花也越来越亲近。有的时候,她会把脑袋拱进霍桂花的怀里,有的时候,她会偎依在霍桂花身旁看她批改作业。霍桂花相信,总有一天,这个孩子会开口说话,而且,声音一定会像银铃一样好听。

初到草原的孩子,到了冬天,多少都会出现一些不适,尤其是像明珠这样从南方来的孤儿,本身体质就弱,再加上南北生活环境差异,患病的概率便更高一些。

明珠在来到草原的第一个冬天,便生病了。这一天,霍桂花背着明珠刚从学校回到家中不久,便发现明珠发起了高烧,她小小的脸蛋又红又热,额头也滚烫滚烫。霍桂花急得给明珠喂了些退烧药,又用毛巾去敷她的小额头。自从这个孩子来到霍桂花家,霍桂花几乎把全部的爱都给了她,如今,看着明珠小小的身子在发热,霍桂花恨不得自己能替这个孩子去生病。傍晚,赵大宝下班回来后,看到霍桂花围着明珠忙来忙去,又是敷额头,又是擦胳膊,又是搓手心，便劝霍桂花休息一会，由他来做这一切，可霍桂花不放心，自己坚持要陪在明珠身旁。

整整一个晚上，霍桂花衣不解带，像呵护一个刚出生的新生儿一样，呵护着明珠。天蒙蒙亮的时候，明珠的体温渐渐恢复了正常，脸色也由红变粉，呼吸也均匀起来，霍桂花看着安然无恙的明珠，脸上这才露出一丝笑容。她轻攥着明珠的小手，伏在明珠的枕边，稍稍打了个盹儿。

吃过早饭，霍桂花要去学校给孩子们上课，她拜托高娃帮忙照顾一下明珠，可明珠却拉着她的手，轻轻摇晃，示意要跟着她一起去学校。霍桂花看着明珠那双扑闪扑闪的大眼睛，蹲下身子把明珠背在背上，朝学校走去。

下午，明珠的病情出现了反复，又发起了高烧，她那双扑闪的大眼睛，毫无生气地闭着，攥在手心里的一小截铅笔，也掉在了地上。霍桂花知道高烧一旦反复，就必须加以重视，于是顾不上回家，背着浑身软绵绵的明珠直奔最近的一个卫生院而去。

最近的卫生院距离草原小学七八里的路，中间要翻越两道土丘，平时一个人只身行走，尚且可以，但如果怀里抱着或者背上背着一个孩子，那就有些费劲儿了，尤其是像霍桂花这样身体曾经受过伤的女人，背着一个四五岁的孩子赶路，往往会有些力不从心。

霍桂花背着明珠，刚走出两三里的路，便有些气喘吁吁了，但一想到明珠的身体，她就忘了一切，不由得加快了脚步。

大约一个小时，霍桂花背着明珠走进了卫生院，医生给明珠检查后，告诉霍桂花，孩子可能是风寒引起的高烧，回去得注意保暖。

医生给明珠打了一剂退烧针，又拿出几颗白色的药片，用纸包起来，交给霍桂花，叮嘱她回去后给明珠按时服下，并尽量让明珠身体发一场大汗，这样高烧就能退去。

霍桂花把那包药片仔细装进棉衣里面的口袋中，并将自己的棉围巾摘下，裹在明珠的头上，然后告别卫生院的医生和护士，背着明珠往回走去。

冬天的草原，不像其他季节那样草木茂盛，即便刮风，也不会有太大的风沙，而常常是一阵接一阵的风沙，尤其到了傍晚，这种风沙往往会更加肆虐，甚至变成白毛风。

霍桂花顶着白毛风，背着明珠，一步一个趔趄地往回走着。她一边走，一边对趴在自己后背上的明珠说着话。尽管他们收养明珠以来，这个孩子一直没有开过口，没有说过话，但却什么都能听明白。此时，迷迷糊糊的明珠听到霍桂花的声音，下意识地用小手紧紧搂住霍桂花的脖子，身子也紧贴在霍桂花的后背上。

天，很快黑了下来，这是霍桂花第一次独自一人行走在草原上，想到那位敞篷车司机，还有巴特尔和高娃曾经说过冬天草原上常有狼群出现时，霍桂花就不由得紧张起来。她背着明珠，快步往回走着。其间，她几次差点被乱石绊倒。

就在霍桂花背着明珠翻越了一道土丘，快速往家赶时，从远处传来了一阵动物的嚎叫声。霍桂花听到声音，惊恐地朝四周望去。只见刚刚翻越的那座土丘上，出现了两只动物的剪影。它们昂首挺胸、并排站立，正朝霍桂花这边探头张望着。

"是狗？"霍桂花看着那两只动物的影子，心中闪过一个念头。

正在这时，那两个黑色的影子伸长脖子，又向着夜空"嗷呜——嗷呜——"地嚎叫了几声。霍桂花听着它们的叫声，心中突然"咯噔"一下，头皮也一阵发麻，随之倒吸了一口冷气，惊叫道："啊，是狼！"想到这里，霍桂花背着明珠，不顾一切地朝前奔跑着。

她们的身影和气息，很快便被两只狼发觉了。两只恶狼的眼中闪着绿色的凶光,并撒开四条腿朝霍桂花和明珠追了过来。一只狼跑在前面,但很快被另一只狼追了上来,它们对眼前的猎物充满了极度的贪婪,都想第一个扑向无助的霍桂花和明珠。

霍桂花背着明珠,拼命地向前跑着,此刻,风沙也似乎是觉察出了危险的存在,停止了扑打和飞舞,注视着眼前这惊心动魄的一幕。

人的奔跑速度,毕竟不如狼的追赶速度,尤其是霍桂花还背着一个孩子,速度再快,也不及常人。两只恶狼很快一前一后追了上来,将霍桂花围住,又抬头嚎叫着,似乎是在得意地庆祝,又似乎是在呼唤同伴。霍桂花怒目圆睁地看着两只恶狼,用胳膊紧紧箍住后背上的明珠,躲闪着两只恶狼的进攻,嘴里并大声地喊着:"介嘿——介嘿——",这是草原牧民驱赶恶狼的方法,但此刻,两只恶狼根本不把霍桂花放在眼里,他们在伺机寻找下口的机会。

"怕——怕——"霍桂花背上的明珠,发出了胆怯的叫声,她的双手把霍桂花的脖子搂得更紧了,双腿也紧紧地夹在霍桂花的腰部。

"明珠,不要怕,有妈妈在。"此刻,高度的紧张,让霍桂花竟然忘了这是明珠来到草原上第一次开口说话,她小声安抚着受到惊吓的明珠。

一只狼跃起身子,扑腾着从霍桂花的前面进攻,另一只狼显然是看到了霍桂花背上的明珠,老奸巨猾地绕到霍桂花的身后,准备从后面进攻。霍桂花一看,急忙把明珠从背上往腰部一滑,然后顺势将明珠搂进自己的怀里。绕在后面的那只恶狼一看计划落空,又绕回正面,准备与同伴一起向霍桂花进攻。

"怕——怕——"又是明珠的声音,声音中带着颤抖。

"明珠,不要怕,有妈妈在。"霍桂花盯着两只恶狼,努力镇定地安抚着明珠。

两只恶狼一步步向霍桂花靠近着，不时甩动一下那长长的、毛茸茸的尾巴。霍桂花一步步向后退着，嘴里仍不停地发出"介嘿——介嘿——"的驱赶声。就这样僵持了几分钟后，两只恶狼大概看到没有任何危险，于是身子往后一弓，做出凶猛的前扑状，一齐朝霍桂花扑来。霍桂花一边躲闪，一边扑倒在地，用自己的身体，严严实实地挡在了明珠的身上，并挥舞起一只胳膊，拼命反抗着恶狼的袭击。

"怕——怕——"明珠的声音越来越急促，已经哭了出来。

"明珠，不要怕，有妈妈在。"

霍桂花的手，很快便被一只恶狼咬破了，血腥的气味刺激着两只恶狼的嗅觉。它们再次朝霍桂花猛扑过来，眼看霍桂花就要落入狼口了，就在这千钧一发之际，漆黑的夜空中，传来了几声"砰砰砰"的枪响。随着这几声枪响，两只恶狼丢下霍桂花，掉头仓皇地向远处逃去。

很快，从枪响的地方，传来了一阵急促的马蹄声和一群人的嘈杂声，他们朝霍桂花这边而来。跑在最前面的，是阿木古冷和达木林、宝音达来、阿优尔吉，只见他们手中端着猎枪，在马儿距离霍桂花还有几十米时，便侧身到了马背的左侧，做好了翻身下马的准备。待马儿将要来到霍桂花跟前时，他们纵身一跳，从马上翻了下来，然后疾步来到霍桂花的面前："霍老师！霍老师！"

这时，跟在他们后面的巴特尔和赵大宝也举着火把赶了过来，大家一起奔到霍桂花面前，喊着霍桂花的名字。

疼痛中的霍桂花听到有人来了，全然不顾还在流血的手，急忙朝地上摸去："明珠，我的明珠呢！"大伙儿这才发现，明珠被霍桂花紧紧地护在身体之下。于是大家急忙把明珠抱起来，放到霍桂花的怀里。霍桂花借着火光，看到明珠没有受到一丝伤害，情绪才慢慢稳定下来。

就在大家搀起霍桂花,准备扶她上马时,从霍桂花的怀里,传来一阵轻微的呼唤声:"妈妈,妈妈。"

霍桂花低头往怀里一看,声音是从明珠嘴里发出来的,她又惊又喜,眼泪也随之夺眶而出:"明珠,明珠,我的好孩子,你终于开口说话了!"

"妈妈,妈妈。"明珠又叫了一遍,接着,又用那双柔软无比的小手去摸霍桂花的脸庞。

## 二十二　赵清川回到山西

就在赵大宝和霍桂花离开山西后的第十个年头，太原民政部门从南方调来了一位身材挺拔的中年男人，他的年龄在四十开外，国字脸，剑形眉，一看就是有多年入伍经历的军人。这个人，不是别人，正是当年驻守在太原东山一带的解放军某旅五团团长赵清川。太原解放前夕，赵清川一直在东山牛驮寨方向等待那位送城防图的同志出现，却始终没有等到。总攻战役打响的时候，他才得知城内已经有人经小窑头方向将城防图送到了前线指挥部。他想再具体了解一下送城防图同志的具体情况，但得到的答复是，那位同志在将城防图送到后，就悄悄离开了。这让他感到十分遗憾。太原解放之后的第三天，赵清川跟着部队南下，一直打到海南岛，并在那里工作了几年，后来由于身体原因，组织决定安排他回到山西老家，同时，尊重他本人的意见，安排他到地方民政部门工作。

赵清川之所以选择到民政部门工作，是因为他忘不了十多年前发生在太原东山脚下小树林里的那一幕，忘不了老石牺牲前的情景。因此，他也无时无刻不惦记着那块蓝手帕，惦记着那位送城防图的同志。在这之前许多年里，他走南闯北，一直没有机会寻找与城防图有关的同志，如今，他回到了太原，内心最大的愿望就是找到那位持有半块蓝手帕的同志。

到太原民政部门工作后不久，赵清川理顺了手头的一切事务，一天，他召集民政部门工作人员开会，要求大家围绕太原解放时期和送城防图情报有关的同志展开寻找。工作人员听了后，都面面相觑，不少人窃窃私语起来。

"这解放都十多年了，到哪儿去找这些人？"

"是呀，什么头绪都没有，怎么找？"

"据说当时城内地下组织非常多，光地下党员就有上千人，可如今这些资料不完善，要寻找这些人，困难程度就像大海捞针。"

"大海捞针？那得下多大的功夫啊，说不定，到最后是白忙活一场。"

…………

大家就这么你一言、我一语地低语着。这时，一位名叫卫国华的工作人员站起来，对赵清川说："局长，时间都过去了这么久，要想找到这些人，恐怕困难太大。"

赵清川用理解的目光看了卫国华一眼，并示意他坐下，然后又用同样的目光扫视了大家一圈，缓缓地说道："困难再大，我们也要找到他们。"赵清川说完，从桌上的一个木盒子里，慢慢拿出了半块叠得整整齐齐的蓝手帕，在大家的不解之中，极具深情地讲述起了这块蓝手帕的故事。

会议室里，随着赵清川的讲述，声音渐渐变得安静了下来，之前交头接耳、窃窃私语的现象，不见了，取而代之的，是鸦雀无声。大家被赵清川的讲述深深地吸引住了，他们屏住呼吸，认真地听着，生怕漏掉了一句话、一个字。

赵清川在大家的注视中，也仿佛回到了太原解放前夕那个冬日的清晨，回到了那片小树林中。老石牺牲前的一幕，又一次浮现在他的眼前。最后，他动情地对大家说道："当年那位联络员牺牲前，将这半块蓝手帕交给我，并留下六个字'地下党，城防图'，意思是城内的地下同志，会在之后带着侦查到的绝密情报城防图，拿着和这一样的半块蓝手帕出城和他接头。这位联络员说完就牺牲了，而城内那些完成送城防图任务的地下同志，他们姓什么、叫什么，后来怎么样了，我们都不得而知。如今，我们新中国让老百姓过上了好日子，大家说，我们应不应该找到他们？"

大家听完赵清川这一番讲述后，有的红着眼圈，有的满含热泪，有的胸脯一起一伏，有的悄悄抹去眼角的泪水。

卫国华惭愧地低下头，湿润着眼眶说道："局长，就是有再大的困难，我们也要找到这些同志。"

草原上一年一度的转场又要到了，由于集二铁路开通后，沿途牧民家的牛羊数量成倍增长，因此转场的牛羊群规模也越来越大。而当这些牛羊成群结队、颇为壮观地自东向西或自西向东转场时，都会跨越集二铁路，运行中的列车每当遇到转场的牛羊，常常不得不停下来，直接影响行车运输。这也给位于草原深处的各个车站，提出了一个新课题，那就是如何既能保证牛羊群安全通过铁路线转场，又能不影响火车的正点运行。这个看似矛盾的问题，也摆在了锡林呼都嘎站职工的面前。

这一天，车站会议室里，大家就这个问题商讨了起来。

先是巴特尔讲话，他说："同志们，今年牧民的转场时间就要到了，大量的牛羊群要经过我们的铁路线，上级要求我们必须安全保证牛羊群和列车的共同安全，这是一项艰巨的任务呀，大家有什么好的建议，都畅所欲言。"

会议室里，立刻发出一阵"嗡嗡嗡"的讨论声。片刻，一名叫乌力吉的职工站了起来，他率先发言道："站长，又要让火车正点跑，又要保证牧民转场安全，这能有什么好办法，我看，只能在转场的时节，让火车暂时停运几天，这肯定不会出事。"他的话音刚落，便引起大家哄堂大笑。

一名职工站起来反驳他道："乌力吉，你说什么呢，你以为火车是你家的马车，说开就开，说停就停，要是那样，不乱套了吗，国家的物资还怎么运输呢？"

一旁的职工点头附和："就是，就是……"

看到乌力吉窘得脸都红到了脖子根，巴特尔摆了摆手，示意大家安静，并接着说道："既然乌力吉说的办法行不通，那大家就再议一议其他的办法。"

会议室又是一阵"嗡嗡嗡"的声音，但这次没人再站出来。就在巴特尔的眉头越皱越紧时，赵大宝从座位上站了起来，环顾了一下身旁的同事，然后看向巴特尔，说道："站长，牧民转场，牛群羊群众多，跨铁路时，一旦遇到有火车驶过来，那牛羊群受到惊吓，肯定会出事。但如果因为这个顾虑，而就让火车停止运行，那也不现实，咱开通火车是为了什么，不就是为了让牧民们过上更好的日子吗。"

大家看着赵大宝，互相点着头，巴特尔也表示赞同赵大宝的观点："大宝，你继续说。"

赵大宝接着说道："我了解过，这牧民转场，每年来来回回都会有好几次，我想，咱们能不能给牧民转场划定一个具体通道，就是专门给牛羊设置一个道口，然后根据列车运行间隔的时间段，安排专人在这个通道处配合他们尽快组织牛羊通过。这样，一来，可以避免火车通过时，惊扰或撞伤牛羊，给牧民造成损失；二来，也减少转场期间，因牛羊占道，对国家物资运输造成的影响。"

赵大宝刚一说完，大家就纷纷议论道："这办法好，既保证了牧民的利益，又保证了铁路运输的畅通。"

巴特尔也连连点头道："赵大宝的这个意见好是好，可派谁去配合牧民转场呢？这个人，必须能够清楚地把握好前后列车到来的时间，必要的时候，还要采取非常措施。"

大家一听，又"嗡嗡嗡"了起来，不少职工举手表示自己可以去，但巴特尔看了看他们，都不太放心。这时，赵大宝站起来说："站长，我去吧。"

巴特尔忙制止他："大宝，你快坐下，配合牧民转场很辛苦，需要来来回回不停地走动，你的腿不行。"乌力吉和大家在一旁争着说道："就是，不能让大宝同志去，站长，让我们去吧。"

赵大宝望着大家，真诚地说道："大家别争了，我的腿不碍事，还是我去吧。"


草原小学的孩子们，渐渐长大了，度贵玛与其木格他们在霍桂花的悉心辅导下，考到了更远的中学读书，成为品学兼优的学生，如果不出意外，度贵玛与其木格姐妹俩双双考入内蒙古大学，是没有问题的，这让她们的妈妈娜仁对霍桂花一直心存感激。虽然两个女儿已经离开了草原小学，但娜仁还是常常利用霍桂花放学的时候，邀请她到家里小坐一会儿，喝杯奶茶，吃块儿奶酥。

霍桂花知道这是草原牧民最朴实的待客之道，不能回绝，于是总是感激地接受，并在与娜仁的攀谈中，了解度贵玛与其木格姐妹俩的学习情况。还一度写信，让山西的同事帮忙在太原给度贵玛与其木格姐妹俩购买了许多的学习书籍和课外读物，其中杨沫的《青春之歌》受到了姐妹俩的喜爱。她们为林红在狱中那坚韧不屈的意志和林道静对党的真挚情感所感动，甚至能将林红在狱中即将赴死的时候对林道静说的一番话倒背如流："一个人要是有了共产主义的信仰，要是愿意为真理、为大多数人的幸福去斗争，甚至不怕牺牲自己生命的时候，那么，他一个人的生命立刻就会变成几十个，几百个，甚至全体人类的生命那样巨大。"

度贵玛与其木格常常利用星期天回家的时间，专门到霍桂花家找这位亲爱的老师交流读书的感受，当度贵玛与其木格问霍桂花，在战争年代，革命志士都是如此勇敢、如此不怕流血牺牲吗？霍桂花朝他们认真地点了点头。有一次，度贵玛和其木格望着霍桂花，冷不丁地问："霍老师，如果是您，您也会成为林红和林道静那样的英雄吗？"霍桂花听了，像是想起了什么，送城防图时的一幕幕，又浮现在她的眼前。她看着眼前度贵玛与其木格那期待的目光，温和地说："老师没有她们那么勇敢，也成不了她们那样的英雄。"

巴图也从草原小学毕业了，他在马喜子和梁秀秀的帮助下，离开锡林呼都嘎，到集宁中学读书，学习成绩一直名列前茅。就连明珠，也是一名二年级的学生了。

时间过得真快呀，现在，又一批牧民的孩子，穿着鲜艳的衣服，背着各色的新书包，走进了草原小学，来到了霍桂花的面前。霍桂花仍旧像爱自己的孩子一样，爱着他们，教育着他们，草原小学的上空，时时传来孩子们朗朗的读书声。

赵大宝离开车站会议室，朝霍桂花所在的草原小学走去。此时，一座座洁白的蒙古包像清晨的露珠一样洒落在绿茵茵的草地上。赵大宝来到草原小学，看到教室里霍桂花正在给孩子们上课，这也是赵大宝第一次听霍桂花给草原的孩子们上课，于是在窗外认真地听了起来。

霍桂花讲的是龙梅和玉荣的事情，这是不久前发生在草原上的一个感人故事。蒙古族两位小姐妹龙梅和玉荣在为生产队放羊的时候，遇到了暴风雪，羊群在暴风雪中被大风吹散，顺着大风到处乱跑，龙梅和玉荣两个小姐妹一边和风雪搏斗，一边去追赶受到惊吓的羊群。天黑了，暴雪依旧蒙头盖脸地下着，大风依旧呼呼地刮着，一只羊不小心掉进了雪坑里，姐姐龙梅奋不顾身地跳下去，扒开雪，把羊救了出来。这时，走在前面的妹妹玉荣发现有几只羊也掉进了雪坑里，于是顾不上脚上的毡靴已经走掉，光着脚便扑进了雪坑中把几只羊救了上来，而她自己的脚，在救小羊的过程中，被冻成了冰坨子，失去了知觉。从后面赶来的龙梅看到后，急忙要把自己的靴子脱下来给妹妹，可这时她才发现，自己的靴子已经和脚冻在了一起，于是从她袍子上撕下一块棉布，包住妹妹的脚，背着妹妹，继续赶着羊群往回走。就在龙梅又累又冻倒在雪地里的时候，前来寻找和营救她们的铁路职工与公社干部赶了过来，把她们救了回去。她们姐妹的英雄故事，很快在草原上传播开来。

霍桂花讲得很生动，孩子们听得很专注。讲到最后，霍桂花问道："同学们，大家说说，龙梅和玉荣小姐妹这种热爱集体财产的行为值不值得我们学习？"

"值得——"教室里传来了孩子们齐刷刷的声音。

"那这对小姐妹勇于战胜困难的崇高品格值不值得我们学习？"霍桂花接着又问。

"值得——"教室里又是齐刷刷的声音。

这时，霍桂花一扭头，看到了站在窗外的赵大宝。于是，她让孩子们先自由复习一会儿，然后走出教室，来到赵大宝身旁："大宝，你怎么来了，有事？"

赵大宝打趣地说："怎么，没事就不能来听听你给孩子们上课？"

"我都讲了多少年了，也没见你来听过，今天你来肯定有事，快说什么事。"霍桂花笑着说道。

"真是什么都瞒不过你呀，桂花，我过来给你说一声，这几天我要去趟铁路沿线，帮着牧民们转场，你和明珠在家，如果有什么事，就去找巴特尔和高娃。"

霍桂花听赵大宝说完，问道："转场？你们怎么还负责转场呢？"

"这不是牧民的牛羊越来越多了么，转场期间牛羊群要跨过铁路线，有很大的危险，为了防止万一，我过去一下。"

霍桂花看看赵大宝的腿，担心地问道："那你行吗？"

赵大宝安慰她道："放心，没问题。"

"那你快去快回，注意安全。"

"嗯，我会很快回来的，去吧，别耽误了给孩子们上课，还有，别忘了晚上替我亲亲宝贝明珠。"

赵大宝说完，和霍桂花告辞。霍桂花一直目送着他走出校门，才返回教室。

一望无际的草原上，铁路线伸向远方。阿木古冷和达木林、宝音达来、阿优尔吉以及其他牧民们骑着骏马，赶着牛群、羊群朝铁道线方向而来。赵大宝已经在这里等待他们了。

阿木古冷他们远远地便看到了赵大宝，他们翻身下马，来到赵大宝面前："大宝师傅，你好！我们又见面了！"

"阿木古冷，你们好呀！"赵大宝一边和他们打着招呼，一边望向正在走过来的羊群，夸赞道："好多羊呀，这得有两千只吧。"

阿木古冷哈哈笑道："好眼力。"然后指了指羊群，接着对赵大宝说道："这些都是通过火车运来的优质绵羊，加上这几年风调雨顺，牧草长势喜人，所以羊的繁殖能力也强，现在少说也有两千只。"

"真是喜人呀。"赵大宝看着那些长得圆嘟嘟的绵羊说道。

"是呀，这不，羊多了，我们转场的次数也跟着多了。一年来来回回要从这铁路线上过好几回，真是让人又喜又愁。"

"愁什么？"赵大宝问。

"过铁道线呀，不是羊把火车逼停了，就是火车把羊群冲散了，把羊都吓跑了，你说我们能不愁吗？"

赵大宝听后，笑着对阿木古冷他们说道："从今以后你们不用愁了。"

"为什么？"阿木古冷问。

"以后你们转场过铁路线时，我们车站派人来帮助你们。现在，你们听我的指挥。"

"啊——那太好了。"阿木古冷说完又接着问道："那现在羊群可以过铁路线了吗？"

赵大宝低头看了看手表，还有五分钟，将有一趟火车通过，于是他告诉阿木古冷："现在还不能。"

"为什么？你不是来帮我们的吗？"

"五分钟后有一列火车通过，它过去后，这个区段将有半个小时没有列车，你们可以利用这个时间段，组织羊群跨过铁路线，我来帮你们瞭望和把握时间。"

"哦，原来这样，大宝师傅，你真是我们的好朋友，我们一定听你指挥。"阿木古冷说道。

"好了，快去通知后面的牧民朋友，五分钟后开始过铁路，现在先把羊群赶到安全地带，免得火车过来，羊群受到惊吓。"

"好嘞，我们这就去。"阿木古冷他们转身朝后面的牧民们走去。

果然，五分钟后，一列火车吐着蒸汽从赵大宝他们面前驶过。阿木古冷和牧民们把羊群保护在距离铁道线百余米的安全地带，几只小羊看见火车过来，抬头安静地看着远处的这个庞然大物。火车上的司机也远远地看到了等候在远处的牧民和大片羊群，好奇地张望着。

火车过后，赵大宝吹响口哨，并喊道："阿木古冷，告诉大家，可以转场了——"

很快，传来了牧民们的声音："转场了——转场了——"

随着这些喊声，羊群像听到命令的千军万马一样，"踢踏踢踏"地埋头跑着朝铁道线涌来，远远望去，就像一大片白色的云朵，从铁道线的一侧慢慢移向另一侧。不时，有一些小羊，掉转身子，顽皮地朝来时的方向跑去，或者在钢轨上蹦跳几下。赵大宝看到后，走上钢轨，将他们一一抱起来，抱过铁道线。

二十分钟过去后，第一批羊群安全地通过了铁道线，阿木古冷和大家骑上马，与赵大宝告别。

这时，又一批牧民赶着羊群，远远地朝赵大宝所在的地方而来，他们，也是要转场的牧民。

赵大宝上前迎着他们，请他们等待下一个时间段过铁道线，牧民们下马，和赵大宝热情地打着招呼，表示愿意听从赵大宝的安排。

又一列火车驶过后，牧民们在赵大宝的指挥下，赶着羊群缓缓地从铁道线上通过。几只刚出生的小羊掉队了，它们"咩咩咩"地在后面叫着，犹豫着不敢迈过铁路线。赵大宝看到后，一一抱起小羊，把它们送到铁道线对面的羊群中。

天渐渐黑了下来，上万只的羊，已经安全地通过了铁道线。其他还没转场的牧民，在距离铁道线不远处，扎起了帐篷，准备等第二天天亮再转场。

赵大宝不放心，于是在距离他们不远的地方，席地而卧。此时，草原的天空繁星点点，犹如浩瀚的海洋，闪着迷人的亮光。赵大宝躺在松软的草地上，伸展双腿，这才感觉到右腿已经累得有些发酸。

夜色中，几个牧民朝他走了过来："赵同志，草原夜深露重，走，到我们的帐篷里喝杯奶茶去。"说着，他们不容赵大宝推辞，便热情地将他迎进了帐篷。在大家的好客声中,赵大宝又一次品尝到最美味的奶茶。

几天过去后,锡林呼都嘎的牧民全部结束了转场。赵大宝回到车站,巴特尔刚一见到他,就高兴地说:"大宝,咱们帮助牧民转场的做法,得到上级的认可,受到了表扬,还准备在沿途的牧区车站推广呢。"

"太好了,那样不仅咱们这一区段,其他区段也不用担心转场安全了。"

"是呀,这多亏了你想出的好办法,又科学,又合理。"

"这是咱们车站集体的智慧,可不是我一个人想出来的。"

巴特尔听赵大宝这么一说,哈哈哈地笑道:"听你的,你说是集体的,就是集体的。"

自从赵清川安排寻找与城防图有关的同志后,太原市民政部门的工作人员便分头打听、走访当年参与太原解放的地下工作者们,但由于当时这些同志和所在的地下党支部基本上都是独立作战,各支部之间没有往来,所以,进展很是缓慢。这让赵清川感到有些忧心,因为他知道,随着时间的推移,当年送城防图有关的线索,会越来越少。他不止一次地站在办公室的窗户前,也不止一次地仰望夜空,眉头紧锁。也在心里千万次地呼唤过那个和城防图有关的同志,希望能早一天见到那位同志,看看他生活得怎么样,需不需要组织的帮助。

终于,有一天,卫国华兴冲冲地走进办公室,带给他一个好消息:"局长,根据现在走访的情况来看,当年送城防图的地下党员,有可能是一群铁路工人。"

"铁路工人!快说说详细情况。"赵清川激动地一下子从座椅上站了起来，眼中也闪出了一丝久违的亮光。

"局长您别急，我们也是在走访中得知当年可能存在这么一个地下组织，具体情况还需要进一步调查。"卫国华说道。

"好好好，你们沿着这个线索，抓紧时间，尽快调查。"赵清川安排道。

"是！"卫国华一脸高兴地回答道，并转身离开。

想到不久后，就能找到那位与城防图有关的同志，赵清川此刻的内心，也涌起了一阵涟漪。

但令赵清川没想到的是，没多久，受当时政治环境的影响，他的工作，便被停止了。

而且，这一停，便是十年。


草原的夏日，时而晴空万里，时而大雨滂沱。在一个暴雨如注的午后，巴图推开了霍桂花的家门。

"干妈——"巴图一进门，就亲热地对霍桂花喊道。

正在家中给孩子们备课的霍桂花抬头一看是巴图，也高兴地招呼道："巴图，来，快让干妈看看。"

"巴图哥哥——"坐在霍桂花身旁的明珠，看到巴图，也亲热地叫道。

此时巴图已有十七岁了，再也不是以前那个偎在大人怀里要糖块儿吃的小孩子了，尤其是到了集宁中学读书后，身体发育得更快了，一米七八的个头，配上那厚实的身板，轮廓分明的五官和鲜明的藏族服饰，都让他浑身散发着草原小伙儿特有的气息。

"干妈，这是从集宁给您和干爸，还有明珠妹妹捎的点心，你们快尝尝。"巴图说着，来到霍桂花身旁，把手中的两包点心递了过去。

霍桂花接过点心，关心地问道："巴图，今天不是星期天，你怎么跑回来了，有什么事吗？"

巴图坐到霍桂花对面，看着她，又思索了一下，说道："干妈，我们学校停课了。"

"停课？"霍桂花好像也想起了什么，不再说话。过了好一会儿，她又问巴图："那你回来准备做什么？"

"干妈，我插队到附近的公社了，不过，我会在劳动之余，继续把高中的课本自学完的，我想，我们很快就会回到学校的。"

霍桂花听了，点头对巴图说道："这就对了巴图，别忘了，干妈希望你有朝一日，能考到首都的大学，成为咱们锡林呼都嘎第一批到北京读书的大学生。"

"干妈，我忘不了。"巴图说完，打开用毛边纸包着的点心，拿出两块儿，分别递给霍桂花和明珠。

"那就好。"说完，霍桂花微微地笑着，并轻轻地咬了一口点心，接着说道："真甜呀。"

明珠也在一旁学着妈妈的样子，说道："真甜呀！"

"干妈和妹妹要是爱吃，以后我每次去集宁都给买一些回来。"巴图在一旁又亲热地说道。

霍桂花慈爱地看着巴图，放下手中的点心说道："真快呀，干爸干妈刚来的时候，你才这么点儿。"霍桂花说着，俯身用手在膝盖处比画了一下，然后又直起腰，笑着说道："一转眼，你就成了大小伙子了。"

"是呀干妈，这都十多年过去了。"巴图满脸朝气地说道。

"如果解放活着，应该和你一样，也是个大小伙子了。"霍桂花看着巴图，喃喃地说道。

"解放？解放是谁？"巴图微微一怔，忙问道。霍桂花这才猛然意识到自己刚才的失态,她打住了话,然后又嘱咐了一番巴图,让他到了公社好好劳动。

秋日的草原,总是给人一种迷人的渐黄与渐绿,让人联想到醉人的收获。在这个喜悦的季节,娜仁和丈夫提着点心,来拜访高娃和霍桂花,并向她们发出诚挚的邀请,希望他们两家人能参加他们的女儿度贵玛的婚礼。娜仁还告诉霍桂花,度贵玛已经大学毕业,和男朋友都分配在集宁医院工作,婚礼在即,度贵玛特意嘱咐家人,一定要把她敬爱的霍老师请到家里来参加婚礼。

听说度贵玛要出嫁了,霍桂花心里是三分惊七分喜,因为这是她来到草原上,培养出的第一个大学生,而且即将成亲,怎能不令她高兴。

婚礼很快便到来了,霍桂花和高娃,还有赵大宝、巴特尔他们带着明珠,备好祝福的礼物,早早来到娜仁的家。他们带来的礼物,是两条上好的床单和两块织造精美的绸缎被面。娜仁和丈夫看到他们到来,快步出门将他们迎了进来。

布置一新的蒙古包内,不少亲朋好友已经赶到,度贵玛也早已盛装打扮。她头戴七彩珠宝,身穿红色绸袍,胸前挂满了吉祥的装饰,正一脸娇羞地坐在屋子的最里面。当陪在她身旁的妹妹其木格告诉她霍老师来了时,度贵玛微微起身,要去迎接,却被已经快步走过来的霍桂花给拦住了。霍桂花拉着度贵玛的手,话语中溢满了祝福:"度贵玛,好孩子,今天是你的大喜日子,老师祝福你和心爱的人白头偕老,永结同心。"

度贵玛听后,弯下腰,向霍桂花说着感谢的话,感谢老师对自己的培养,从而让自己有机会进入大学,并认识了心爱的人。

不一会儿,外面传来了迎亲队伍到来的声音。新郎的家,离锡林呼都嘎不远,这一点,娜仁夫妇很是满意,因为这样,两家平时走动起来方便，且可以互相照顾。

迎亲队伍的声音，越来越近，前来参加这对新人婚礼的人们涌出蒙古包，朝迎亲的队伍望去。只见俊朗的新郎骑着一匹高头大马，身着喜庆新衣，并按照蒙古族结婚的习俗，佩戴着弓箭和箭筒，在迎亲队伍的陪伴下，牵着一匹骏马，来到度贵玛家门前，然后翻身下马，等候心上人出现。女方的亲戚看到迎亲队伍走近了，咯咯笑着假装把门堵住，不让新郎进来。

这时，迎亲的队伍中，有长者按照礼仪，上前对女方亲戚说道："贵方宠爱的姑娘已许配给我们小子为妻，择得今日这个良好时辰前来迎娶，请接受我们圣洁崇高的迎亲之礼。"

女方亲戚中，有口齿伶俐者也立刻按照礼仪回道："何为崇高圣洁的象征？哪是安乐幸福的吉兆？这些珍贵的礼物，可给我们姑娘带来了吗？"

迎亲的队伍中又传来了声音："圣主成吉思汗的骏马中，精选了一匹宝马，日行千里见日，夜行八百载星……"

一番辞令对答后，新郎这才被簇拥着请进蒙古包。人群中，他弯腰向每一位长辈行礼。当他来到霍桂花面前时，霍桂花向他说了同样祝福的话："孩子，祝你们白头偕老，永结同心！"新郎一听，便猜出眼前的这位中年女子，就是自己心上人的恩师，于是再次行礼，并向霍桂花送上了洁白的哈达。

热闹的迎亲仪式结束后，度贵玛被迎上骏马，与新郎在家门前绕了三圈，这才随迎亲队伍幸福地离开。霍桂花望着马背上的度贵玛，对学生的祝福和对岁月的感慨一齐涌上了心头。

"妈妈，你和爸爸快来追我呀——"正在霍桂花感慨之际，耳边传来了明珠银铃般欢乐的声音。她回过神儿，循着明珠的声音望去，只见在前面不远处的草地上，身穿玫紫色蒙古袍、腰间束一条蓝色腰带的明珠正挥舞着一束金黄色的野花，朝他们这边喊着。当明珠确定爸爸妈妈看到了自己时，又高兴地在草地上雀跃了两下。

明珠已经十二岁了，在霍桂花和赵大宝的照顾与呵护下，这个曾经的孤儿已经不是刚来到草原时那个又瘦又弱的黄毛小丫头了。在过去的八年中，霍桂花和赵大宝把一切有助于身体成长的食物，都节省下来给了她，比如白面、大米、饼干、鸡蛋。这些食物，换来了明珠的茁壮成长，她的脸变圆了，个子长高了，气色充盈了，如今，虽然刚满十二岁，但站在那里，已经像一朵亭亭玉立的小荷，既有江南女孩的聪明与秀气，又有着草原女孩的明媚与活泼。

"妈妈，你和爸爸快来追我呀——"不远处，又传来了明珠银铃般的声音。霍桂花和赵大宝看着这个心爱的女儿，一起朝明珠跑去。草地上，明珠看到爸爸妈妈追了过来，撒着欢儿地又往前方跑去，远远望去，像一只欢快的小梅花鹿。

应娜仁夫妇的一再挽留，霍桂花和高娃，还有赵大宝和巴特尔吃了午饭才带着明珠回家。一路上，他们说说笑笑，笑语不断，霍桂花还把明珠采来的野花编成了一个花环，戴在明珠的脖子上，衬得明珠更加可爱。

## 二十三　上海来客

霍桂花他们回到家门口时，发现一对陌生的男女正站在门前的草地上。那对陌生男女显然是从外地来的，只见那男的，皮肤白而细，穿一件深灰色的中山装，中山装领口，很讲究地露着白色衬衫的衣领。在他的手中，拎着一个浅灰色、印着"上海"字样的拉链包，这种拉链包，只有大城市的商场才会有，小地方的人一般见不到，也买不起。再看那女的，脖颈颀长，短发微卷，上身穿一件灰色的上衣，下身穿一条深蓝色的裤子，手中拿着一条白色的手帕在来回地绞着。

"喂，你们找谁？"巴特尔上前大声询问道。

巴特尔的声音，仿佛吓到了这对陌生男女，他们一哆嗦，朝巴特尔看去，眼中露出一丝紧张和不安。

"你们找谁？"巴特尔又问了一句。这时，赵大宝和霍桂花、高娃、明珠也走了过来。

陌生男女看着眼前这几个人，更加紧张和不安起来。在大家的注视下，片刻，那男子开口说了话："我们是来……"他说到这里，犹豫地看了一下身旁的短发女子，像是后面的话难以启齿。

短发女子仍在绞着手中的白手帕，她看了一下身旁的男子，低着头难为情地吞吞吐吐说道："我们是来……找……孩子的。"说完，那短发女子的脸"刷"地一下子红到了脖子根。再看她身旁的男子，也同样成了红脸。

"找孩子？找什么孩子？"巴特尔奇怪地问道。

那陌生男子这时又犹豫了一下，同样吞吞吐吐地说道："我们……是从……上海来的，来找我们的女儿。"

在场的所有人听了，都大吃了一惊，尤其是霍桂花，差点儿一个趔趄摔倒在地，要不是一旁的赵大宝眼疾手快扶住她，她极有可能摔倒在地。

"妈妈，妈妈。"明珠看到霍桂花差点儿摔倒，急忙跑过来扶住霍桂花。

明珠的声音，吸引住了那对陌生男女的目光，他们不敢直视，但又忍不住用眼睛的余光窥探起这个孩子。

这一切，都没逃过巴特尔的眼睛，他看了看那对陌生男女，又看了看霍桂花身旁的明珠，越看越觉得明珠和那短发女子竟有几分相像，是眉宇，还是眼睛，还是鼻子，还是嘴巴，似乎都有些相像，巴特尔此时心中不由得大吃一惊，不愿再往下去想。

"我们这里没有你们要找的孩子，请你们马上离开。"巴特尔一脸愠怒地说道。

"可我们知道……"陌生男子好像很痛苦地说道。

"知道什么？"巴特尔不再看他们一眼，言语也变得有些冷冰冰的。

"我们知道孩子就在你们这里。"陌生男子颤抖着声音说道，此时，站在陌生男子身旁那位女子，已开始小声抽泣，她用手帕捂着自己的嘴，肩头一耸一耸。

这时，霍桂花的脸色渐渐苍白起来，赵大宝看着眼前的情况，也已经猜出了十之八九，他把难舍的目光投向了明珠。

十二岁的明珠此刻像是受到了惊吓一样，瞪着一双无助的眼睛看着霍桂花和赵大宝，从爸爸妈妈的脸上，她渐渐看出了什么。因为，在她十二岁生日的那天，妈妈就告诉过她，她是从上海送来的孤儿，她的家，在南方。其实，即便霍桂花不说，明珠也是有印象的，虽然这印象模模糊糊，但她还依稀记得自己被抛弃的情景。难道，眼前的这对陌生男女，就是自己的亲生父母吗？不，不，明珠捂着脑袋，摘下脖子上的花环，朝家中跑去。高娃急忙跟在她的身后，追了过去。

这时，霍桂花走近那对陌生男女："请告诉我，你们孩子的出生年月。"

那陌生女子听到霍桂花这么一问，急忙止住了抽泣，红着眼睛说道："一九五六年……三月二十日。"

霍桂花颤抖了一下身子，又问："出生地？"

那陌生女子又抽泣着答道："常州。"答完又从口袋中掏出一张照片，递给霍桂花："大姐，我这里有孩子小时候的照片。"

霍桂花接过照片，只看了一眼，便认出照片上那小女孩，正是小时候的明珠。在明珠的身旁，还有一个小男孩，看上去，比明珠要小，应该是明珠的弟弟。

霍桂花的身子，猛地颤抖了一下，她不再说话，在赵大宝的搀扶下，像一个苍老的妇人，噙着满眼的泪水，蹒跚地朝家走去。

此刻，明珠正趴在炕头，"哇哇哇"地哭着。霍桂花来到明珠的身旁，抚摸着她那因哭泣而抖动的脊背："孩子，门外的人，就是你的亲爸亲妈，他们来寻你了。"

"不，不是，你才是我的亲妈。"明珠说着，坐起身子，搂住霍桂花的脖子。

"傻孩子，你家在南方，那儿可比这儿的条件好多了，既然他们来找你，你就跟他们回去吧。"

"不，我不走，我不走，不要赶我走。"明珠又使劲儿大哭起来。

这时，那对从上海来的中年男女，在门外一直徘徊着，不好意思进来，但也不肯离去。

霍桂花待明珠的哭声小了一些后，让高娃去把那对上海来的夫妇叫进来，两人刚一进门，明珠便看见了，于是又抱紧霍桂花哭了起来。

霍桂花把明珠搂在怀里，眼里也布满了泪水，她问那对中年男女，当初为何要把明珠丢弃，而如今又要找回去。那对中年男女听了，惭愧地低下头，说当初因为吃不饱肚子，一时犯了糊涂，才把孩子给扔了，如今生活条件好了，就想把孩子找回去。他们说完，低下脑袋，恨不得找个地缝钻进去。

霍桂花看到他们是真心后悔，便又看了看还在她怀里抽泣的明珠，抚摸着明珠的头，对那对中年男女说道："孩子一时接受不了这个事实，让我们再做一做她的工作，你们明天来领她吧。"那对中年男女一听，脸上立刻泛出了一丝惊喜，就连眼中的泪光，也由悲转喜。他们走上前，拉开皮包，掏出几包花花绿绿的东西，放到霍桂花面前："大姐，这是我们从上海带来的奶糖和点心，请你一定收下。"

"你们把这些东西带回去吧，我们不需要。"霍桂花说道。

"这是我们的一点儿心意，请收下吧。"那女的说着又把东西往霍桂花面前推了推。这次还没等霍桂花开口回绝，明珠一翻身，从霍桂花怀里坐起来，把那些东西一把推了回去："不要，我们不要你们的东西，你们快拿走，拿走！"说完，她又钻在霍桂花的怀里俯身哭了起来。

那对中年男女尴尬地互相看了一眼，然后收起东西讪讪地离开了霍桂花的家。

草原上的夕阳，几乎是跳跃着落到地平线下的，白天还热闹的草原，随着夕阳西下，渐渐宁静了下来。锡林呼都嘎车站，偶尔会有一趟火车经过，或向南而行、或向北而去，在夜幕中，留下一长串的白色蒸汽和汽笛声。明珠大概是白天哭得有些累了，此时已在霍桂花的照顾下，躺在炕上睡着了，她的脸上，还挂着泪痕，任谁看了，都会心疼。

霍桂花用手帕轻轻拭了拭明珠脸上的泪痕，又默默地端详了明珠一会儿，然后动作缓慢地开始收拾明珠的衣物和书包，她每收拾一样东西，都要回头看一眼熟睡中的明珠。眼神中，充满了万般的不舍。

看到这一幕，一直守在她身旁的巴特尔和高娃揪心地问道："霍老师，你真决定让明珠跟他们走？"一旁的赵大宝，也担心地看着霍桂花，他知道这些年来，妻子对明珠给予的爱有多大。他担心，明珠如果真的离开，对霍桂花无疑又是一次致命性的打击，而且，这打击并不亚于当初送城防图时失去腹中孩子的程度。想到这里，他也上前对霍桂花说道："桂花，你……"

"你们都别说了，我明白你们的意思，可是我想，让明珠回到她亲爸亲妈那里，总不会错，再说，上海各方面的条件都比咱这儿要好许多，应该让她回去。"霍桂花说着，又回头看了明珠一眼，泪花在眼中闪动着。

"那你舍得？"巴特尔和高娃又问。

"说舍得，那肯定是假话，毕竟这么多年我们把明珠视同己出，但纵有万般的不舍，我们也不能代替明珠亲生父母的爱，我们不能太自私了，所以，还是让她回去吧。"霍桂花说到这里，又拿起几个作业本装进明珠的书包中。这时，赵大宝从她的手中，拿过书包，拦住她放作业本的手，并轻声地说道："桂花，就让我们自私一回吧，就这一回，把明珠留给我们。"

霍桂花抬起头，愣愣地看着赵大宝，她知道丈夫这么做，完全是为她考虑，但作为一个女人，她知道失去孩子的痛苦，所以，她不愿把这种痛苦，转嫁到明珠母亲的身上。正当她要开口说什么，巴特尔和高娃先说了话："霍老师，大宝兄弟说得对，咱们就自私这一回，再说，当初是他们把明珠扔了，现在又想要回去，若论自私，他们才是最自私的人。"

霍桂花听了他们的话，停止收拾东西，她的眼睛再次朝明珠那白净而恬美的小脸看去，此刻，睡梦中的明珠，就像童话中的公主一样，那张惹人喜爱的脸庞，如同草原上最美丽的花朵一样。

"不了，我们不能那么做，还是让明珠跟她的亲生父母回去吧。"霍桂花像是下了最后的决心，说道。

"那如果明珠坚持不走怎么办？她都这么大了，有自己的选择。"赵大宝问道。

"明珠虽然十二岁了，但说到底，她还是个孩子，有些事情，还需要我们大人帮她做选择，现在看来，她肯定是一时不接受，但将来她一定能理解我们。"霍桂花说道。

"好吧，那我们听你的。"赵大宝看了看明珠，叹了一口气说道。

夜晚的草原，除了天空中闪烁的繁星，便是被黑夜笼罩的大地，偶尔，空旷的原野上，会传来几声汽笛，划破沉寂的夜色。

巴特尔和高娃离开后，赵大宝和霍桂花又聊起了明珠，他们从这个孩子进门的第一天起，一直聊到明珠十二岁，往事历历在目，犹如昨日一般。聊到最后，两人竟毫无睡意，一左一右分别趴在明珠面前，像看一件宝贝一样，看着这个养育了八年的女儿，不舍得合一下眼。

天快亮的时候，霍桂花起身下床，赵大宝问她干什么去，她小声地说道:"我去给明珠烙几张葱花饼,再煮几个鸡蛋,带到路上吃。"

赵大宝说:"那你轻点儿,别吵醒孩子,让她多睡会儿,明天回上海,要坐好长时间的火车呢。"

霍桂花一听,蹑手蹑脚起来。

清晨,明珠在一阵鸟鸣声中醒来,她一睁眼,便看到霍桂花和赵大宝围在自己的面前,这种情形,明珠记忆中有过好多次,每次都是出现在自己生病的时候,可今天,自己没有生病,爸爸妈妈为什么这么围着自己?忽然,她想起了什么,急忙从炕上坐起来,拉住霍桂花和赵大宝的手,眼圈也随之又红了起来:"爸爸妈妈,不要让我跟他们走。"

霍桂花抱住明珠,劝道:"明珠,你应该跟他们回上海,首先,他们是你的亲生父母,是你在这个世上最亲的人,另外,上海各方面的条件都比这草原上要好许多,乖孩子,听妈妈的话,回去吧。"

"不,我不走,呜呜呜——"明珠说着又哭了起来。她的哭声,很快便引来了住在隔壁的巴特尔和高娃。

"霍老师,昨晚明珠的爸妈就住在车站候车室,要不我和高娃现在去告诉他们,让他们走吧,别打扰孩子了,你看明珠这哭的,会哭坏身体的,明珠的体格你又不是不知道。"看着明珠哭哭啼啼的模样,巴特尔忍不住劝道。

"不了,你去把明珠的亲爸亲妈叫来,让他们现在就来带孩子走吧。"霍桂花对巴特尔说。

明珠一听,哭得更加厉害了。

不一会儿,明珠的亲生父母跟着巴特尔走了进来,霍桂花让他们来到明珠的面前,把明珠的一只手,放到了明珠亲妈的手中,双眼含着泪花说道："明珠就交给你们了，你们带她走吧，回去后，一定要好好对她。"说完，又对一直紧紧靠在自己怀里的明珠说道："好孩子，跟你亲爸亲妈走吧，他们会给你更好的生活。"

赵大宝将明珠的衣物和书包一一递给明珠的亲爸。明珠的亲爸从钱包里拿出一百块钱，递到赵大宝面前："大哥大姐，这是我们夫妻俩的一点儿心意，这么多年你们抚养孩子，也不容易，请你们收下吧。"

"不不不，我们不能要，我们从保育院把明珠抱回来，国家和政府每月都给孩子补助。"

"可你们为了养育这个孩子，也花费了不少心血。"

"那也不能要你们的钱，我们当初既然收养了明珠，就有责任养育她。"两人你来我往，互相推让，最后，还是赵大宝说服了明珠亲爸把钱收了回去。

明珠的亲妈拉着明珠的手，明珠的亲爸拎着明珠的衣物、书包以及霍桂花给明珠准备的吃的，在霍桂花和赵大宝、巴特尔和高娃的陪同下，走出了屋门。

一阵微风吹来，伴着草原的清香，但每个人都没有心情去呼吸和感受这醉人的空气。霍桂花走到家门口，便站住了，对明珠的爸爸妈妈说道："我就不送你们了，路上照顾好明珠。"说完，霍桂花便扶着门框，朝明珠摆了摆手："明珠，回去听你爸爸妈妈的话，好好学习。"

一直哭哭啼啼的明珠听到这里，回头看了霍桂花一眼，然后使劲儿挣脱掉她亲爸亲妈的手，奔向霍桂花："我不走，我回去了，他们还会把我扔了——"

明珠的这句话，让大家都不由得愣住了，这时，明珠又接着哭道："当初他们在我和弟弟中，就选择把我扔掉，将来，如果再选择，他们还会抛弃我，我不回去。"

　　霍桂花听明珠这么一说，脸色一下子变得难看起来，走到明珠亲爸亲妈的面前，问他们是怎么回事儿。这时，明珠的亲爸亲妈才遮遮掩掩地把实情告诉大家。原来，当年由于粮食短缺，家里捉襟见肘，为了节省粮食，他们决定将女儿遗弃，留下儿子。就在两人商量这件事的时候，没想到被四岁的明珠听到了，当时，明珠哭着哀求他们不要把自己扔掉。他们担心明珠的哭声引来邻居，所以吓唬明珠，不许出声，出声就把她扔掉，明珠吓得赶忙住嘴，不敢再哭，尽管如此，他们还是趁着明珠熟睡的时候，把明珠抱出家门，遗弃在了孤儿院门前。听完明珠亲爸亲妈的讲述，霍桂花气得浑身发抖，来到明珠的亲爸亲妈的面前，一字一句地问道："我问你们，如果再出现粮食不足，你们还会选择遗弃明珠吗？"

　　明珠的亲爸亲妈一时无言以答，语塞地站在那里，许久，他们满脸羞愧地把明珠的东西又交回到赵大宝的手中，并向霍桂花和赵大宝深深地鞠了一个躬，说道："巴特尔已经将你们这么多年抚养明珠的经过告诉了我们，你们对明珠的爱，远远超过了我们，所以，还是把明珠留给你们吧，我们不配做她的父母。"说完，他们又深鞠了一躬，转身离去。

　　明珠看着他们离开，这才慢慢停止了抽泣。

## 二十四　中断十年的寻找

赵清川再次恢复工作的时候，已经是一九七七年的春天了。过去的十年里，虽然他的工作停止了，但寻找与城防图有关同志的事，他并没有忘记。所以，恢复工作后的第二年，他再次提起了这件事。

转眼，几个月便过去了。一天，卫国华敲开他的办公室，向他汇报道："局长，我们通过走访，找到了几名太原解放时期的地下党员，您看看这些名单。"说着，卫国华把手中的名单交给了赵清川。

赵清川一边仔细地看着，一边肯定卫国华他们的工作："小卫，你们的进展很快呀，这些同志如今生活都好吗？需要组织帮助吗？"

卫国庆回答道："局长，我们挨家挨户上门进行了走访，这些同志目前生活得都很不错，工作也都不错。"

赵清川一听，面带微笑："那就好，那就好。"接着又关心地问道："那这些同志中，有没有和城防图有关的人呢？"

卫国庆又回答道："目前我们走访到的这些同志，当年都没接受过送城防图的任务，更没听说过蓝手帕。"

"哦。"赵清川听后，心中不由得微微一沉。卫国华看到这种情况，又补充道："不过局长，我们会抓紧时间继续走访，只要持蓝手帕的同志没有离开太原，我们就一定能找到他。"

赵清川很认同卫国华的这个观点，不由得点了点头，但仍旧嘱咐道："能快则快。"

不久，卫国华他们寻找城防图的工作有了一个新的突破，他们根据一些铁路工人断断续续提供的线索，了解到太原解放前夕，在太原南站潜伏着一个由铁路工人组成的地下党支部，而且，这个地下党支部的联系地点，就在离东山不远的黑土巷家属区。但是，当卫国华他们想进一步求证的时候，却发现黑土巷原来的平房宿舍，正在被一幢幢高楼代替，铁路工人们口中所说的那排平房，也被夷为平地。于是，卫国华立刻向赵清川汇报了情况。

赵清川得知这一情况后，通知所在片区的居委会，要求居委会想办法配合卫国华他们对太原解放前曾居住在黑土巷的铁路工人进行摸排登记。

这是一项推进起来比较困难的工作，毕竟，距离太原解放已经过去快三十年了，时过境迁，物是人非。当居委会得知事情的前因后果后，还是抽出两名人员，专门配合卫国华他们的工作。

黑土巷宿舍的摸排工作，全面展开了。


巴图在恢复高考的第二年，也就是一九七八年的夏天，考上了北京林学院。又一年，明珠也考上了北京师范大学。开学前夕，两个年轻人坐上火车，在霍桂花他们的叮嘱中，前往北京。那是明珠第一次出远门，而且是去首都北京，所以，一路上，她既忐忑又激动。

巴图问明珠到了北京最想去哪里，明珠像是早已想好了一样，告诉他："巴图哥，我想以最快的速度去一趟书店。"

巴图一听，满脸喜悦，他提高嗓门问道："为什么去书店？"

明珠仰起她那鹅蛋一样的脸，扑闪着一双水汪汪的大眼睛，对巴图说道："因为我想买一本书。"

"什么书？"

"一本我梦寐以求的书。"

"能告诉我这是一本什么样的书吗？"

"能，因为这是我们每一个青年都想要读的一本书，她就是《青春万岁》！巴图哥，我曾在同学的笔记本上，看到过这本书的序言，作家王蒙老师写得真好呀，巴图哥你听——"说着，明珠酝酿了一下情绪，然后双手握在胸前，充满感情地朗诵起了《青春万岁》里的一段话："所有的日子，所有的日子都来吧，让我们编织你们，用青春的金线和幸福的璎珞，编织你们……所有的日子，所有的日子，都去吧，在生活中我们快乐地向前，多沉重的担子，我不会发软，多严峻的战斗，我不会丢脸。有一天，我擦完了枪，擦完了机器，擦完了汗，我想念你们，招呼你们，并且怀着骄傲，注视你们！"

明珠的声音，是那么动听，连周围的旅客都被吸引住了。大家停下聊天，停下攀谈，停下在车厢走动的脚步，都把目光投向这位身材颀长、皮肤白皙的漂亮姑娘。巴图也随着明珠的朗诵，心潮起伏，他的目光一刻也不离开地注视着明珠，此刻，在他的眼中，明珠就像《青春万岁》里的杨蔷云一样热情而奔放。当明珠刚一结束朗诵，巴图就抑制不住内心的激动，对明珠鼓掌，说道："太好了明珠妹妹，我也特别想去书店，买好多好多的书，到北京后，我们一起去书店看看。"

"嗯。"明珠高兴地点着头，头上那两条长长的、垂在肩膀上的辫子随着点头也抖动着。

## 二十五　帮助牧民转场

草原的秋天，有时会像夏天一样，刮起猛烈的暴风，下起猛烈的暴雨，这变化无常的天气，对牧民们的转场影响很大。这一年的秋天，暴风雨似乎比往年都要多，来得也都要猛烈。一天中午，刚刚还晴朗的天空，突然乌云密布，狂风大作，一场大的降雨眼看就要到来了。想到这几日正是牧民转场的日子，大量牛羊要通过铁道线，正在车站工作的赵大宝急忙披上雨衣，拎着信号灯，朝外走去。这时，他与迎面匆匆走进来的巴特尔撞了个满怀。巴特尔一看赵大宝的装扮，急忙问道："大宝，暴雨马上就要到了，你这是要去哪里？"

"巴特尔，听说今天牧民们有一批羊群要转场，这么大的雨，我去看一下，要么尽快帮助他们过铁路线，要么劝他们天晴后再转场。"

"大宝，这种天气，没人转场，你别去了。"

"可万一牧民们大意，或者羊群在暴风雨中失去控制，误闯铁路，火车瞭望视线不好，那可就要出大事了。我还是去看看吧。"赵大宝说完，不顾巴特尔的阻拦，出了站房，朝远处的线路走去。

巴特尔着急地在他身后喊道："大宝，那我再派两个人跟你一起去——"但这个的声音，很快便被滚滚的雷声淹没了。

赵大宝的身影越走越远，渐渐地，像一个小黑点，消失在如注的雨幕中。

看到赵大宝头也不回地走了，巴特尔"蹬蹬蹬"地朝另一间办公室跑去。雷声中，传来了他急促的声音："乌力吉、乌力吉，你带上两个人，赶紧去配合一下赵大宝给牧民转场！"

"是——"

不一会儿，乌力吉和两名职工出了锡林呼都嘎站，奔向雨幕中。

瓢泼的大雨落在草原上，风也使劲儿地刮着，赵大宝在风雨中深一脚浅一脚地朝牧民转场的地方走去。

远远地，他看到牧民的羊群在暴风雨中受到了惊吓，羊群失去了控制，四处奔跑着。它们有的朝来时的方向跑着，有的朝铁路上跑去，有的已经跨过了铁路，在铁道线的另一侧"咩咩咩"地叫着。转场的牧民，正骑着马来回使劲儿追赶着羊群，想让羊群集中在一个地方。但这一切，在狂风暴雨中，都显得那么无力，羊群依旧四散着朝不同方向跑去。

赵大宝心急如焚地朝羊群跑去，他边跑边朝牧民喊道："危险——快把羊群赶下铁路——"牧民们听见他的声音，扬鞭赶着羊群，但一群羊赶下铁路了，另一群又奔了上去。

这时，阿木古冷他们骑着马从远处赶了过来。他们来到赵大宝身旁，勒住了马的缰绳："大宝师傅——"

"阿木古冷，你们怎么来了！"

"这么大的雨，公社怕转场的羊群出事，让我们赶紧来铁路线上看看。"

赵大宝一听，忙对他们喊道："那快——快把羊群赶到安全的地方。"

"好的！驾——"阿木古冷他们催马扬鞭，朝羊群奔去。

如注的暴雨中，赵大宝踩着满地的泥泞来到铁路线上，配合阿木古冷他们，赶着羊群。

一列火车喷着蒸汽，从远处朝转场的地方驶来，车轮与钢轨碰撞的声音，被暴风雨淹没了。

赵大宝刚将几只小羊赶下铁路，又有几只受到惊吓的小羊跑了上来，它们浑身是雨，紧靠在赵大宝的腿旁，一边哆嗦，一边惊慌地叫着。赵大宝一只又一只地抱起它们，把它们推到铁路线下。

远处，火车正急速驶来，越来越接近转场的地方。

情况紧急，赵大宝打开信号灯，挂在一根木桩上，示意列车紧急停车。但暴风雨很快便将木桩子刮倒了，挂在木桩子上的信号灯，也被刮出了老远。这一切，赵大宝并没有注意到。

又有几十只受到惊吓的小羊冲上了铁路，赵大宝奔上去，推下一只，又推下一只……暴风雨中，他全神贯注地把羊群推下铁路。

这时，阿木古冷他们听到了火车的汽笛声和车轮与钢轨的碰撞声，看到一列火车正在雨幕中朝这边驶来，于是急忙拍马朝赵大宝飞奔而来，并使出全部的力气喊道："大宝师傅——快躲开——大宝师傅——"

其他牧民看到后，也跟着喊道："赵同志——快躲开——"

风雨中，传来列车紧急刹车的声音，那巨大的车轮在紧急制动中，发出刺耳的声音。铁道线上的最后几只小羊，被赵大宝推了出去。就在同一瞬间，赵大宝倒了下去。

阿木古冷和从车站赶来的乌力吉等人都瞪大了眼睛，他们一起朝赵大宝倒下的地方奔跑过去。

## 二十六　一场追悼会

三天后，赵大宝的追悼会在锡林呼都嘎站举行，墙上那"沉痛哀悼赵大宝同志"的白色横幅，让前来参加追悼会的每个人，都为失去这样一位好同志而心痛不已。

巴特尔和车站的工作人员以及自发赶来的娜仁夫妇、阿木古冷等牧民，眼含热泪，沉默哀悼。远处的草地上，一位年迈的牧民，弹着马头琴，流着眼泪唱道：你的热血渗入浩瀚的戈壁滩，将变作鲜花开满察哈尔草原……你的鲜血不会白流，你的愿望肯定会实现……

歌声悲怆、凄凉，又打动人心。

霍桂花在梁秀秀和高娃的搀扶下，神情悲痛地凝视着丈夫的遗像。她从没想到，丈夫会这么突然离她而去。

此时，明珠和巴图正在北京上大学，为了不影响孩子们的学习，霍桂花虽然伤心欲绝，但还是让巴特尔不要将这个令人心碎的消息告诉他们。

追悼会结束后，马喜子和梁秀秀陪着霍桂花回到家里，霍桂花将赵大宝的遗像放在柜子上醒目的地方，然后面色苍白地坐在炕沿儿上，一言不发。马喜子从暖壶中倒了一杯水，端到霍桂花面前，并小心翼翼地安慰道："嫂子，俺师父他已经走了，你一定要节哀，保重身体呀。"

霍桂花目光呆滞、面无表情。梁秀秀看到霍桂花的神情，又流下了眼泪，她难过地说道："嫂子，大哥走了，不行你就跟我们回集宁吧，我和喜子也好照顾你。"

马喜子在一旁望着霍桂花，等待她的表态。霍桂花的脸上渐渐有了一丝表情，她看了看梁秀秀，又看了看马喜子，眼中噙着泪花，说道："喜子，我准备继续留下来，这也是你师父的遗愿。"

"可是嫂子，你一个人，身体又不好，留下来怎么生活，还是跟俺们回集宁吧。"马喜子劝道。

这时，巴特尔和高娃走了进来，他们来到霍桂花身旁，还没开口，眼泪先流了出来。

"霍老师，现在大宝兄弟走了，我们准备向上级打报告，把你调到呼和浩特更好的地方去工作，那里条件相对要好一些，对你身体也有好处。"巴特尔说道。

"不，巴特尔，不用费心了，我哪里也不去，我就留在草原。"霍桂花低头啜泣道。

"这怎么行，你们从山西来我们这儿快三十年了，对我们草原的支援也够大的了，如今大宝兄弟又走了，我们必须把你安顿好，这也是组织的意见。"巴特尔劝道。

"就是嫂子，你就听巴特尔站长的吧。"马喜子也在一旁劝道。

"巴特尔，喜子，谢谢你们，如果你们真的尊重我，尊重大宝，就让我留下来吧。"霍桂花声音虽然不大，但语气很坚决。

"这……"巴特尔为难地看了看霍桂花，又看了看马喜子，大家一时都没了主意。

为了不耽误孩子们的功课，几天后，霍桂花便回到了课堂上。同学们发现，几天不见，霍老师明显憔悴了许多，但说起话来，还和之前一样温柔。

梁秀秀这几天一直陪在霍桂花身旁，她并不赞同霍桂花这么快就回学校上课，想劝她多休息几天，但霍桂花说孩子们的课程不能耽搁，坚持要去学校。霍桂花出门不久，梁秀秀便叫上巴特尔和高娃一起跟在后面，来到学校。隔着窗户，他们看到教室里的霍桂花像平时一样，站在讲台上给孩子们讲起了课。

"同学们，谁知道我们中华民族是由多少个民族组成的？"

一个叫琪琪格的小女孩举手站起来，回答道："我们中华民族是由56个民族组成的。"

一个叫巴雅尔的小男孩举手站起来补充道："我们56个民族是一个大家庭。"

听完他们的回答，霍桂花对同学们说："琪琪格和巴雅尔回答都很好，我们中华民族是由56个民族组成的，我们56个民族是一个大家庭……"

梁秀秀和巴特尔、高娃听着、听着，一颗心慢慢放了下来。不过，心中也生出了无限的感慨。

明珠和巴图在北京的学习，紧张而愉快。他们在学校读到了更多的书，认识了更多的同学。明珠也如愿买到了王蒙的《青春万岁》。寒假前夕，两人又大盒小盒地购买了不少北京的点心和什锦糖果，准备带回锡林呼都嘎，其中有一大半都是买给霍桂花的。

寒假到了，明珠和巴图怀着无比快乐的心情踏上了开往草原的列车，他们都有好多的话，想要告诉爸爸妈妈，一颗心，也早已迫不及待地飞回了家。

当他们在锡林呼都嘎站走下列车，正想奔向家中的时候，却看到巴特尔和高娃已经在站台上等候他们了。巴特尔严肃的面孔，让两个孩子脸上的笑容渐渐消失。站台上，巴特尔告诉他们一个晴天霹雳般的消息，那就是在他们开学后不久，赵大宝便牺牲了。

明珠听了，身子一晃，手中的行李也一下子掉在了地上，她抓住巴特尔和高娃的手，失声痛哭着，问道："为什么不给我发电报，为什么不让我回来见爸爸最后一面。"高娃搂住痛哭不止的明珠，心疼地说道："孩子，是你妈妈不让告诉你，她说你考上大学不容易，不能影响你的学习。"明珠没等高娃把话说完，就用力地挣脱开高娃的怀抱，发疯似的朝家中跑去。巴图一看，也撒手扔掉手中的东西，哭着跟在明珠的后面。

霍桂花早有思想准备，在她得知明珠和巴图今天要从北京回来时，就已经猜到了明珠和巴图的反应。所以，当明珠和巴图跑进来，一起俯在她的腿上"呜呜呜"地大哭时，她没有劝这两个孩子，任凭他们俯在自己的膝盖上痛哭。因为此刻，唯有眼泪才能让他们从失去亲人的悲痛中走出来。

一阵大哭后，巴图先擦干了眼泪，抬头对霍桂花说道："干妈，干爸不在了，您放心，我今后一定好好孝顺您，并照顾好明珠妹妹。"

明珠这时也停下了哭泣，她哽咽着对霍桂花说："对，妈妈，爸爸走了，你还有我，我一定会照顾好你的。"

霍桂花含着眼泪，很欣慰地看着明珠和巴图，她知道这两个孩子都是说到做到的孩子。这一点，她从未怀疑过。

"好了，明珠、巴图，人死不能复生，你们能考上首都的大学，已经让你们的大宝爸爸很欣慰了，现在，你们两个去祭拜一下他吧。"

两个孩子听了霍桂花的话，点点头，然后擦干眼泪起身朝外走去。此时，阿木古冷也在巴特尔的安排下，牵着两匹骏马，在门口等着明珠和巴图。明珠和巴图接过马的缰绳，翻身上马，朝赵大宝的墓地而去。

草原上的牧民，一般去世后都不立坟，也不立碑，但对于赵大宝这位从山西来支援建设的汉族铁路职工，他们还是按照汉族的风俗，给他立了坟、立了碑。

赵大宝的坟头，就立在他牺牲的那条铁道线不远处，明珠和巴图马骑得飞快，连阿木古冷都追不上他们。转眼，明珠和巴图便来到赵大宝的墓前，当两个孩子看到墓碑上刻着他们熟悉的名字时，一下子扑到墓碑上放声大哭起来，直到心情渐渐有些平复，才止住哭声。

又是一年的除夕，马喜子和梁秀秀又从集宁赶了过来，他们依旧是大包小包，赵大宝走了，他们觉得更应该照顾好霍桂花。巴特尔和高娃也在屋子里忙前忙后，和面、剁馅、包饺子，叮叮咣咣，热闹极了。明珠和巴图把从北京带回来的点心一一打开，拿到霍桂花面前。

"来，干妈，您尝尝这个，这个是我买的，对了，还有这个，这个是明珠妹妹买的。"巴图打开盒子，左一块儿、右一块儿地往霍桂花手中递着点心。一旁，明珠亲昵地给霍桂花捶着背，揉着肩。

"好，好，一块儿一块儿吃，先吃明珠买的，再吃巴图买的。"霍桂花接过点心，笑得眼中都流出了泪，她想，如果丈夫还活着，那该多好呀。她抿着嘴，慢慢地尝了一小口，然后又叫梁秀秀和高娃过来，一起品尝两个孩子从北京带回来的点心。

吃完一块儿绿豆糕，霍桂花慈爱地看着两个孩子："来，给我讲讲你们在北京上学的情况。"这时，两个孩子像小时候一样，一左一右围坐在霍桂花身旁。他们一会儿说学校里的学习生活，一会儿说书店里的文学名著，一会儿又说改革开放的变化。

看着两个孩子讲得眉飞色舞，霍桂花忍不住打断他们的话："你俩也老大不小了，别只顾着学习，忘了终身大事，遇到中意的男孩女孩，给我们当家长的说一下，我们也好帮你们拿个主意。"

高娃一听，手中拿着一个捏到半截的饺子，走过来附和道："就是，你们到底有没有那个什么象？"

"对象。"梁秀秀放下擀面棍，笑着提醒高娃道。

"对，对象，这新词我一时还说不来，你们到底有没有？"

巴图和明珠一听，脸同时"腾"地一下红了起来。霍桂花一看，眯起眼，笑着道："男大当婚女大当嫁，这有什么害羞的，巴图，你先说，看上哪家的姑娘了？干妈还等着吃你的喜糖呢。"

巴图看了看巴特尔和高娃，又看了看霍桂花，然后又向明珠挤眉弄眼，像是在向明珠求救。明珠这会儿早已把头扭到了一边，装作什么也没看到的样子。

"看其他人干什么，今天当着你干妈的面，你说说倒是看上哪家的姑娘了。"巴特尔装作一副严肃的样子，对巴图说道。

巴图又犹豫了一下，然后像是下了很大的决心似的，对他们说道："这姑娘，不是别人，就是……"说到这里，他又停了下来。

"就是谁？"霍桂花好奇地问。

"就是明珠！"巴图回答道。

"明珠！"屋子里的人几乎是同时惊讶地喊出了声。梁秀秀这时也拿着擀面棍，满手面粉地跑过来问道："什么什么，巴图中意的是明珠，我没听错吧！"

巴图看着梁秀秀那高高举着的擀面棍，又看了看大家惊讶的目光，紧张地又重复了一遍："是的，明珠！"

"哎呀，羞死了。"明珠这时一把捂住了那张绯红的脸，害羞地把身子转到了一边。

"那你们怎么不早说呀，绕了这么大一个圈子。"大家又惊又喜地围着巴图问。

"这不是怕你们长辈反对吗。"

"反对？为什么反对？"霍桂花问。

"就是，你说，我们长辈为啥反对？你小子今天不说出个子丑寅卯来，看我怎么收拾你。"巴特尔也问道。

"因为我们一个是蒙古族，一个是汉族，不是一个民族，担心你们长辈不接受。"巴图有些不好意思地解释道。谁知他刚一说完，巴特尔和高娃就责怪地戳了一下他的脑门儿："你呀，真是个死脑子。"霍桂花也在一旁又欢喜又生气地批评道："亏你们还是大学生，白读了这么多年的书，现在都什么年代了，思想还这么守旧。"

巴图一听，转忧为喜，他拉住霍桂花的一只手，又看了看巴特尔和高娃，高兴地问道："那这么说，你们长辈都不反对？"

"放心吧，不反对！"霍桂花轻轻地拍了拍巴图的手。巴图听了，高兴地对明珠喊道："明珠妹妹，听见了吗，家长不反对我们，我可以娶你了！"

霍桂花的屋子里，又仿佛回到了从前，传来了阵阵笑声。从窗户纸映出的轮廓中，能看到他们一个个都笑得前仰后合。

## 二十七　寻找有了新线索

赵清川自从安排黑土巷居委会配合卫国华的寻找工作后，自己也总是在下班后，有意无意地来到黑土巷一带。如今的黑土巷，可以说到处都林立着崭新的楼房。有住宅、有工厂、有学校、有商店。下班的时候，工人们身着工作服走出工厂，老师们抱着作业本走出校门，孩子们背着书包蹦跳着向家中跑去，这一切，都让小小的街道，显得无比热闹和有朝气。赵清川时常望着这一幕，他多么希望，在这来来往往的人群中，就有自己想要寻找的人呀。

可是，当年那位送城防图的同志，却仿佛人间蒸发了一样。就连黑土巷居委会，也查询不到他的线索。

难道，这位同志去了更远的地方吗？每当想到这里，赵清川的眉头，就皱得更深了。两道剑形的眉毛，也仿佛要拧到了一起。

自从赵大宝去世后，霍桂花的身体就越发不如从前了。年过半百的她，除了以前留下的毛病外，出现了哮喘。巴特尔和马喜子劝了她好多次，准备送她离开草原，去集宁和呼和浩特治疗，却都改变不了霍桂花的决定，她每天都坚持去给孩子们上课。

一个星期天，班里一位叫吉雅的学生捧着一个铁皮食盒，带着几名同学一起来到霍桂花的家。他们的到来，让霍桂花既高兴又意外，她接过吉雅手中的食盒，和蔼地问道："吉雅，你们怎么来了？"

"霍老师，这是我额吉新做的奶酥，让我给你送来尝尝，我额吉说，你吃了这奶酥，身体就会好起来的。"吉雅仰着脑袋，一脸天真地说。

"是的，霍老师，你的身体好了，就不会离开我们了。"

"我们不想让你走。"

"我们还想让你给我们上课。"

"还讲好多的故事。"

孩子们你一言、我一语地围着霍桂花说道。霍桂花看着眼前这些纯真朴实的草原孩子，心里甜甜的。她告诉孩子们："老师不会走，老师会一直给你们讲课、讲故事。"

孩子们听后，像小鸟一样雀跃地欢呼起来："哦！霍老师不走了！霍老师不走了！"

马喜子和梁秀秀的三个儿女长大后，通过铁路招工，全都到集二铁路上工作了，这让马喜子少操了许多心，所以，平时他经常利用休息时间，和梁秀秀一起来看望霍桂花，有时带些大米青菜，有时带些水果鸡蛋，虽然从集宁到锡林呼都嘎需要四五个小时，但马喜子和梁秀秀从未间断。

一天，霍桂花正在炉前做饭，马喜子和梁秀秀又来看她了。还没进门，他们便听到了霍桂花剧烈的咳嗽声，两人赶忙放下手中的东西，挑开门帘走了进来："嫂子——"马喜子上前扶住霍桂花，担心地喊了一声。

霍桂花一看是他俩，平复了一下咳嗽声和喘息声，说道："喜子，秀秀，你们又来了。"

"嗯，俺和秀秀来给你送点大米和青菜。"马喜子说着，将霍桂花扶到桌前的椅子上，梁秀秀到门外将带来的东西拎进来，然后洗了把手，到炉前掀开了锅盖。

霍桂花坐定后，对他们说："你们不用总惦记我，这草原上什么都有，再说，还有巴特尔和高娃、娜仁、阿木古冷，他们几乎天天都会来看我。"

"嫂子，俺们知道这儿有巴特尔他们，这次来，俺们主要给你抓了几服治疗哮喘的中药，一会儿让秀秀给你煎上。"马喜子说。

霍桂花忙拦住马喜子："不用了喜子，你们把药放下就行，快坐下来歇一会儿，回头我自己煎。"

正说着，梁秀秀把锅里的饭菜端了过来，马喜子一看，是一碗稀饭和几块儿红薯，外加一盘清淡的小菜，他不由得埋怨起霍桂花："嫂子，你吃得这么简单可不行，对身体不好。"

"我知道了喜子，这几天我胃口不好，吃不下东西，不过你们放心吧，我过几天就好了。"

"不行就跟俺们回集宁吧，俺们可以照顾你，咱们一起生活。"马喜子旧话重提。

"不了喜子，我身体没事，再说，我和孩子们都约定好了，不离开他们。"

"可你也要为自己身体着想呀。"

"我没事，过了这冬天就好了，你们别担心。"

马喜子看到依旧劝不动霍桂花，只好作罢。


赵清川决定将寻找与城防图有关同志的事情向省民政部门汇报，因为直觉告诉他，自己要找的那名同志，可能已经离开了太原，如果真是这样，那么下一步，可能就得在全省范围内寻找这名同志，于是他向上级做了汇报。当省民政部门得知情况后，立即给予支持，并表示一定要把这些默默为新中国成立而抛洒热血的革命同志找到。

也就在此时，卫国华给赵清川带来一个好消息。

一天，卫国华心情激动地来到赵清川办公室，一进门就迫不及待地举着一张纸说道："局长，我们又走访到了一些与城防图有关的线索。"

正在看文件的赵清川一听，忙放下手中的文件，从座椅上站了起来："快说说这次又有什么新进展。"

这时，卫国华将手中的那张纸放在了赵清川的面前，只见那上面写着史志贵、刘福安、赵大宝和马喜子四个人的名字。

"这是？"赵清川抬头朝卫国华看去。

卫国华指着纸上四个人的名字，向赵清川汇报："局长您看，根据走访，这名单中的四个人，都是当年太原南站地下党支部的成员，他们极有可能参与了送城防图的任务。"

赵清川一听，不由得把那份名单拿在了手中，他看了一下这四个人的名字，急切地问卫国华："那现在他们人在哪里？"

卫国庆回答道："据走访，他们中的两名，已经在太原解放前夕牺牲了。"

赵清川一惊："牺牲了！"

"是的，他们在太原解放前的一个深夜，从东山出城，遭到敌人围追，不幸牺牲了。"

赵清川听到这里，心情不由有些沉重起来。

"那其他两名呢，你们有没有打听一下这两名同志的下落？"

"打听了，据当年在火车站前开小酒馆的老板回忆，赵大宝和马喜子都是火车司机，而且，赵大宝与当时的特务大队副队长孟庆余走得比较近，但铁路部门现在却找不到赵大宝和马喜子的任何资料。"

"找不到？怎么会找不到呢？"

"可能是铁路部门资料保存不完善吧，不过我们在走访中，又了解到一些线索，具体情况还得进一步落实。"卫国华说道。

"哦，说说你们了解的情况。"赵清川让卫国华往下说。

"据了解，这几名同志当年都住在黑土巷一带，而且，赵大宝和马喜子是师徒关系，朝鲜战争爆发后，他们曾自愿参加抗美援朝战争，去了朝鲜战场，赵大宝在朝鲜战场上，还被炮弹炸伤了腿。之后大概在一九五三年底一九五四年初的时候，他们去了内蒙古，从此便和山西这边失去了联系。"

"去了内蒙古？"赵清川越听越糊涂。

"是的局长，他们去支援边疆建设去了。"

"支援边疆建设！原来这样，我明白了，他们不但离开了太原，还离开了山西，难怪一直找不到他们的线索呢，小卫，你抓紧给内蒙古民政部门那边写封信，让他们帮助咱们查一下，看看当年支边的人里面，有没有这两个人的名字。"

"是，局长。"卫国华领了任务，转身出了门。这时，赵清川又回到座椅上，拿起那份名单，接着从抽屉里取出那半块蓝手帕，陷入了久久的回忆和沉思。

## 二十八　一块珍藏多年的蓝手帕

冬天,又要来临了,每年的这个季节,都是霍桂花身体最糟糕的阶段。无休止的风沙,让她几乎整个冬天都是在咳嗽中度过的。这一天,她趁着阳光不错,咳嗽也慢了点,推开窗户,里里外外地打扫起了家。因为再过不久,寒假就要到了,明珠和巴图就要回来了,她不想让孩子们闻到屋子里的中药味,不想让孩子们知道她在生病。

当霍桂花擦拭到炕头上一个红色的小木箱子时,停住了手。她坐下来,小心翼翼地打开小木箱。木箱中,叠得整整齐齐的半块蓝手帕静静地躺在那里,帕上的红梅花,还像三十多年前那样鲜艳。

霍桂花轻轻地拿出蓝手帕,抚摸着那朵红梅花,脑海中不由得想起了牺牲前吞掉城防图的史志贵和刘福安,想起为了保护自己而挡住敌人子弹的小六子、孟庆余,最后,她想起了丈夫赵大宝,视线渐渐模糊起来。

霍桂花的身体,让马喜子和梁秀秀时时惦记在心头。这一天,他们托人到集宁医院,想花钱请一个大夫到锡林呼都嘎给霍桂花看看病。一位年轻的女医生听说后,主动找到马喜子和梁秀秀,说自己愿意去,当马喜子问她需要多少出诊费时,那位女医生告诉他们,出诊费的事,不用他们考虑。

第二天,那名女医生便背着医药箱,跟着马喜子和梁秀秀赶往锡林呼都嘎。一路上,那名女医生向马喜子询问起霍桂花从前的情况。马喜子把太原解放时霍桂花如何送城防图，如何失去孩子，又如何来到草原的经过，给那名女医生简单讲述了一遍。尽管他讲得简单，但那名女医生听得极其认真，甚至眼眶数次湿润，心情一再激动。

中午，当他们一行三人来到锡林呼都嘎，来到霍桂花家，推开房门走进屋内时，霍桂花正沉浸在回忆中，丝毫没有觉察到有人进来。

看到霍桂花一动不动地坐在炕沿儿上，马喜子轻轻放下手中拎着的东西，并喊了一声"嫂子——"霍桂花这时才发现有人进来，她扭头一看，是马喜子和梁秀秀，于是急忙低头抹去眼角的泪水，并将蓝手帕收了起来。

马喜子一眼就看到了那半块蓝手帕，他几步来到霍桂花面前，略显激动地问："嫂子，这手帕你还一直保存着？"

"嗯，一直保存着，这是老石同志当年留下的接头信物，你师父总想着有朝一日见到老石，能把手帕亲手交还给他，并向他汇报城防图任务的完成情况，没想到，你师父直到临死前，也没见到老石同志。"霍桂花低声喃喃道。

马喜子从霍桂花手中接过蓝手帕，仔细地端详了一会，然后又朝霍桂花看去，他不清楚霍桂花为何此时会把蓝手帕拿出来，难道是——

想到这里，马喜子对霍桂花说道："嫂子，虽然老石当初是俺们党支部唯一的联络员，没有他，俺们当年的身份很难得到证明，但如果你现在想找组织，或者你对组织有什么要求，俺和你一起拿着这块手帕，去找组织把当年的情况讲清楚，相信组织不会不管你的，国家也不会不管你的。"

霍桂花这时才知道马喜子误会了自己，她慢慢将手帕拿过来，叠好，放回箱子里，并对马喜子说："你忘了你师父在世的时候，怎么叮嘱我们的？国家现在还不富裕，我们不能动不动就提条件。再说，我对组织也没什么要求，今天就是打扫这屋子，准备迎接孩子们回来过年，无意中翻出了这块手帕。"

马喜子一听，顿时明白自己误会了霍桂花，他为自己刚才的言语感到不好意思。这时，霍桂花抬头发现，马喜子和梁秀秀的身后，还站着一名女子，于是，她朝那女子看去。而那名女子，几乎是从一进门便一直在看着霍桂花，在听他们之间的对话，当她看到霍桂花把目光投向自己时，快步跑了过去："老师——"

霍桂花也惊喜地喊了那名女子一声："度贵玛——"

"呀，难道你们认识？"马喜子一脸纳闷儿地问道。

原来，这位跟着马喜子和梁秀秀来给霍桂花看病的女医生，不是别人，正是霍桂花当年的学生、娜仁的女儿度贵玛。前两天，当度贵玛从医院同事口中得知，有人想请一位医生到锡林呼都嘎给一位姓霍的汉族女老师看病时，她就猜到了，这位姓霍的老师应该就是自己的老师霍桂花。晚上回家后，度贵玛把自己的想法告诉了丈夫，丈夫很支持度贵玛去给霍桂花看病，并提出出诊费和其他所有医药费都由他们来支付。就这样，度贵玛找到马喜子，提出自己愿意去锡林呼都嘎，并跟着马喜子和梁秀秀来到了霍桂花的家。

此时，度贵玛看着霍桂花，这位容颜曾经是那么清秀的老师，如今青丝中已染上了白发，连眼角也布满了皱纹。她放下医药箱，来到霍桂花身旁，拉起老师的手，由衷地说道："老师，马喜子师傅在路上给我讲了您的故事，您在解放战争时期，做出过那么大的牺牲，却不告诉任何人，这让我更加敬重您，您就是我心中的林红、林道静。"度贵玛说到这里，声音激动起来。

霍桂花用另一只手，轻轻抚摸着度贵玛的脸庞："孩子，别说了，这都是过去的事了。"

"好吧老师，我听您的，不说从前的事了。那么现在，请让我给您把脉、听诊，检查一下吧。"度贵玛说着，脱下棉外套，然后从医药箱里拿出脉枕和听诊器。她先静静地为霍桂花把了把脉，然后又细细地听了听霍桂花肺部的呼吸，并不时微微地皱一皱眉头。

马喜子看到后，俯身轻声问道："怎么样？"

度贵玛不语，依旧反复听着肺部呼吸，过了片刻，她放下听诊器，面露担心之色地说道："霍老师，您除了气血不足外，呼吸系统可能也染了上炎症，肺上的杂音有点儿大。"

不等霍桂花开口，马喜子便凑上前问道："那这杂音大是什么原因？"

"按理说，霍老师的身体并不适合长期在草原上生活，可她一坚持就是快三十年，所以，营养有些跟不上，这是引起气血不足的一个原因。另一方面，我怀疑霍老师的哮喘可能是由支气管炎长时间没得到治疗引起的，继而引发了肺部感染，所以，我建议霍老师还是跟我到集宁治疗一下吧，不然，拖下去会对身体很不利。"度贵玛说道。

马喜子一听，也紧张地劝道："嫂子，你就听医生的吧，咱们去集宁治疗。"

霍桂花听他们这么一说，仿佛一时没了主意："可……"

"可什么？"马喜子问道。

霍桂花有些为难地说道："这眼看还有一个月孩子们就要放假了，我能不能等孩子们放了假再去集宁治疗？"

度贵玛听后，放下听诊器劝道："老师，我还是希望您越早治疗越好，这病耽搁不得。"

"可我要是走了，孩子们怎么办？"

度贵玛理解地看着霍桂花，当年，这位敬爱的老师不也是像今天这样天天牵挂着他们的学习吗。度贵玛稍微沉思了片刻，然后从医药箱里拿出一些药，对霍桂花说道："老师，我非常理解您的心情，因为在我小的时候，您就是这么负责任地给我们代课，一次也没耽误，所以，我知道，今天无论我们怎么劝，您也不会跟我们去集宁的。临来的时候，我给您带了些药，您收好了，平时按要求服下，不过，这些药，只对初期的炎症有效果，如果您一旦出现发烧的症状，那就说明炎症已经非常厉害了，切记，到那时，您一定要立刻去医院，万万不可拖延。"说完，度贵玛把那些药放在了霍桂花的手中。

霍桂花接过药，看着度贵玛："孩子，谢谢你理解老师，虽然咱们从事的不是一类工作，但我相信，你作为医生，也不会为了自己把病人扔下，对吗？"度贵玛听了，再次把敬重的目光投向霍桂花，认真地点了点头。

马喜子和度贵玛走后的第二天，霍桂花按照往日的习惯，早早走出家门，准备去学校给孩子们上课。只是这一天，她发现，自己的家门口，多了一辆勒勒车，勒勒车旁，站着巴特尔和阿木古冷。他们，似乎正在等着自己。

"巴特尔，阿木古冷，你们这是……"霍桂花走过去，指着勒勒车问道。

巴特尔拍了一把勒勒车的车辕，对霍桂花说道："霍老师，您身体不好，昨天我和喜子商量了一下，孩子们的学习不能耽误，您的身体也不能不重视，以后呀，就由我们每天轮番接送您上下课，今天，由阿木古冷先送您去学校。"

阿木古冷虽然现在也已是人到中年，但他对霍桂花的尊敬一点儿也没减弱。此刻，他很恭敬地站在勒勒车旁，笑着对霍桂花说道："是的霍老师，从今天起，您就别再步行去学校了，这天气越来越冷，您步行往返学校，对身体不好。"

霍桂花明白了巴特尔和阿木古冷他们的好意，她忙摆摆手拒绝道："巴特尔，阿木古冷，不用麻烦你们，我自己走着去就可以。"

巴特尔一听，劝道："那怎么行霍老师，您就别再推辞了，为了我们草原的孩子能读书识字，您连身体都不顾了，就让我们也为您做点事吧。"

阿木古冷在一旁也附和道："就是的霍老师，您就让我们也做点事吧。"

说完，两人将霍桂花热情地让到了勒勒车上。阿木古冷待霍桂花坐好后，一甩马鞭，驾着勒勒车朝学校方向而去。

## 二十九　内蒙古来信

卫国华给内蒙古民政部门寄去信没多久，便收到了内蒙古那边的回信。当他既激动又忐忑地打开信纸，刚看了几行，便面露喜色，兴冲冲地朝赵清川的办公室走去。

赵清川刚和另外一名工作人员谈完工作，有些疲惫，看到卫国华走进来，便知道他有事要汇报，示意他坐下来说。

卫国华屁股刚挨着椅子，便喜不自禁地把内蒙古那边的来信拿了出来："局长，赵大宝和马喜子两名同志有着落了！"

赵清川听了，精神为之一振，急忙问道："他们在哪里？"

"据内蒙古那边的初步调查，这两名同志可能就在集宁铁路分局工作。"

"集宁？"

"对，集宁，他们当年到内蒙古去支援集二铁路建设去了。"

"集二铁路？那不是一条草原铁路吗？"

"是的，草原铁路，从集宁到二连浩特。"

"没想到他们走得那么远。"

"是的，离太原上千里路呢。"

"小卫，那你抓紧去一趟集宁，争取和铁路部门对接一下，想办法找到这两名同志。"

"好的局长，我明天就出发。"卫国华说完刚要转身离开，赵清川又喊住了他："小卫，等一下！"

"局长，您还有什么吩咐。"

"记着带上介绍信，到了内蒙古，一旦遇到困难，请当地民政部门配合一下。"

"好的局长！"

"还有，如果有了他们两个人的消息，立刻给我挂长途电话，我随时等你电话。"

"好的局长！"

卫国华走后，赵清川又从抽屉中拿出那半块蓝手帕。他望着窗外，自言自语地说道："赵大宝，马喜子，你们到底谁是持另外半块蓝手帕的人呢？"

再过两三天，孩子们就要放寒假了，虽然霍桂花每天都有勒勒车接送，但病灶已经侵入了她的体内，被疾病折磨着的霍桂花，咳嗽比以往更厉害了，高烧也开始在夜里袭向她的身体。霍桂花开始收拾包袱，准备等孩子们放了假，就听从大家的建议，去集宁看病。她想，不能总这样一直拖累大家，而且，只有看好了病，自己才能接着站在讲台上，给孩子们上课。

可是就在这时，持续的高烧让她晕倒了。巴特尔和高娃来看望她的时候，发现她已昏迷不醒。情急之下，巴特尔一边让高娃叫来娜仁，互相轮换着用毛巾给霍桂花敷额头、擦身子降温，一边打电话通知马喜子。马喜子和梁秀秀接到电话，又去医院找到度贵玛，度贵玛从药房拿了几瓶药液，跟着马喜子和梁秀秀急匆匆坐上火车，直奔锡林呼都嘎。

度贵玛一进门，放下医药箱，来不及脱掉大衣，便用手摸了一下霍桂花那滚烫的额头，接着又拿出听诊器放在霍桂花的前胸和后背。她的神色，越来越凝重。

马喜子看着度贵玛的脸色一变再变,立刻猜想到了霍桂花的病情可能越加严重了,于是忙问度贵玛:"俺嫂子她……"

一旁的巴特尔和高娃他们,也都面带紧张。

度贵玛收起听诊器,又轻轻翻看了一下霍桂花的眼睛,对大家说:"霍老师患了肺炎,很严重,必须马上消炎退热,不然有生命危险。"

"那我马上安排你们坐最快的一趟的火车去集宁!"巴特尔的语气和马喜子一样急切。

"不,来不及了,去集宁路上还要耽误时间。"度贵玛一脸严肃地说道。

"那怎么办?"马喜子和巴特尔异口同声地问道。

"你们别急,我现在马上给霍老师输液,等她的体温降下来一些,我们再把霍老师带回集宁。"度贵玛对他们说道。

"好,好,那就麻烦你了。"在场的每一个人,都连忙说道。

很快,在度贵玛熟练的配药、扎针中,瓶中的液体一滴一滴地流向霍桂花的体内。大家都在期待着那些药液,能让霍桂花高烧退去,清醒过来。

坐在椅子上的巴特尔看着此时正昏迷的霍桂花,懊恼地用手捶了一下桌子:"唉——都怪我,霍老师要是有个三长两短,我可怎么对得起死去的大宝兄弟。"

马喜子走过来安慰他道:"巴特尔站长,你别自责了,俺嫂子她不会有事的。"

卫国华坐了一天一夜的火车,第二天中午赶到了集宁,他在当地民政部门的配合下,下午便来到了集宁铁路分局的集宁机务段,敲开了办公室的门。

看到他们来访，办公室的一位工作人员起身问道："同志，你们找谁？"

内蒙古民政部门的人员将卫国华的介绍信拿出来，递到这位工作人员面前说："我是省民政部门的，这位卫国华同志是从山西过来的，他想寻找名叫赵大宝和马喜子的两位火车司机，请帮助查找一下。"

那位办公室工作人员看完介绍信后，热情地请他们坐下："你们稍等，我这就帮你们查一下。"说完，他拿出一本花名册，细细查看起来，很快，他在花名册的第三页找到了马喜子的名字，却没看到赵大宝的名字。于是，这名工作人员又把花名册从前到后翻了两遍，还是没有，最后，他对卫国华说道："同志，我们这里只有马喜子的名字，没有赵大宝的名字。"

卫国华上前接过花名册，对那名工作人员说道："这不可能，他俩都是火车司机，是师徒俩，当年一起来支援集二铁路建设的，怎么会少了一个呢？"说完，卫国华低头细细看起了花名册。当他确定没有赵大宝的名字时，眼中充满了疑虑。

那名工作人员看出了卫国华的疑虑，对他说道："同志，请你耐心等一下，这位赵大宝同志有可能当年没有安排到火车司机的岗位上，而是安排做了其他的工作，所以我们单位没有他的名字。不过，我可以马上问一下当年负责安置的部门，查一下赵大宝被安置在什么地方了。"

卫国华忙点了点头。

那名工作人员随即拨通了办公桌上的一部黑色电话："喂，安置办吗，我是机务段办公室，嗯，对，是我，我想麻烦查一下当年来支援咱们集二铁路建设的一位叫赵大宝的同志，被安置在了哪里？好的，我等你们电话。"

说完，那名工作人员挂断了电话，又过来给卫国华他们倒了水，刚要坐下，电话铃响了，他拿起电话："什么，锡林呼都嘎站！他明明是火车司机，怎么分到那么偏远的小站？什么，跛子？好的，我知道了。"

说到这里，那名工作人员又挂断了电话，对卫国华说道："赵大宝当时确实没有被分配到我们这里当火车司机，安置办说他是个跛子，不能开火车。"

卫国华听了，生气地从椅子上站起来说道："他不是跛子，他是一名优秀的司机长，他的腿是在战场上被炸伤的！"

那名工作人员听卫国华这么一说，不由得吃了一惊。

卫国华来不及再解释什么，急忙向他追问道："那赵大宝被安排到了哪里？"

"他被安排到锡林呼都嘎站做扳道员了。"那名工作人员回答。

这时，一直坐在一旁的内蒙古民政部门的同志也坐不住了，他站起来，不无惋惜地说道："他们当年都是来支援我们草原铁路建设的，都是各岗位上的尖子、骨干、劳模，甚至是战斗英雄，你们怎么能安排他去那么偏远的小站，还做扳道员，这不是大材小用吗！"

内蒙古民政部门的同志还要再说什么，被卫国华拦住了。他对那位工作人员说道："能不能把马喜子同志找来，我想和他谈谈，了解一个事情。"

那名工作人员听了立刻答应："这个没问题，我马上就给他们车队打电话，让他过来。"说完，他又拿起桌上的电话："喂，车队吗，我是办公室，请问马喜子同志今天在不在？什么？不在？请假了，去锡林呼都嘎了，怎么回事？"

不一会儿，那名工作人员又放下电话，对卫国华说道："马喜子同志今天请假去了锡林呼都嘎，好像有什么要紧的事情，据说还带了位大夫。"

听工作人员这么一说，卫国华又急忙问道："那能不能用你们的内部电话，接通锡林呼都嘎站，我们和赵大宝同志通个话，了解一下情况也行。"

"好的，没问题，我这就给你接通锡林呼都嘎车站。"那名工作人员说完，三下两下就拨通了电话："喂，锡林呼都嘎站吗？我是集宁机务段，请问你们站长在吗？哦，你就是站长。站长，是这样的，我这里有位从山西来的同志，他想找咱们车站的赵大宝同志了解个事情，能不能让赵大宝接个电话？……什么？……赵大宝牺牲了！"

始终站在一旁的卫国华听到这里，急忙示意那名工作人员把电话筒交给他。只见卫国华接过话筒，急切地问电话的另一端："喂，我是山西太原的民政人员卫国华，请问赵大宝同志他怎么了？……什么？他真的牺牲了？……保护牧民牛羊转场，只留下妻子霍桂花，怎么会这样！……不好意思，那请问你们能不能联系到一位叫马喜子的同志，听说他今天去你们那里了，你们熟悉吗？……什么，熟悉！你去叫他，好，那我等你电话！"

卫国华放下电话，他站在那里，心中万分焦急地等待着锡林呼都嘎那边的电话。一分钟过去了，两分钟过去了，三分钟过去了，四分钟过去了，这时，电话铃响了，卫国华没等那位工作人员接电话，便径直先拿起了话筒："喂，是马喜子同志吗？你好，你好，我是山西太原民政人员卫国华，我想向你打听一件事，请问你了解不了解三十多年前太原解放时一份城防图的事？啊！什么……什么……什么……那你们有没有一块蓝色的手帕？什么……"只见卫国华一连说了好几个什么，眼眶也渐渐变得红了起来。

放下电话，卫国华怔怔地在原地站了一会，然后，他谢过那名工作人员，与内蒙古民政部门的同志一起出了机务段的大门，接着直奔附近的邮局，他要尽快向赵清川汇报情况。

就在卫国华离开太原的第二天下午，太原民政部门来了一位七十多岁的银发老者，他向工作人员说明情况，并在工作人员的引导下，来到了赵清川的办公室。赵清川看着眼前这位素不相识的老人，起身客气地问道："这位同志，你找我有什么事吗？"

"赵局长，我是人民医院的退休大夫，听说你们在寻找一位太原解放时与城防图有关的同志？"那位老者极有修养地问道。

赵清川一听城防图三个字，急忙回答道："是的，您认识那位同志？"

"是的，当年是我们医院从她体内将城防图取出来的。"

"什么！体内！"

"对，体内，当年送城防图的是一位女同志，很年轻，她带着城防图出城的时候，遭遇了敌人的围追，受了伤，被巡逻的解放军战士发现并送到我们前线医院。我们从她体内取出城防图的时候，她还怀着身孕，但遗憾的是，为了城防图，她腹中的胎儿没能保住，虽然我们医院也做了努力，但她的身体还是受到了损伤，应该一辈子都没有孩子。"

赵清川听了眼前这位老者的话，心情有些激动起来，他没想到，当年送城防图的竟然是一位女同志，而且为了城防图，还失去了自己的孩子。于是，他忙把那位老者搀到沙发上，问道："那她是干什么的，家在哪里，叫什么名字，你还记得吗？"

那老者坐下后，对赵清川回忆道："她是干什么的，家在哪里这些我们当时都不清楚，因为她趁我们不注意的时候，悄悄离开了。我只知道，她姓霍，至于名字，她没留下。"

"姓霍!"

"是的,姓霍。因为她是一位特殊的病人,所以我记得很清楚。"那老者说完,赵清川又向他打听了一些其他情况,才送他离开。

返回办公室后,赵清川在办公桌前踱来踱去。此刻,他为自己刚刚获得的这个重要线索感到激动,甚至亢奋。同时,他还想马上与卫国华取得联系,告诉卫国华,他们的寻找方向错了,赵大宝和马喜子都不是他们要找的同志,真正要找的,是一位姓霍的女同志。

他在焦急地等待着卫国华的电话,等待着内蒙古的来电。

"丁零零——丁零零——"这时,他办公桌上的电话铃响了。

电话正是从内蒙古打来的,赵清川一听是卫国华的声音,便不等卫国华向他汇报,就先说道:"小卫,你先不用说了,抓紧时间从内蒙古回来,我这里有了新的线索,赵大宝和马喜子都不是我们要找的同志。"

电话那头,卫国华强忍着自己那颗猛烈翻滚着的心,安静地等赵清川把话说完,然后才一字一句地说道:"不,局长,赵大宝和马喜子正是我们要找的同志。"

"小卫,你——"赵清川锁住了眉头。

"您听我说局长,据我目前了解的情况,当年太原南站地下党支部,共有十二名成员,负责人是赵大宝。太原解放时,这个党支部只剩下了史志贵、刘福安、赵大宝、马喜子和布天佑。布天佑被派出去驾驶着火车跟着解放大军一起攻城,史志贵、刘福安和赵大宝、马喜子留在城内完成城防工事侦查任务。在把城防图送出城的过程中,史志贵、刘福安两人同时牺牲了,在这样的情况下,赵大宝的妻子决定把城防图送出去。当时,掩护赵大宝妻子出城的,是一位叫小六子的小乞丐,在特务的追杀中,这名小乞丐也牺牲了。还有一位打入敌人内部的我方地下同志,就是和赵大宝有来往的特务大队副队长孟庆余，也在保护城防图的过程中，牺牲了。布天佑在驾驶火车进太原城的时候，也牺牲了。所以，他们党支部只有赵大宝和马喜子活下来了。但是……"

"但是什么？"

"但是赵大宝在草原上为了保护牧民安全转场，也牺牲了。"

"啊，多好的同志呀！我们找得太迟了。"赵清川失口说道，这时，他猛然想到了什么，又接着向电话那端的卫国华问道："那赵大宝的妻子叫什么名字？"

"霍桂花！"

"啊！霍桂花！"当赵清川听到这个名字时，猛然想起那位老医生提供的线索，于是急忙问道："那她现在怎么样？"

"她是一名小学教师，跟着赵大宝来内蒙古支援建设，一直在草原上一个叫锡林呼都嘎的地方给牧民的孩子们代课，现在身体很差，高烧昏迷，所以有些具体情况没法了解，局长，我计划明天就去锡林呼都嘎，找到这位叫霍桂花的老师，据马喜子同志说，霍桂花手中也一直珍藏着一块蓝色的手帕，也许，她就是咱们要找的那位同志。"

赵清川听到这里，眼睛已经完全湿润了，他用那只没有持话筒的手扶住桌子，稳定了一下自己的情绪，并对话筒那边的卫国华一字一句地说道："不，小卫，不是也许，这位霍桂花同志，正是我们要找的那位同志！"

电话那头，传来了卫国华的惊呼声："真的——"

赵清川挂断卫国华的电话，已是下午快下班的时间，平时这个时候，他要么是去黑土巷附近走走看看，要么是步行回家，而今天，他却不准备去黑土巷，也不准备回家。他从抽屉中拿出那块保存了三十多年的蓝手帕，放入黑色的公文包中，并把司机叫了进来。

"局长，您要去哪里？"司机一进门，就问道。

"去内蒙古。"赵清川边收拾公文包，边对司机说。

"内蒙古？"这名司机以为自己的耳朵听错了，用请示的口气又问了一下赵清川。

"是的，内蒙古，而且，马上出发。"赵清川说着去摘衣架上的大衣。

"好，我这就去准备。"司机立刻一挺身子，答道。

"对了，再叫上一个司机，路上你们轮换着开车。"赵清川嘱咐了对方一句。

"明白！"这名司机又一个立正，答道。

不一会儿，一辆深绿色的吉普车便驶出了民政部门的机关大院，驶出太原城，向着西北方向急速地行驶着。

一路上，赵清川望着车窗外，虽然此时已是夕阳西下，暮色四合，但他还是看着，看着。自从今天下午见到那位老医生并接到卫国华的电话，他的心情就一直无法平静下来。此刻，他的耳边仿佛又传来了卫国华在电话里的那番话，史志贵，牺牲了，刘福安，牺牲了，布天佑，牺牲了，小六子，牺牲了，孟庆余，牺牲了，还有赵大宝，也牺牲在草原上了。赵清川深吸了一口气，他靠在座位上，闭上了湿润的眼睛，这时，他的眼前出现了一片小树林，小树林中，躺着浑身是血的老石同志，继而，是一个形象模糊不清的女子……

## 三十　鲜艳的红梅花

去内蒙古的路途有些远，且路况也不太好，两名司机担心赵清川的身体受不了，几次建议他下车休息一会儿，但都被赵清川回绝了，此时他心里只有一个念头，那就是尽快赶到锡林呼都嘎，尽快见到霍桂花。

两名司机只好轮换开车，直奔内蒙古的锡林呼都嘎而去。

第二天下午，经过近二十个小时的颠簸，赵清川他们来到了锡林呼都嘎车站。此时，卫国华和内蒙古民政部门的同志也赶到了。

"局长，您来得真快。"卫国华看到赵清川走下汽车，忙迎上前说道。

赵清川跺了跺发麻的双脚，对卫国华说："找了这么多年，现在终于找到他们了，我这心呀，恨不得马上就赶过来。"

这时，内蒙古民政部门和铁路部门的同志也走了上来，赵清川握着他们的手说道："你们好，这次非常感谢你们的大力配合！"

内蒙古民政部门和铁路部门的同志忙抱歉道："这都是我们应该做的，没想到赵大宝和霍桂花两位同志在战争年代做过那么大的贡献，他们来支援我们草原的铁路建设，我们却没照顾好他们，这都是我们的失职。"

大家在巴特尔的带领下，边走边说，快步朝霍桂花的住处走去。

门帘挑开，赵清川按捺不住激动的心情走了进去，只见他来不及环视一下这间简陋的屋子，便把目光投向了正在昏迷中的霍桂花，然后几步走上前。一旁的马喜子、梁秀秀、度贵玛、高娃、娜仁等人，也都为他让开了地方。赵清川来到土炕前，看着眼前这位疾病缠身、满脸憔悴的中年女人，鼻子一酸。难道，这就是那位把城防图送出城的同志吗？就是那位为了太原解放而失去了自己的孩子的英雄吗？

马喜子这时俯到霍桂花的耳旁，轻轻唤道："嫂子……嫂子……嫂子……"

霍桂花在马喜子的声音中，微微地睁开了双眼。

"嫂子，这是咱山西来的人，来看望您来了。"马喜子俯在她的耳边，指着赵清川说道。

霍桂花顺着马喜子手指的方向，朝赵清川看去，然后声音虚弱地说道："山西……山西……"

"是的霍老师，我是从山西来的。"赵清川也稍微俯下身子，向霍桂花说道。

霍桂花眯着眼，想使劲儿辨认一下眼前的来人，可她，又怎么也辨认不清楚："那您是——"

赵清川这时打开公文包，从里面拿出那半块蓝手帕，递到霍桂花面前："霍老师，您见过这个吗？"

赵清川手中的蓝手帕，让霍桂花身体微微一颤，她的眼中，也突然闪现出一丝光亮。在马喜子的搀扶下，她慢慢坐起来，并接过赵清川手中的蓝手帕，仔细看了又看，抚摸了又抚摸，然后让马喜子把自己的那半块蓝手帕也从木箱中拿了出来。

两块蓝手帕，合二为一，帕上的两朵红梅花，鲜艳无比。

霍桂花捧着蓝手帕，双手颤抖着望着赵清川："您是——老石同志！"

赵清川无比难过地低下头："不，霍老师，我不是老石，老石同志那次和大宝接完头后，出城途中遇到了敌人的围追，牺牲了！"

霍桂花听了，不由得倒吸了一口气："啊！他牺牲了！难怪这么多年，我们一直没有他的音讯。"说完，她的双手把手帕攥得更紧了，眼泪也随之夺眶而出。在大家的注视中，她接着喃喃地说道："可我们，一直在等着向老石同志汇报。"

"汇报什么？"赵清川握着霍桂花的手问道。

"送城防图的任务，我们完成了。"霍桂花的声音很轻，可即便很轻，每个人都还是听出那声音里有一些激动。在场的每个人，都情不自禁地流下了感动的眼泪。

马喜子这时向霍桂花介绍道："嫂子，这是咱们太原民政部门的赵清川局长，老石牺牲前，就是被他们团的战士发现的，他当时是五团的团长。"

"哦，赵局长，这么说，你当时见到老石同志了？"霍桂花虚弱地问道。

"是的霍老师，老石同志当时身中数枪，临牺牲的时候，他把这块蓝手帕交给了我。"赵清川痛心地说道。

"老石是个英雄！"霍桂花低头看着蓝手帕，几滴眼泪从她的脸上滴到了红梅花上。

"霍老师，你们也是英雄！"赵清川满眼敬重地说道。

"不——"霍桂花说到这里，又咳嗽了起来，她那消瘦的肩膀，单薄的身子，随着咳嗽声，就像一张经不起风吹的薄纸，颤动着。赵清川看着霍桂花被病痛折磨的样子，难过地说道："霍老师，老石同志虽然走了，可还有组织，这么多年，您和大宝为何不找找组织，我们也好帮你们解决点困难？"

霍桂花止了止咳嗽，摇摇头对赵清川说道："我们挺好的，没有困难，请组织放心。"她说完后，又剧烈地咳嗽起来，接着，晕了过去。

看到霍桂花的身体如此虚弱，赵清川这时赶忙向大家了解起霍桂花的情况。一直守在一旁的度贵玛说道："不太乐观，霍老师身体本来就留有旧伤，再加上长期患有慢性支气管炎，感染到了肺部，高烧一直不退，我们正准备送她去集宁的医院治疗。"

赵清川一听，马上决定："对，去集宁。"他刚说到这里，又立刻改口道："不，去呼和浩特，我们马上送霍老师去医院，坐我的车，直接去呼和浩特医院。"

几乎没有半点儿的耽搁，在赵清川的安排下，马喜子背着霍桂花，与度贵玛一起上了吉普车的后排，赵清川坐在前排副驾驶位置，吉普车在红彤彤的夕阳中，急速朝呼和浩特方向驶去。

当霍桂花高烧渐渐退去，她在半清醒半昏迷中慢慢睁开了双眼。此时，她的眼前是一片白色，白色的墙壁、白色的窗帘、白色的床单、白色的小桌，小桌上，摆着白色的搪瓷盘，盘子里，有针管、镊子、棉签等。哦，这是哪里？是太原城外的解放军医院吗？霍桂花努力地回忆着，两只手也不由得向腹部摸去："解放，解放。"霍桂花嘴里发出轻微的喊声。

"霍老师！霍老师！"霍桂花听到有人俯在她的耳边，是一个女子的声音。哦，这是谁？是那位从自己体内取出城防图的护士吗？霍桂花依旧在努力回忆着。

"霍老师，霍老师。"又是一阵声音传入她的耳中，是一个男人的声音。霍桂花听出，这是老石的声音。她想站起来，可浑身乏力，双腿发软，怎么也站不住，于是，她躺在床上，向老石汇报道："报告联络员，送城防图的任务，太原南站地下党支部已经完成。"

这时，一道阳光照进了病房，洒在霍桂花的脸上，霍桂花在那道阳光的照射下，醒了过来。她这时才发现，原来，自己刚才做了一个梦。

看到霍桂花醒了，旁边的人都围了过来，霍桂花一一看去，有赵清川、马喜子、梁秀秀、度贵玛、高娃，还有明珠和巴图。

"明珠、巴图，你们怎么也来了？"霍桂花吃惊地问道。

"我们放假了，坐火车刚到集宁，就遇到了团结姐姐，她告诉我们您生病了，送到了呼和浩特，所以我们就从集宁转车赶来了。妈妈，您现在感觉怎么样？"明珠说着，眼泪汪汪地扑到了霍桂花的身旁。

赵清川他们也都往前围了围，每个人的目光，此时都多了几分敬重。因为在霍桂花昏迷和抢救的几个小时里，马喜子已经将太原南站地下党支部当年的作战情况和赵大宝与霍桂花的事情详细讲给了大家，所以，此时病房里的每一个人，看霍桂花的时候，都像是在看一位顶天立地的英雄一样。

"霍老师，您感觉好些了吗？"赵清川来到霍桂花的病床前，关切地问道。

霍桂花看着眼前这一张张亲切的面孔，感动地说道："我已经好多了，浑身也觉得轻快多了。"

"那就好，那就好。"赵清川轻轻松了一口气，脸上一直担心不已的神情此刻也渐渐被一丝喜悦代替。

"谢谢你赵局长。"霍桂花对他说道。

"霍老师，千万不要这么说，我惭愧呀，没早几年找到您和大宝同志，对不住老石同志牺牲前的嘱托呀。"

"这不能怨你，赵局长。"

赵清川听霍桂花这么一说，停止了自责，接着对霍桂花说道："霍老师，我已经向山西省民政部门的领导做了汇报，领导希望我把您接回山西，那里有更好的治疗条件。"

霍桂花听了，犹豫了一下，说道："不麻烦大家了，我这身子骨，没什么大碍。"

"霍老师，难道您就不想回山西，回到您和大宝同志曾经生活和战斗过的地方吗？"赵清川见霍桂花拒绝了回山西治疗的建议，于是语重心长地反问道。

"这……怎么能不想呢，那里，还有志贵、福安、天佑、小六子和孟庆余……"霍桂花望着窗外的那缕阳光，沉思着说道。

"那就听从我们的安排吧，等您身体好些，我们就回山西。"赵清川恳切地说道。霍桂花看了看一旁的马喜子、梁秀秀、高娃、度贵玛和巴图，又看了看怀里的明珠，他们每一个人都朝她点着头。那意思是说：去吧，去看看那座你曾经热爱的城市吧。这时，明珠也搂着霍桂花的脖子，亲昵地说道："妈妈，请带上我和巴图一起去山西吧，让我们也看看您曾经生活和战斗过的那座城市。"

"好吧，我听你们的。"霍桂花看着大家，动情地说道。

病房里，每个人都露出了笑脸。

## 三十一　英雄归来

几天后，吉普车离开内蒙古，驶向山西，迢迢路途中，霍桂花随着汽车由北向南，思绪翻飞。离太原越来越近了，远处，东山依稀可见，霍桂花望着远处的山峦，仿佛回到了太原解放前夕的那个初春，她的心情渐渐不再平静。这一切，都被赵清川看在眼里，他吩咐司机把吉普车靠在路边停下来。

霍桂花捧着赵大宝的照片，在明珠和巴图的搀扶下，走下汽车，激动地望着东山。此刻，她仿佛看到了倒在这山峦之中的史志贵和刘福安，看到了为她挡住子弹的小六子和孟庆余，以及身受重伤的联络员老石同志，她的眼眶不由得湿润起来。她告诉身旁的明珠和巴图，在这群山之中，躺着许多牺牲了的叔叔。一对年轻人听了，也肃然起敬地望着远处的东山。

吉普车飞速地往前行驶着，不久便进入了太原城内，在赵清川的嘱咐下，司机将吉普车开到了黑土巷，并停了下来。霍桂花走下汽车，看着眼前那既熟悉又陌生的一座座工厂、楼房、学校、商场，恍如在梦中。

"这儿的变化可真大呀！"霍桂花看着眼前的一切，感慨地说道。

赵清川听了，接过她的话说道："霍老师，城中心的变化才大呢，走，我带您去看看。"说完，一行人上了吉普车，朝城中心而去。

城中心的街道两旁，建筑物鳞次栉比，看得霍桂花和明珠、巴图都眼花缭乱。

"妈妈，您看，那火车站真大呀！"明珠指着窗外新建的太原火车站话音刚落，巴图已经被迎泽大街吸引住了："干妈您看，这街道真宽呀！"

"妈妈，您看，那个广场也很漂亮！"

"干妈您瞧，这座公园也气派！"两个年轻人你一言、我一语地指着外面的街道和建筑物对霍桂花说着。这时，明珠挽起霍桂花的胳膊问道："妈妈，这就是您和爸爸曾经生活和战斗过的地方吗？"

霍桂花一手拉着明珠，一手拉着巴图，说道："不只是我们，还有很多你们的前辈，都曾经在这里战斗过。"

两个年轻人听了，怀着崇敬之情，把目光投向了窗外。

在山西省民政部门的安排下，霍桂花被安排到太原最好的医院，进行全面检查和治疗。宽敞明亮的病房里，许多当年的同事、朋友得到消息后，都来探望她，他们共同回忆为太原解放而英勇献身的人们，共同感怀新生活的美好。许多小学生也在老师的带领下，捧着一束束鲜艳的塑料花，来到霍桂花的病床前，聆听她讲述那块蓝手帕背后的故事。

一段时间的治疗后，霍桂花的身体逐渐康复，当赵清川向她转达上级部门想让她今后就留在山西生活，并且由国家来负责她的晚年生活这一决定时，霍桂花感受到了巨大的温暖，但她还是坚持要回到内蒙古，回到草原上，因为那里，还有一群孩子在等着她。

在霍桂花的一再坚持下，赵清川虽然十分不解，但还是选择尊重她的意见，决定将霍桂花安全送回内蒙古。

返回内蒙古的途中，霍桂花的心早已飞回了草原，飞到了草原小学的课堂上。

第二天中午，霍桂花回到了锡林呼都嘎，巴特尔、高娃、娜仁、度贵玛和许多牧民已经在等着她，当她刚一走下吉普车，还没来得及和大家打招呼，便听到身后传来一阵孩子的声音："霍老师——霍老师——"她抬头一看，远处的草地上，一群孩子正兴高采烈地向她奔来。霍桂花急忙放下手中的行李，张开双臂，快步朝孩子们跑去。

蓝天白云下，无垠草原上，霍桂花和孩子们紧紧地拥抱在了一起。

赵清川看着这一幕，那一刻，他在感动中，仿佛明白了什么。